講談社文庫

友達未遂

宮西真冬

講談社

目次

友達未遂

第一章

＊

寮母に案内された小さな部屋を見たとき、映画で見た病棟のようだと思った。真っ白のパイプベッドと小さなクローゼットが四つ。部屋の中央には中途半端《ちゅうとはんぱ》な大きさのローテーブルが一脚。上級生が使っている部屋の右半分には少し荷物があったけれど、左半分は家具以外、何もない。白い壁に囲まれ、小さな窓が申し訳程度についたこの空間は、部屋というより箱と呼ぶ方がしっくりきた。

これからここに閉じ込められて自由を奪われるのか。

そう考えて、一之瀬《いちのせ》茜《あかね》は思わず苦笑した。

今まで自由であったことなんて、一瞬だってなかったじゃないか。

場所と人が変わるだけ。そう思い直すと気が楽になった。指定された窓際のベッドに、持ってきたリュックを投げる。と、車がバックして駐車場に入る音が聞こえた。そろそろ荷物が届く時間だった。

窓を開け外を覗《のぞ》き込《こ》むと、桜の木の下で青い制服を着た男の人が、宅配トラックの荷台から段ボールを台車に載せているのが見えた。

入学式までたっぷり、三週間もある。荷解《にほど》きなんて数時間あればすぐに終わってしまうだろう。段ボール三箱。それが茜の全財産。

八方美人そうな笑顔を浮かべた寮母と挨拶《あいさつ》したとき、新入生で一番最初に寄宿舎に入ったと教えられた。先輩も春休みで帰省していて、まだほとんど帰ってきていないらしい。

他の三人がいつ来るかは分からないけれど、とにかくそれまでは一人きりでいられる。そう思えば、さっきまで小さいと思っていた部屋が、少しは大きく感じられた。

星華《せいか》高等学校は全寮制の女子校だ。

創立百三十年という歴史を持ち、女子は女子らしくという昔からの教えを守り、規律に厳しいことで地元では有名だった。しかし、寄宿舎で過ごした三年間の経験や友情は他では得られないものだと、卒業生である母親が娘を入学させるケースは少なくない。三代揃《そろ》って星華の出身という家も少なく、入学式には祖母も出席する姿がよく見られる。

とはいえ、時代に合わないその校風から定員割れが続いていて、二十年ほど前から美術工芸コースを新たに設立した。美大に進みたい生徒の人気を得て、今では入学希望者数もかなり回復してきている。

親、親族に卒業生がいなくて、美大を目指しているわけでもない生徒には、他に、

「事情」がある者が多かった。例えば、どうしても寄宿舎に入らなければいけないような「事情」。

茜もその一人だった。

学校は街から随分離れた山奥にあり、生徒が帰省を許されるのは原則として春・夏・冬の長期の休みだけだった。週末も課外活動があることが多く、原則的に外泊は許されていない。起床時間や就寝時間はもちろん、食事、入浴、学習と、全《すべ》てのスケジュールを決められていて、携帯電話や、マンガ、テレビなどの持ち込みは厳しく禁止されていた。

生徒の全てを管理し、正しい生活習慣を身につけさせる。それは、やっぱり、病院や刑務所と変わりないように感じた。

茜が何より面倒だと思っていたのは、寄宿舎の部屋のことだった。一年生は三年生と二人ずつの四人部屋に相部屋になるのが伝統らしい。どんなに小さくても一人部屋だったら良かったのにと、願わずにはいられなかった。

荷物を受け取った後、夕食まで少し時間があったので、茜は庭へ出て、あたりを散策することにした。三月も数週間過ぎ、まだ日があるうちは、上に羽織《はお》りものを着なくても良い気候になっていた。少し歩いただけで汗ばむほどだ。

小石を蹴飛《けと》ばしながら、じゃり道を歩いていくと、桜の木の下に、一匹の黒猫を見つけた。まだ生まれたばかりなのか、とても小さく細い。顎《あご》を地面に押しつけるようにしながら睨《にら》んできたため、茜も腰を落として、おいで、と右手を差し出した。黒猫は恐る恐る近づきながら、指先の匂《にお》いを嗅《か》いだ。大丈夫だと判断したのか、額を手のひらへ押しつけてくる。

「お前一人なの？　母さんは？」

黒猫はにゃーと鳴いて地面に寝ころび、無防備にお腹《なか》を見せた。そっと撫《な》でてやると、目を細めてうっとりとしている。

「あんまりにも簡単すぎるよお前。もっと警戒した方がいいよ、警戒」

いっこうに起きる気配がないため、茜はそのまま「彼」の言う通りに腹を撫で続けた。と、急に耳をぴんと立てて上半身を起こし、視線を逸《そ》らしたまま固まった。茜も彼の視線の先に目をやる。じゃりじゃりと音を立てて、白いファミリーカーが駐車場へと入ってくるところだった。

彼を抱きかかえて立ち上がる。嫌がるそぶりもなく抱かれ、目線はそのまま車を捉《とら》えていた。茜もまた同じように、車を目で追った。

運転席と助手席から中年の男女が降りてきて、遅れて後部座席のドアの陰《かげ》から黒髪のストレートヘアの少女が姿を見せた。はらりと頰《ほお》に落ちた髪を耳にかけ、顔を上げると、茜と視線が合った。首を傾けて「こんにちは」と、彼女は微笑《ほほえ》む。

「シェリが抱かせてくれるなんて珍しいわね」

彼女は近づきながら言った。

「シェリ？」

「そう。この子の名前」

彼女が黒猫の喉元《のどもと》をくすぐろうと右手を伸ばすと、シェリはしゃーーっと牙《きば》を剝《む》いて、彼女を睨みつけた。

「愛されるものっていう意味なの。この子、今じゃこんなに元気だけど、二ヵ月前まではすごく弱ってたのよ。誰かが雨の中に捨てていったみたいで、すっかり人間不信でね。苦い薬を飲ませたりしたから、相当嫌われちゃったみたい。どれだけ引《ひ》っ掻《か》れたか分からないわ」

そういう彼女の手のひらや腕には引っ掻き傷のような物が白く残っていた。

「あなたもどうか可愛《かわい》がってあげてね。ねえ、それはそうと、あなた新入生？」

初対面なのにぺらぺらと喋《しゃべ》る彼女に警戒しながら、はい、と答える。

「やっぱりそうなのね。私はこの春から三年生なのよ。あなたはどこのお部屋なの？」

「桜の間です」

茜が告げると、彼女の顔がより一層明るく咲いた。

「ねえ、もしかして、一之瀬茜さん？」

怪訝《けげん》な顔をして押し黙っていると、

「ごめんなさい、驚かせてしまって。私も桜の間なの。そして、あなたのマザー。緑川桜子《みどりかわさくらこ》です。よろしくね」

マザー制度、というものが学校にはあるのだと、寄宿舎の廊下を歩きながら桜子は言った。彼女は両親との別れの挨拶をしている間、ちょっと待っていてと茜のことを引き留めた。自分で勝手にするからいいと言ったのに、彼女は寄宿舎の説明をすると強引に約束した。

「三年生が一年生とペアになって、いろいろ教える制度なのよ。三年生をマザー、一年生をチャイルドと呼ぶの。親元を離れて初めての寄宿舎生活で、分からないこともあるでしょ？　大人数での生活になるからルールやマナーもたくさんあるし、もちろん勉強やプライベートな悩みまで、何でも相談にのるわ。気を使わないでいいのよ。私も一年生のときはマザーさんにすごくよくしてもらったんだから」

マザーさん、なんて恥ずかしい名称をよく口にできるな、と茜は話を半分聞き流しながら、後ろをついていった。

「朝は学校がない日でも六時半に起床。七時には着替えを済ませて廊下に出て、寮母のまゆりさんの点呼を受けてね。それから、朝御飯を食べに食堂に行くの。まだ食堂は見てないでしょ？　もうすぐ晩御飯の時間だから一緒に行きましょう。すぐに荷物を置いてくるから待っててね」

桜子は茜を廊下に待たせると、部屋に荷物を置き戻ってきた。どこまでマザーさんをやりたいのだと呆《あき》れたけれど、無駄な労力は使いたくなかったので口答《くちごた》えはしなかった。

連れていかれた食堂は各自の部屋とは比べものにならないほどのスペースがあり、大きな窓からは桜が咲くのが見えた。変に真っ白な個人の部屋とは違って、食堂は随分古びた、木造の板張りだった。四人部屋の方は後で改築されたのかもしれないと頭をかすめる。けれど、食堂のかしこまっていない雰囲気の方が茜にとっては落ち着いた。

「こんばんは。お久しぶりです」

桜子は食堂のキッチンを覗き込むと、白い割烹着《かっぽうぎ》を着ている女性に微笑んだ。

「あら、桜子ちゃん。今日帰ってきたの？」

「そうなの。シェリのことが心配で」

「まゆりさんがいるんだから、もう少しゆっくりしてきたら良かったのにー。桜子ちゃんは本当に責任感が強いんだから。そっちは新入生？」

女性は桜子の後ろに立つ茜に視線を逸らした。

「私のチャイルドさんの、一之瀬茜さん。私が帰ってくる日に到着するなんて、運命みたいじゃない？」

何をまた気持ち悪いことを言っているんだろうと茜は鳥肌が立つのを感じたが、割烹着の女性は目を細めて桜子を見つめた。

「桜子ちゃんの言う通りよ。そんな偶然なかなかないわ。茜ちゃん。あなた本当にラッキーよ、桜子ちゃんがマザーさんなんて。ちゃんと言うことを聞いて、良い子にしなさいね」

「そんな、かいかぶりすぎよ。それにうちの寄宿舎は良い子しかいないもの」

そう返す桜子は微笑みを全く崩すことがなかった。

桜子に教えられた通り、カウンターに並べられているおかずやご飯をトレーに取り、桜の間と書かれたプレートが置いてあるテーブルに座った。夕食の開始は毎日十八時からで、五分前には準備を済ませて各々のテーブルに座っておくのがルールだと桜子は説明した。食堂には他に一人の生徒と寮母のまゆりがいるだけで、二人は食べ物を受け取っているところだった。

「桜子先輩。おかえりなさい！」

トレーを持ったまま駆け寄ってきた生徒は桜子と同じように黒髪のストレートヘアを揺らして、ビー玉のような瞳《ひとみ》をきらきらと輝かせていた。

「ただいま、朝子《あさこ》さん。いつこちらに帰っていらしたの？」

「昨日の夜です。桜子先輩もそろそろ帰っていらっしゃる頃かと思って！　あ、そうだわ。昨日シェリが珍しく頭を撫でさせてくれたんです。嬉《うれ》しくって。でも抱かせてはくれなかったんです。やっぱりシェリは桜子先輩じゃないとダメなんですね」

茜はつい先ほどまで抱いていたシェリのぬくもりを確かめるように、手のひらを膝《ひざ》の上であわせた。

「シェリはきっと前世は貴族だったんじゃないかしら。すごく気品があって、難しい性格だから仕方がないわ。最近では私にも抱かせてくれないのよ？　まだ寄宿舎に帰ってきているのは朝子さんだけなのかしら？」

「はい！　そうみたいです。大きな食堂で一人ぽつんとご飯を食べるのは味気なかったです」

朝子は大げさなほどに眉《まゆ》を下げて桜子を見つめた。

「じゃあ、今日は桜の間のテーブルで一緒に食べたらどうかしら。他に人がいないんだもの、きっと許してくださるわ。ねえ、まゆりさん。今日は四人でご一緒しませんか？」

桜子がカウンターを振り返り小首を傾けてお願いすると、まゆりは、もちろんよ桜子さん、とトレーを持ってテーブルにやってきた。

「それでは、今日という素晴らしい日に感謝して。いただきます」

桜子の挨拶が終わると、三人がご飯に手をつけたため、茜もそれに従った。さっきまでお喋りが止まらなかったのに食べ始めると誰も話そうとしない。きっとそれがここでのマナーなのだろうと考え、ようやくほっとした。

塩鯖《しおさば》はすっかり冷えていたけれど、味付けが濃かったからか、空腹の胃には随分美味《おい》しく感じた。ホウレンソウの胡麻和《ごまあ》えも、豆腐とわかめの味噌汁《みそしる》も、何の変哲もなかったけれど、食べ物の心配をしないでいいことは、ここに来て唯一良かったことかもしれないと思いながら、黙々と咀嚼《そしやく》した。

桜子に連れられて風呂《ふろ》場へ行き、洗濯機や乾燥機の使い方やルールを一通り聞くと、ようやく自室に帰ってくることができた。その間ずっと桜子にべったりだった朝子が、飽きずに桜子を談話室へと誘いに来たため、茜はようやく一人になることができた。

「茜さんも一緒に行かない？」

桜子はそう訊《たず》ねてきたけれど、疲れたので横になると伝えた。初日だから疲れて当然よ、と微笑み、彼女は少し名残惜《なごりお》しそうに部屋を出ていった。

左手を枕《まくら》にしてベッドに横になり窓の外を眺《なが》めると、コバルトブルーの空に真っ黒な木立が、切り絵のようにはっきりとした影を作っていた。壁に飾られた絵画のように動きのないその風景は、時間の流れを忘れさせるようだった。

永遠に、この小さな部屋に、たった一人きりだったらいいのに。

目を瞑《つぶ》ると、遠くの方で、ほーっと、竹の筒を吹くような鳴き声が聞こえる。フクロウだろうか。随分遠くまで来たのだと改めて思う。もう、あの家に帰ることはないだろうと茜は分かっていた。帰りたくないのだから何の問題もないはずだ。それでも三年後、ここから出ていかなければいけなくなった自分はどこへ行くのだろうと考えると、きゅっと心臓が痛くなる。花柄の毛布の中に潜り込み、膝を抱《かか》えて丸まると、いつの間にか意識が遠のいていった。


故郷だとか、実家だとか、どっしりと大地に根を張り、両手を広げて迎えてくれる場所や人が、一度だってあったためしはない。茜にとって家は、いつだって不安定で、いつ崩壊するか分からない小舟のようなものだった。荒れ狂う海原に出たら最後、自分でできることは、無事に陸地にたどり着くのを祈ることだけだ。

茜が物心ついた頃に住んでいたのは、ワンルームのアパートだった。テレビの前で父親が落花生を剝きながらビールを飲んでいるのを、部屋の隅《すみ》に敷かれたぺちゃんこの布団の上に座り、ただ眺めていた。母親がパートから帰ってくるのを、進みの遅い時計を見守ってただ待つことだけが、茜に許されていた。

父親とアパートは何度か替わったけれど、誰一人として、まともに働き、家族を守ってくれるような男はいなかった。いつだって母親が昼も夜も働き、そのお金で父親は酒を飲んで、暴力をふるった。

小学生になった茜は、自分の身は自分で守らなければいけないと気づき、学校から帰ってくると、父親がいない間に刃物を全て押入れに隠し、掃除や洗濯を済ませ、何ひとつ、怒られる場所をなくそうと躍起になった。けれど昨日怒られなかったことや褒《ほ》められたことも、今日になれば怒号を受ける原因になりえた。酒が入った男は厄介だと、茜は知った。

父親がアルコールでひっくり返った頃に帰宅してくる母親を、茜はアパートの前の公園で待つことも多かった。満月と見紛《みまが》う街灯の下のベンチで野良猫を抱く時間は、あの湿気《しっけ》臭い部屋で父親といるよりも何十倍も安全だった。

「あんた何してんの、そんなところで」

後ろで髪をひとつにひっつめた母親は、茜を見つけ溜息《ためいき》をついた。

「……お父さんにチェーンかけられて、追い出された」

いつだって茜は、涙を我慢した。母親は泣く子供が世界で一番嫌いだと言った。

母親は眉間《みけん》に皺《しわ》を寄せ、

「どうしてもうちょっとうまくやれないかなあ。どうせあんたがあの人の気に入らないことをしたんでしょ」

「してないよ。ただ、お風呂に入ろうとしただけ」

その日の父親の地雷は、お風呂を沸かすことだった。

酒を飲みにいっていたのか、それとも競馬場にでも行っていたのか、夕方に帰ってきた父親はその時点ですでに機嫌が悪かった。母親が作っていった親子煮や冷奴《ひややっこ》をつまみに酒をあおると、テレビをザッピングし始めた。

早く寝ろと怒られる前にお風呂に入っておこうと浴室へ行き、つまみをまわし、ガスに点火したときだった。

「お前、何してんだよ！　火事でも起こしてこの家を燃やす気か！」

どどどっと足音をさせ、あっという間に茜の後ろまで来ると、手加減なく拳《こぶし》を振り下ろされた。こめかみと耳を殴られ、世界から一切の音が消えた。父親がひっきりなしに何かを怒鳴《どな》っているのが分かるが、音量を上げていないテレビみたいに、ただ口を動かしているだけのように見えた。

音が戻ってくる前に、また顔を殴られ、家の外に出された。少しずつ戻ってきた耳に届いたのは、隣の家の楽しそうな笑い声だった。

「お母さん、二人で暮らそうよ。私何でも頑張るから」

「ああもう！　変なこと言い出さないでよ、疲れてるんだから」

母親は両手をこめかみにあて、目を瞑った。このしぐさが出たらもう話は聞きたくないという合図だ。茜はごめんなさい、と言うしかなかった。


ガリガリと何かを引っ掻く音がして目が覚めた。布団から起き出すと見慣れない部屋に一瞬自分がどこにいるのか分からなかった。随分寝た気がしていたけれど、時計を見るとほんの二十分ほどしか経《た》っていなかった。

窓の外でガリガリと壁を削る音が、また、聞こえた。茜はベッドから這《は》い出《だ》すと、窓を開け、下を覗き込んだ。と、青い瞳と目が合う。シェリが背伸びしてこちらを見つめていた。

「なんだ、お前か。びっくりした」

茜が呟《つぶや》くと、シェリもそれに反応して、ニャーと鳴いた。

「なに？　こっちに来たいの？」

もう一度ニャー、と鳴き、茜を見つめる。窓から腕を差し出すと、それをオーケーの合図だと思ったのか、助けも借りずにぴょんと窓辺に飛び乗った。

「なに、すごいね、お前。運動神経抜群だね」

茜の言葉を聞いているのかいないのか、すたっとベッドに飛び降りるとシーツの上で丸くなった。

「ちょっと、そこ私のベッドだよ。っていうか、お前、部屋に入っていいの？　私、怒られない？」

シェリはちらりと目を上げて茜を見ると、興味がないのかまた目を閉じ、寝る体勢に入った。背中を上下させているさまは寝息までもが聞こえてきそうだ。

「いてもいいけど、鳴いたりしないでね」

茜はそう言うと、自分もまた彼の横に滑《すべ》り込《こ》み、体を丸めて布団をかぶった。彼はほんの少し動いて茜の胸に体を寄せてきた。一瞬体がこわばったけれど、茜もまたそのまま彼に寄り添い、目を瞑った。

＊

「私、本当にびっくりしたのよ」

桜子は自分で言いながらおかしそうにくすくすと笑い、それを隠すように口元に手をあてた。彼女を取り囲む女子たちも、みな同じようにしてくすくす笑う。

始業式まで一週間をきり、寄宿舎にもほとんどの生徒が集まっていた。新入生もそれなりに生活をするのに困らない程度のマナーを身につけていた。

談話室にあるソファーやイスはほとんど埋まり、テレビを見たり、話をしたり、騒がしい。ほんの二週間前が懐《なつ》かしいと、茜は小さく溜息をついた。桜子のお喋りはうるさかったけれど朝子が嬉々《きき》として相手をしていたし、一人になれる時間が多かった。今だって本当は一人でいたかったけれど、桜子がそれを許さなかった。彼女の友人が寄宿舎に帰ってくるたびに、「私のチャイルドさん」と、茜を紹介してまわるのだ。

「そのお話、何度聞いてもおかしくて涙が出てしまうわ」

朝子は桜子の左側に陣取り、大げさに笑った。彼女たちの言う「お話」とは、シェリと茜が同じベッドで眠った翌朝のことだった。

「私だって、何度話してもおかしくて笑っちゃうもの。点呼に間に合うように茜さんを起こそうと布団を捲《めく》ったら、いきなり黒い塊《かたまり》が飛び出してくるんだもの！　本当に驚いたわ！　まさか、茜さんがシェリと一緒に眠ってるなんて、思ってもみて？」

もう何度となく聞かされたその話に茜は知らず知らず、溜息をついていた。何がおかしいのかさっぱり分からない。

桜子や彼女の取り巻きによると、シェリは自分から誰かのベッドに潜り込むことなど、今まで一度もなかったそうだった。彼の寝床は寮母室の床のかごの中。そこがお気に入りなのだという。

「まゆりさんもシェリが帰ってこないからすごく心配なさってたみたいだったけど、私がそのことをお話ししたら笑ってらっしゃったわ。これから帰ってこないことがあっても心配するのは止《や》めるとさえおっしゃってたもの」

桜子が何かを話すたびに空気がふわっと暖かくなり、つられるようにして、取り巻きの表情も緩《ゆる》んだ。彼女の座っているソファーの周りにはもちろん彼女の話を聞きたい人が集まっていたけれど、談話室にいる全ての人が、桜子と話したくて仕方がない様子だった。この小さな世界の中心。それが桜子だった。

「茜さん知ってる？　今までシェリ様がベッドを共にしたのは、桜子先輩だけだったのよ。シェリ様はね、桜子先輩が森の中でずぶ濡《ぬ》れになっているのを見つけて助けだしたの。こんなに小さくて、やせ細っていて、まゆりさんが言うには、一晩ももちそうにない状態だったのよ。だけど、桜子先輩がベッドの中で胸に抱いて温めて、翌朝にはようやく、ミルクをほんの一口飲んだの。そのとき、みんなが感動して泣いたのよ。ねえ、桜子先輩？」

早口でまくしたてる朝子に、桜子は聖母のような微笑みを浮かべてみせた。

「本当に良かったわ、元気になって。今じゃ誰の言うことも聞かないわんぱく坊主《ぼうず》ですけどね」

一笑いを取り、ちょっとごめんなさいね、と桜子は立ち上がり、談話室を出ていく。

じゃあ私も、と部屋に帰ろうと立ち上がりかけた瞬間、

「茜さん、本当にいいわね」と、朝子に声をかけられた。

「いいって、何がですか？」

「桜子先輩がマザーさんってことよ。決まってるじゃない。春休みになる前からずっと、みんなで言ってたのよ。桜子先輩のチャイルドさんはどんな人がなるのかしらって。ほら、私たち二年生のマザーさんはもう卒業されたから、今はフリーだけど、三年生のチャイルドさんになれるわけじゃないから。チャイルドさんは一年生の特権ですもの。

桜子先輩は二年生のときからみんなの憧《あこが》れだったのよ。学年に五人しかいない模範生で、今では生徒会長もされているの。寄宿舎や学校のことは全て桜子先輩が取り仕切っているのよ。いつもセーラーの襟に着けている星のモチーフのバッジが模範生、花のモチーフのバッジが生徒会役員の印なの。ああ、本当にあなたが羨《うらや》ましいわ。ねえ？」

それまで桜子に集まっていた視線は、いつの間にか茜に注がれていた。なるべく彼

女たちと視線を合わせないように曖昧《あいまい》に笑うと立ち上がり、ちょっと失礼します、と談話室の外へ出た。

自室に戻ってすでに揃ったルームメイトと顔を合わせるのが面倒で、サンダルを履いて外へ出ると、シェリがベンチの上で眠っていた。あまりに呑気《のんき》な寝顔に吹き出すと、隣座ってもいい？　と訊ね、そっと腰を下ろした。

彼は一瞬目を開けたけれど、興味なさそうに目を閉じ、それでも額をぐりぐりと茜の太ももに擦《こす》りつけた。

「くすぐったいなあ。自分、わんぱく坊主なんでしょ？　こんなところで寝てばかりでいいの？」

さっきまで話していた人たちの、シェリに対する言葉を思い出していた。腕が傷だらけになるほど引っ掻かれるとか、抱かせてもらえないとか、ベッドを分かち合えないとか、茜にはまるで信じられなかった。愛想《あいそ》はないけれど、愛情を欲しているのは手に取るように分かった。わんぱく坊主というよりも、恥ずかしがりやの甘えん坊といった方がしっくりくる。彼女たちは、何も分かっていない。

シェリは急に起き上がると、迷うことなくベンチから飛び降り、数歩歩いたところで茜のことを振り返った。ついていけばいいの？　と訊ねると、彼はゆっくり歩き出す。茜がサンダルを履いていることを全く気にするはずのないシェリは、どんどん木々の中を歩いていった。

川の流れる音がする。そう思った瞬間、シェリは立ち止まり、振り返って茜のことを見上げた。体を擦りつけながら足の間を数字の8の字を描いてしゃなりしゃなりと歩く。シェリを抱き上げ、かろうじて道がある小さな登山道を少し下ると、思った通り、渓流が視界に入った。

きらきらと太陽の光を反射する水面に目を奪われていると、シェリが胸でにゃあと鳴いた。苦しいのかと手を緩めようとした瞬間、川辺に桜子の姿を見つけた。

こんなところで一人、何をしているのだろう。疑問が浮かんだけれど、慌てて首を横に振った。関わって欲しくないと願っているのに、詮索《せんさく》するような無粋《ぶすい》なことだけはしたくない。

気づかれないうちに帰ろうと身を翻《ひるがえ》すと、「ごめんなさい」と、桜子の声がした。ばれてしまったのだろうかとそろりと振り返ると、桜子は川辺に置いてある木造のベンチに座り、水面を眺めながら話をしていた。――携帯電話の向こうの誰かと。

ゲーム機やポケベル、携帯電話の持ち込みは、固く禁じられているはずだった。彼女の手に握られているシルバーのその物体は、ひとつひとつルールやマナーを教えて回る姿に、全くそぐわないものだった。

きっと、寄宿舎の誰もが、桜子がその制服のスカートのポケットに、禁忌を隠しているとは知らないだろう。そして、その相手が誰なのかということも。

金縛りにあったようにその場に立ち尽くしていると、電話を終えた桜子が振り返った。茜を見つけたときの表情は、まるで真夜中に幽霊に出くわしたような、驚きと恐怖が貼《は》りついていた。

「茜さん、どうしてここに」

が、彼女は一瞬のうちに、微笑みを取り戻した。ついさっきのことが目の錯覚だったかのように自分を疑ってしまう。

「見られてしまったわね」

「……シェリを追いかけてたら、偶然」

登山道をのぼってくる桜子を、茜は目を逸らすことなく凝視した。たとえ山の中であっても優雅な立ち振る舞いは全く変わることはなかった。

「うちの母、すごく心配性で、連絡が取れなくなるとパニックになってしまうの。だから、これを持たされていて。でも、寄宿舎のルールには背いてしまうでしょう？　だから、母から着信があったら、こうやって、隠れて電話しているの。ねえ、茜さん。このことは、二人の秘密にしてくださるわよね？」

そっと目の前に差し出された小指は白く、そして細かった。

茜は胸で固まっているシェリを抱き直すと、

「別に、約束なんてしなくても、私は誰かに話したりしないんで。それじゃあ」

桜子の顔も見ず、茜はその場を走り去った。サンダルの間に木の枝や草が入り込み、痛かったけれど、立ち止まることなく、一目散に寄宿舎へと逃げた。駐車場まで来るとシェリが地面に降りたがったのでそっとしゃがみ、腕を開放する。

何もなかったかのようにシェリは後ろ足で顔を掻《か》き、あくびをすると丸くなった。

それをしゃがみこんで、ぼんやりと見つめる。

茜は胸の中が鮫肌《さめはだ》のようにざらついていくのが抑えられなかった。初めて桜子に声をかけられたときからずっと、茜はこの、不快感を持て余している。

茜は桜子が嫌いだった。

自分に自信があるようなしぐさも、言動も、何があっても楽しそうな笑顔も、他人のことにやたらと首を突っ込むところも、何もかも。

全てが自分とは正反対の桜子。そして自分たちがどうしてこんなにも違うのか、たった今、茜は分かってしまった。桜子のあの穏《おだ》やかさは、両親からの溢《あふ》れるほどの愛情を、何の疑いもなく、受けて育ったからに違いなかった。

この寄宿舎まで茜は電車とバスを乗り継いでたった一人でやってきた。車窓から見える景色が心許《こころもと》なくなる様子を、見て見ぬふりをして、何でもないと言い聞かせていた。

それがどうだろう。桜子は両親揃って車で送ってもらい、それでもなお心配だと携帯電話を持たされている。この違いは何だ。

こんな二人が分かりあえるわけがなかった。分かるなんて言って欲しくもなかった。何がマザーだ。チャイルドだ。こんな制度何の意味もない。

「あ、茜さん。桜子先輩がお部屋にいらっしゃらないの。どこだか知らない？」

寄宿舎の窓から顔を出す朝子にそう訊ねられ、首を横に振り、早々に立ち上がった。

「ちょっと何、その態度。何とかならないの？　さっきもまだ話の途中だったのに、勝手に部屋を出ていったり！」

「何とかっていうのはどういうことですか」

「人が話しかけてるんだから、もっとにこりとするとか！　あなた桜子先輩のチャイルドさんなんだから、もっと見習ったらどうなの？　桜子先輩のチャイルドさんになりたかった人がどれだけいるか、分かってるの？」

勘弁して欲しいと苛立《いらだ》った。私が誰のチャイルドさんだと決められようとも私は私じゃないか。自分たちの小さな世界の小さな価値観を、勝手に押しつけて欲しくなかった。

「私、そういうのあんまり好きじゃないんで」

「え？」

口からこぼれ落ちた言葉はもう元には戻せなかった。

「マザーさんとかチャイルドさんとか、誰が決めたのか知らないけど、私は一人で生きていけるし。桜子先輩のチャイルドさんとやらになりたいなら、どうぞ、代わりますので、言ってください」

一礼をして寄宿舎の中に戻るとまっすぐに桜の間に戻った。朝子が廊下で大声を出して何か言っているのが聞こえた。けれど、時間を巻き戻せたとしても、今の言葉を打ち消すようなことはしない。ごちゃごちゃと何を言ったって、自分の身に危険が及べば、人間というのは平気で他人を見捨てる生き物だ。それが平和なときに馴《な》れ合《あ》ってどうなるというのだろう。

桜の間のドアの内側にかけられたホワイトボードに、「美術室に行ってきます」と書道のお手本のような字が書かれてあった。メッセージの結びに、大島《おおしま》、星野《ほしの》、の署名がある。

ルームメイトが学校に行っているのならまっすぐ部屋に戻っていればよかった。ベッドに倒れこむと急に眠気が襲い、次に目を覚ましたのは桜子に起こされたときだった。夕飯の時間よ、と、彼女はいつもと変わりなく、茜に微笑んだ。

昨日と比べても随分生徒の人数が増えていて、食堂は女子のお喋りでごった返していた。自分の分をトレーに取ると、桜の間のテーブルにつく。いつの間にか同室の子も学校から帰ってきていたようで、窓際の席に並んで座っていた。

「千尋《ちひろ》さん、今日は部室に行ってらしたの？」

桜子は自分の前に座っている潔く耳を出したショートヘアの女子に声をかけた。大島千尋。桜子と同じ三年生。

「そう。春休みの間に腕が鈍《にぶ》ると嫌だから。それに真琴《まこと》にも部室を見せておこうと思って」

千尋の隣に座るボブヘアの女子が、一度頷《うなず》いた後、我慢する様子もなく堂々と大きな口を開けてあくびをした。寄宿舎の空気に溶け込んでいるというよりも、彼女の雰囲気にみんなを巻き込んでいるような堂々とした態度だった。彼女は、星野真琴といった。茜と同じ新入生。二人もまた、マザーとチャイルドであり、美術工芸コースの先輩と後輩でもあった。

「本当に千尋さんはすごいと思うわ。文化祭で何度か作品を見たけれど、まるで本物みたいな絵を描くのよ。真琴さん、良かったわね。千尋さんからたくさん、いろんなことを教えてもらったらいいわ」

微笑む桜子に、真琴は、はいはーい、といい加減に返事をした。

「もちろん技術的なことも教えるけど、それより生活面をどうにかしてもらわないと。あんた今日もまた寝坊してたけど、洗濯物はもう済ませた？」

　千尋に言われ、まだですけど？　と真琴。はあっと、大きな溜息が響いた。

「食事が終わったらすぐに洗濯して、乾燥機を使うよ。本当は一年生は乾燥機は使ったらいけないルールだけど、私が動かす。あんたそれでなくても溜《た》めこんでんだから。分かった？」

「別に明日でもいいですよ。急いでないし」

「あんたはよくても、他の人が困るんだって。物干し占領されると」

「……あー、うるさいなあ、ほんと」

　桜子は二人のやりとりを見て笑った。

「千尋さんと真琴さんは、何だかとてもお似合いね。息がぴったり」

「私はもっと手のかからないチャイルドが良かったけど。そっちが羨ましいわ。しっかりしてそうじゃん」

　味噌汁を啜《すす》るお椀《わん》の縁から千尋は茜のことを見た。その視線の鋭さに茜はたじろいだ。

「本当に、そう。洗濯ももう済ませたんでしょう？」

　頷きかけて、あ、と茜は声を漏らした。

「朝のうちに物干し場に干したけど、取り込むのはまだです」

「それくらいいいわよ。こっちなんか洗濯をしようって気すらまずないもの」

千尋に小突かれた真琴は、顔を背けて舌を出す。

「茜さんは何でも自分でできるから、私なんていらないみたい。でもね、茜さん。もし何かあったら、絶対に私を頼ってね」

頷いて、茜もまた味噌汁を啜った。絶対に頼ることなんてしない。そう心に誓ったはずだった。

夕飯を終え、三人と別れて物干し場へ行くと、干しておいたはずのバスタオルやTシャツ、下着が全て、土の上へ落ちていた。使っていたブルーの洗濯ばさみは全て粉々に折れ、洗濯物の傍《かたわ》らに転がっている。洗濯物には靴で踏みつけられた痕《あと》があった。

「どうしたの！　茜さん！」

千尋や真琴と一緒に物干し場へやってきた桜子は悲鳴を上げた。拾うことすら忘れていた茜より先にそれらを拾い上げる。

「これは酷《ひど》いね。もう一回洗濯し直さないと。何かあったらいけないから、乾燥機使いな。乾くまで見ておいた方がよさそうだね」

千尋の声に、はい、と頷いた。また干すことになるのかとうんざりしていたから、素直に有り難かった。

「ほら、しっかりしなって」

洗濯物を抱えてしゃがみこんでいる桜子を、千尋が腕を取って起き上がらせる。茜はその顔を見て驚いた。彼女の目には涙が溢れていた。

「一体どうして。誰がこんな酷いことを」

桜子はまゆりに事情を話し、茜には特別にしばらく乾燥機を使ってもよいと許可を取ってくれた。また、何か物がなくなったりしないか注意しておいてくれるとも。

寮母室のソファーに座り、何度も言葉を詰まらせる桜子は、泣き止むことを知らなかった。自分のことではないのに、こんな風に泣く人を、茜は初めて見た。

きっと良《い》い人なのだろう。それこそ天使のような人なのだ。けれど、茜はどうしても桜子のことを信じられなかった。自分のことを愛してくれる人など、いるはずがなかった。

*

起床時間の前に茜は物音で目が覚めた。授業が始まって三週間。寄宿舎生活との両立にようやく慣れてきたけれど、毎日就寝時間の前にはへとへとで、起床の音楽が流れるまで熟睡するのが普通だったため、ベッドの脇《わき》に置いてある時計を見て驚いた。まだ三十分の猶予がある。

と、扉の方でカサっと音がしたため、茜は体を起こし、目を細めた。扉の下の隙間《すきま》に何か挟まっている。他の三人は起き出す気配がなかったため、薄暗い部屋をなるべく音をさせないようにそちらへ近づく。

隙間から抜き取り目を凝《こ》らすと、それは桜色の封筒だった。しっとりと雨が降った後の大地のような茶色いインクで、「桜子先輩へ」と書かれてある。

「茜さん、どうかなさったの？」

さっきまで布団にくるまり扉に背を向けていたはずの桜子が起き上がり、こちらを見つめ、囁《ささや》いた。日中より一層肌の色は白く、前髪が一束《たば》流れに逆《さか》らって浮いているのが、いつもより隙があるように見えた。

「これ」

桜子の前に手紙を突き出すと、桜子は中から便箋《びんせん》を取り出し、あらっと笑い、じっくりと文面に目を通した。

「また、朝子からのラブレター？」

気がつくと千尋もまたベッドの縁に腰かけ、大きく伸びをしていた。

「そうみたい。三年になって課題も多くなったから、談話室にあまり行っていなかったでしょう？　だから、前みたいにお話ができないのが辛《つら》いって。可愛いわね」

　桜子はベッドの下から花柄がプリントされた箱を引き出すと、宝石を扱うようにそっとその中にしまった。ちらりと見えた箱の中には、いろんなピンク色の封筒がぎっしり詰まっていた。

「これくらいのことでびっくりしていたら、バレンタインやクリスマスなんかは、心臓麻痺《まひ》で倒れるよ」

　千尋はからかうでもなく真顔で茜に告げた。

「去年のクリスマスなんて、部屋の前にプレゼントの箱が積み上がりすぎて、なかなか扉が開かなかったくらいだったんだから。まあ、こっちはそのおこぼれに与《あずか》れたからいいけどね。桜子のファンは掃いて捨てるほどいるから」

　桜子は否定するでもなくいつも通りの笑みのまま、洗面道具を持って部屋を出た。帰ってくる頃には完璧《かんぺき》な彼女になっているだろう。

「それにしても、大変だね、茜も」

　千尋もまた洗面道具を取り出しながら呟いた。茜のことをそんな風に言った人は今まで誰もいなかったため、驚いた。

「大変って」

「だって、あの桜子のチャイルドなんて。私は絶対嫌だね。みんなから注目されて、妬《ねた》まれて。洗濯物だってあの子のファンがやったんだよ、どうせ。心あたりない？」

訊ねられて真っ先に朝子の顔が浮かんだ。いや、薄《う》っすらとそうなのだろうと考えてはいた。でも、わざと忘れるようにしていた。考えてもしょうがないことを考えて、疲れたくはない。

「まあ、目立たないようにしときなよ。あんまり桜子にベタベタしてても嫉妬《しっと》されるし、素《そ》っ気《け》なくても生意気だって言われるだろうしさ。何かできることがあったら言って。できる限りのことはするから」

千尋のズバズバと切り込むような口調は茜にとって心地がよかった。素直にありがとうございますとお礼を言うと、もう少ししたら真琴を起こしてと言って、彼女は部屋を出ていった。こんなにうるさく会話をしていても、真琴は寝息を乱すことなく熟睡していた。

茜は小さな窓を開け、大きく息を吸いこんだ。冷たい空気が肺に流れ込み、一気に目が覚めるようだった。日中は暖かいけれど、朝晩はまだ冷えることもある。山の上は一日のうちに気温が随分変わるとここに来て初めて知った。

桜子と入れ違いに部屋を出られるように、洗面道具を用意するとベッドの縁に腰かけて、扉を見つめた。

ここ最近疲れているのは、授業や寄宿舎生活のせいだけでは決してない。

学校にいても寄宿舎にいても、人の目が気になって仕方がなかった。自意識過剰ではないはずだ。すれ違いざまに吐《は》かれる容姿への批評。休み時間に席についているだけで受ける尖《とが》った視線。登下校中に見知らぬ人に急に声をかけられることも少なくない。

桜子のチャイルド。たったそれだけの理由で、人の興味を惹《ひ》き、評価を下されるのは苦痛で仕方なかった。

ベッドで眠りこける真琴のことが茜は羨ましくて仕方がなかった。千尋がマザーだから、というわけではない。ここ数週間一緒の部屋に暮らしてきて、千尋もまた後輩のファンが多いと知っていた。

真琴はそんなことを気にもしていないだろう。

自分の思うように、自分の好きなように好きなことをする。周りのことなんて全く気にする様子がない。そんな真琴のことを咎《とが》めるような言葉は、少なくとも茜の耳には入ってこなかった。

千尋と真琴は凸凹コンビでうまくやっている。そう評する人がほとんどだ。

正反対なのは桜子と茜も同じなのに、どうしてこうもうまくいかないのか。

桜子が満開に咲く桜で、浮き足だつ陽気を温かく見守っているとすれば、茜はその木に住み着く毛虫のようなものだ。怖がられたり気味悪がられたりすることはあっても、決して可愛らしいと思われることのない生物。体中に棘《とげ》が生《は》え、毒を持っていることも、考えれば考えるほどぴったりだと茜は思う。

部屋に近づいてくる足音がする。茜は真琴にそろそろ起きるように声をかけると、扉から顔を出した桜子とすれ違いに、洗面所へと急いだ。

桜の間の四人で登校した後、靴箱でようやく桜子と別れ、茜はほっと胸を撫《な》で下《お》ろした。真琴はまだあくびを堪えていて、そのうち階段を転げ落ちるよ、と千尋から大声で言われ、うるさいなあとまたあくびをした。周りにいた生徒はそれを見て笑っていた。

一階にある教室へ入ると、一番後ろの自分の席に座り、いつも通りカバンから教科書やノートを机の中に移動させた。が、引き出しの奥で何かがくしゃりとつっかえた。手を伸ばし、探ると、何か厚みのある紙切れが手にあたる。それを摑《つか》み、出してみると、夕焼けのようなオレンジ色の封筒が出てきた。その眩《まぶ》しさに慌てて机と体の陰に隠す。

不相応だと分かっていたけれど、今朝の桜子に宛《あ》てたラブレターのことが思い浮かび、頭から離れてくれそうになかった。こっそりスカートのポケットに入れると、トイレへ行き、もう一度、取り出して眺めた。

小さい頃、公園で眺めた夕日の色のようだった。七つの子の音楽が流れ、友達はみんな家に帰っていき、たった一人取り残される。母親が帰ってくるまで途方に暮れるほど長い時間をやり過ごさなければいけないと分かっていた。けれど、誰もいない公園で、夕日が沈んでいくのを見るのが、茜は嫌いではなかった。家にいる人は、この美しい空を見ることができない。この空を独《ひと》り占《じ》めしているのだと考えれば、沈みかけた気持ちも、ほんの少し上向きになる気がしたのだ。

そんな、茜色の封筒。

小さく息を吐いて、封筒を開ける。中には封筒より薄く、ホワイトを混ぜたような淡い色合いの便箋が一枚入っていた。そろりと開くと、

〈死ね〉

小さな文字で書かれたそれは、なぜかほんの少し、茜を安心させた。

自分を褒《ほ》め称《たた》え、愛を綴《つづ》っている文章だったなら、きっと裏があるに違いないと、疑わなければいけなかっただろう。それならば分かりやすくストレートなこの二文字の方が裏を読まないでいい分、楽というものだ。自分をよく思っていない人がいるということは、すでに分かっているのだから。

封筒と便箋をビリビリに破ると、茜は便器の中にばらまき、水を流した。渦を巻いて流れていくそれは茜色なんかじゃない。ただ単なる、下品なオレンジだった。

教室でお弁当を広げるのが嫌で、廊下に出て窓から中庭を眺めた。芝生の中に咲くシロツメクサの上に光が降り積もり、きらきらと反射している。ピクニックの要領でお弁当を広げる女子たちの顔を明るく照らしていた。

どこか一人になれるところはないだろうかと階段を昇っていくと、前に真琴の姿を見つけた。彼女も気配に気づいたのか後ろを振り返り、「どうしたの？　こんなところで」と驚いた。

「そっちは？」

お互い寄宿舎の食堂で作ってもらった揃いの弁当を下げている。

「美術室で食べて、授業の課題の続きをしようと思って。今、部活でも課題が出てるから時間がなくてさ」

「……そうなんだ。何描いてるの？」

「授業は石膏《せっこう》デッサンで、部活は、千尋先輩とお互いの自画像を描いてる。本当にメンドーなんだよね。先輩と描きあうとか、気使うしさ」

「そっか」

「茜は？　何してるの？」

「私は……、お弁当食べるところ探してた」

正直に話すと、へえ、大変だね、と意外な反応をした。

「じゃあ、屋上で食べる？」

そう提案してきた。

「屋上って、美術室を通らないと行けないんだって知ってた？　私が今使ってる部屋の奥に、屋上への扉があるんだけど」

「部外者も入っていいの？」

「別にいいんじゃない？　今は暑いから使ってる人見たことないし」

ずんずん歩き美術室に入っていく真琴の後ろを、茜は慌てて追った。

「ここ。好きなだけいたらいいんじゃない？」

「分かった」

そう返事をすると、真琴はもう茜に興味を失い、イスの上にお弁当を広げ床に座ったまま箸《はし》を使い、画用紙を見つめていた。

ドアノブを回すと少し錆《さ》びついたような音がした。少し力を入れてドアを押すと、細く開いた隙間から風が吹き込み、壁に貼ってある画用紙がぱたぱたとはためいた。隙間をくぐるようにして外へ出ると、急にライトをあてられたように瞼《まぶた》を開けられなかった。目を瞑っていても瞼の裏が白く光っている。ゆっくりと開きしばらくするとようやく目が慣れてきた。

太陽に輝く時計台が、目の前に現れる。屋上からは時計盤は見えないけれど、レンガ造りのそれは、どこか異国の地に紛《まぎ》れ込《こ》んだような錯覚を覚えた。

手すりにもたれかかるようにして座り弁当を開くと、おにぎりが二つと卵焼き、塩《しお》鮭《ざけ》、ごぼうのきんぴら、ブロッコリーのおかか和えが入っていた。海苔《のり》が巻かれてあるおにぎりを齧《かじ》ると中から昆布が出てきた。コンビニのおにぎりと味が全然違うと、茜は寄宿舎のご飯を食べるたびに密《ひそ》かに感動してしまう。

死ね、という言葉は、茜にとってもう傷つくものではないと思っていた。これまで何度言われてきたか分からない。挨拶のようなものだった。

今、人の中にいたくないのは、自分がほんの少しでも期待してしまったことが恥ずかしかったからだ。自分を必要としてくれて、手紙をくれた人がいるなんてそんな夢物語を想像してしまった自分を許せなかった。

＊

「この人に会った瞬間にね、絶対に私のことを幸せにしてくれるって分かったの。直感っていうの？　今度こそ、大丈夫よ、茜」

　母は新しい男の人を紹介するとき、決まってそう言った。最初こそ期待したけれど、誰一人としてまともな人はいなかった。彼らの共通点は夢見がちで大口ばかりたたくせに、自分一人で生きていく力すらないということだった。そんな男がどうして、母のことを幸せにできるのだろうと疑問しかなかった。そして彼らは案の定、母の元を去っていった。それは母よりもっと稼ぐ恋人を見つけたり、母の束縛に耐えられなくなったり、理由はさまざまだった。それでも母は、飽きることなく新しい男の人を連れてきた。

　何人目かの父親がある日突然いなくなり、その代わりに借金が残った。母が彼の保証人になっていたのだった。

「実家に帰るから荷物まとめて」

　母のパートだけではどうしようもなくなり取り立てが厳しくなってきたとき、母は突然そう言った。茜が小学六年生のときだ。それまで茜は母親に両親がいるということをあまり具体的に想像したことがなかった。会話に出てきたこともなかったし、夏休みに田舎《いなか》に帰るのだという友人を羨ましいと思ったこともあったけれど、自分の家でそういう習慣がないのは、きっとすでに死んでしまったのだろうと勝手に決めつけていた。

夏の、暑い日だった。母親に連れられて必要最低限の荷物をランドセルとボストンバッグに詰めると、新幹線と電車を乗り継いで、その駅に降り立った。駅舎の隣にある公園から蟬《せみ》の鳴き声が豪雨のように降り注ぎ、言葉少ない母親の声が聞き取れないほどだった。

「あの家だよ」

久しぶりに口を開いた母親は五十メートルほど先を指さした。

「あの、旅館みたいな家？」

茜は驚いて声が上擦った。豪勢な瓦屋根《かわらやね》のその家は、今まで遊びにいった友達の家とは比べものにならないくらい大きかった。家屋の周りをきちんと剪定《せんてい》された松の木がぐるりと囲み、その奥には池のような物が見える。どれだけ庭が広いのだろう。門から家屋まで随分遠くに感じられた。

「旅館みたいな暮らしができると思ったら、大間違いだけどね」

母はインターホンを鳴らし、「私」と告げた。

しばらく時間が経って、鋭い顎をした吊《つ》り目が特徴的な初老の女性が顔を出した。髪をきっちりと結い上げ真っ赤な紅をさし、濃紺の縞《しま》模様の着物を着た彼女は、

「出戻ってくるなんて、本当に迷惑な娘だこと。だから言ったのよ。あんな男と一緒になってもろくなことにならないって」

二人の顔を見た途端、そう言い放った。

「どこかで勝手に野垂れ死にして、一之瀬家の名を汚すようなことをされたら困るから、この家に住まわせますけど、どうか迷惑になるようなことはしないでくださいね」

静々と廊下を歩く祖母の後ろに続く。祖母は前を向いたまま続けて言った。

と、前から白髪の老人が歩いてきたけれど、祖母に、散歩、と言ったきり、茜たちの方には目もくれなかった。

「お父さんはあなたたちが見えないものだとして生活すると言っています。食事も自分たちの部屋で摂《と》って、なるべく私たちの視界に入らないように。何かどうしても用事があるときは私に言いなさい。でも、私たちは誰も関わり合いになりたくないと思っていることを忘れないで」

母が子供時代に使っていた和室の一室を使うよう連れていかれ、くれぐれも大人しくしていて、と祖母はまた念を押して出ていった。母は荷物を放り出すと、窓辺に座ってぼんやりと外を眺めていた。世界から言葉がなくなったみたいに、何も話すことはなかった。茜も畳の上に寝転がり、ただ天井の模様を眺めて時間を潰《つぶ》した。

夕焼けが終わった頃に母は立ち上がり、夕飯をもらってくる、と部屋を出ていった。手伝おうかと思ったけれど、なるべく視界に入らない方がいいのかもしれないと、そのまま留まった。けれど、すぐに台所のある一階から怒鳴り合う声が聞こえて、慌てて聞き耳を立てた。母と祖母だとすぐに分かったけれど、何を言っているのかまでは分からなかった。

「茜、今日は晩御飯抜き」

戻ってきた母は気怠《けだる》そうにそう言い放った。

「え、何で？」

「何でも。明日の朝は食べられるから、我慢して」

不十分な説明に納得できなかったけれど、彼女がすでに押入れから布団を引っ張り出し、タオルケットにくるまって背を向けてきたので、それ以上何か言うことができなかった。布団を隣に敷くと、母の姿が視界に入らないように、背を向けて横になる。

昼間のうだるような暑さが嘘《うそ》のように、涼しい風が窓から入ってきて頬を撫でた。心地よさに思わず眠気が襲ってきて、瞼が重くなるのに逆らうのは止めた。プールに入った後のようなだるさで、このままずっと、眠っていたいと思った。目を覚ますことが、辛かった。

季節外れの転校生にクラスメイトたちは興味津々だったけれど、茜があれこれ訊ねられるのは、「お屋敷《やしき》」に住んでいるからだった。

祖父が大学教授をしているあの家はこのあたりでは随分有名らしく、「一之瀬さんのお父さんもお金持ちなの？」と無邪気に訊ねられた。今まで一度だってお金のことを心配しないでいたことがなかったので、ぽかんとして口がきけなかった。

やっとのことで出た言葉が、

「私、お父さんいないから」

だったから、クラスメイトとの間に気まずい雰囲気が流れて、申し訳なかった。

そのうち、彼らは自分の両親から聞かされた「お屋敷」の出来事を噂《うわさ》し始め、茜と親しくしようとするそぶりは見せなくなった。仲良くしないようにとでも言われていたのだろう。

母が高校に入るとバイトに明け暮れて家に帰らないような不良だったこと。卒業と同時にそこで知り合った男と駆け落ち同然に家出をしたこと。そのときには茜を妊娠していたこと。それ以来、一度も顔を見せていないこと。祖父母はずっとショックを受けていたこと。──茜はその全てを彼らの噂で知った。

通学路で近所のおばさんに、「あの子でしょ」と後ろ指さされる理由や、祖父母の態度の意味を、それで悟った。母は、この街に嫌われて、家を出た。

放課後遊ぶ人もいなくて家に帰ると、母はいつも部屋にいなかった。そのたびに茜は、なぜかほっとして溜息が出た。それは何も喋らない母に気を使わなくてよかったからかもしれないし、母に対する不平不満を爆発させる心配がないからかもしれなかった。

部屋の片隅《かたすみ》に置かれた古い勉強机に教科書とノートを広げ、宿題の算数の問題を眺める。母が使っていたときの荷物が残っていたけれど整理して、使えるスペースを作った。茜にとって、初めての勉強机だった。母と男と暮らしていたときは、大抵部屋の隅で、段ボールを台にして勉強をしていた。ちゃぶ台は男が酒を飲み始めたら使えなかったし、それ以外に机と呼べるものが家にはなかった。せめて可愛くしたくて、母の気が向いたときに買ってもらえた少女マンガの付録のシールを大切に貼った。それが茜の唯一の空間だった。

母は、勉強机を買ってもらえる環境だった。そのことが茜を苦しめた。代わって欲しいと思った。自分なら一生懸命勉強して、高校に行って、大学に行って、ちゃんと仕事をする。食べる物に困らないくらいのお金を稼ぐことができる仕事。祖父母ともうまくやる。自分の未来は自分で責任を持つ。でも、母の娘というだけで、茜もまた彼らに冷たく当たられていた。

全ては母のせい。

そう思うと、今まで母と二人で生きていきたいと思っていたことが、嘘のようにすっと消えて、母を捨ててやりたいと思った。私にはあんたなんて必要ない。そう言ってやりたかった。

屋敷に来て二ヵ月ほど経ったときだった。

学校から帰ると、いつも通り、部屋には母の姿がなかった。またどこかへ行っているのかと呆れていると、机の横に置いてあった母のボストンバッグがなくなっていることに気づいた。慌ててクローゼットを開けると母の服だけない。玄関へ急ぐと、母の靴は三足とも全てなかった。

どうしてあんたが私を捨てるんだ。私が捨ててやると思っていたのに。

結局、母親は翌日になっても帰ってこなかった。

応接間で祖父母が、弁護士を交え、話しているのを盗み聞く。祖父が母の借金を肩代わりして返したのを確認したから、母は出ていったのだろうと言っているのが耳に入った。足元が凍《こお》りついたみたいに動けなくなる。

――私は必要なかったのだ。きっと、生まれてくる前から今までずっと。茜は気がついていたけれど、気がつかないふりをしていた。それなのに、決定打を打たれてしまった。

これから自分は一体どうなるのか。先が何も見えなかった。

部屋から出てきた祖母は、「ああ、もう本当に邪魔なのを残して」そう言い放って、忙しそうに台所へと入っていった。

顔を見るたびに浴びせられる言葉に傷つかないように、茜は全てを諦《あきら》めようと努力した。期待するから傷つくのだ。母の娘である以上、ここでうまくいくはずがない。母のようにだけはならないと、決意した。男の人に依存したり、親戚《しんせき》に頼ったり、そんなことは絶対にしない。自分一人で生きていく。

全く口をきかなくなった孫を、祖父母はこれ以上側に置いていたくなかったのだろう。

全寮制の高校を受験するのは、提案ではなく、決定事項だった。

＊

談話室の前を通ると、誰かの怒鳴り声がした。茜がそっと入り口を覗《のぞ》くと人だかりの中心で千尋が真っ赤な顔をしているのがちらりと見えた。「ちょっと茜さんも来てくださる？」と桜子に手招きされた。

「……どうしたんですか」

茜が訊ねると、

「千尋さんの絵が、誰かに破かれたんですって」

眉を下げた桜子がそう答えた。

「今日放課後に美術室に行ったら、画用紙が真っ二つに破かれて床に捨ててあったんだよ。よりにもよって、真琴の肖像画！　人の顔を半分に破ることができるってどういう神経してんだよ？　ちゃんと名乗りでな！」

いつも達観したようにサバサバとした態度の千尋の乱れ具合に、茜は驚きを隠せなかった。それだけ彼女にとって大切な物だったのだろう。

「誰か何か見た人はいないわけ？」

千尋の問いかけに、そろそろと手を挙げた人がいた。朝子だった。

「私、昼休みに、おかしな人を見ました」

頬を赤くさせそう言う朝子は、視線を茜の方に向けた。

「茜さん。あなた昼休みに美術室に行っていたわよね？　私、四階から降りてくるあなたを偶然見かけたの。四階には美術室しかないわよね？　美工コースでもないあなたが、そんなところで何をしていたの？」

呼吸が、荒くなった。

「私は、屋上でお弁当を食べてただけで」

「あら、どうやって屋上に入ったの？　美術室を通らないとあそこへは行けないはずよ？」

「真琴さんに教えてもらったんです」

「本当？　真琴さん」

朝子に訊ねられた真琴は、「はい」と答えた。

「でも、私は茜さんが一人でいるところを見たのよ？」

「それは私が先に帰ったからだと思いますけど」

朝子はふっと鼻で笑い、

「要するに、たった一人で美術室にいた時間が、茜さんにはあったってことでしょう？」

チェシャ猫のようにいやらしい笑いを浮かべると、まるで犯人を見るように茜を品定めした。

「私、やってません」

体中の毛穴がぶわっと広がっているのが分かった。朝子という人間が気持ち悪かった。桜子のチャイルドであるのが気に食わないという理由だけで、冤罪《えんざい》を作ろうとしている。絶対に屈してなるものかと、茜は彼女を睨みつけた。

けれど、談話室の人だかりは茜を犯人だと決めつけて疑っていない様子だった。ここそこと耳打ちし合う言葉は、どうしてこうもはっきり聞こえるのだろう。体中が耳になってしまったようだった。

「ちゃんと謝りなさいよ。悪いことをしたら謝りなさいって親に習わなかった？」

かっと顔が赤くなるのが分かった。何人もの父親や、祖父母に言われたことだった。

お前は本当に謝るってことを知らない。母親の躾《しつけ》が悪かったんだな。

スカートの横で握りしめた拳が痛かった。

どうして自分が悪くないことで謝らなければいけないのだろう。

絵なんて破っていない。お風呂の火をつけることはずっと許されていたことだったし、百点満点を取れなくたって殴られるほどのことではなかったはずだ。掃除が下手だ、料理がまずい、洗濯物に汚れが残っている。お前なんかいなければよかった。

生まれてきてごめんなさい。

そう土下座でもすればよかったのだろうか。

瞳の縁に薄っすら水分が溜まり、絶対にこぼしてたまるかと前を向いた。

「茜さんじゃないわ。だって、私、茜さんと一緒だったもの」

誰よりも穏やかで、それなのに強い声だった。

「桜子先輩、何を言われてるんですか？　だって、私、茜さんが一人でいるのをはっきりこの目で……」

「それは私がお弁当箱を屋上に忘れたからよ。取りに帰るのを待っていてもらうのは悪いから先に行っておいてと頼んだの。だからうっかり授業に出るのに遅れたのよ。ねえ、千尋さん?」

千尋は、それは間違いない、と答えた。

「桜子が授業に遅れるなんて滅多《めった》にないからどうしたのかとは思ってた」

「ありがとう、千尋さん。ああ、でも、そうね。朝子さんの謎解《なぞと》きだと、一人だった私にはアリバイがないわ。じゃあ次の容疑者は私かしら?」

「いえ、そんな……。桜子先輩がそんなことをするはずがないじゃないですか」

桜子はにっこり微笑んだ。

「そうね。私はそんなことしてないもの。そして茜さんも自分は違うと言ってるの。ねえ、みんな。証拠もないのに同じ寄宿舎の仲間を疑うようなことはやめましょう? そんなことをしたって何も解決しないわ。もし、ここに誰か犯人がいたら、みんなの前じゃなくていい。後でこっそり千尋さんに謝って。一人が怖いなら、私でも、まゆりさんでもいいわ。相談してちょうだい。少なくとも、あなたがこんな風に犯人捜しをする理由はないわ。そうじゃない? 朝子さん」

真っ青な顔をして、朝子は、はい、と頷いた。

「さあ。もう夕飯の時間まで十分しかないわ。遅れたら食堂のみなさんに迷惑をかけるわよ。いそいでいそいで！」

ぱんぱんと手を鳴らすと、みんなが笑顔で外へ出ていった。まるで絵本の中の魔法使いのようだった。さっきまでいっぱいだった談話室には茜と桜子の二人しかいなくなった。

「……どうして嘘をついたんですか」

茜は桜子を睨んだ。

「一緒にお弁当を食べてなんていない。私は屋上で一人だった」

桜子はそっと茜の肩に手を添えた。

「だってああでも言わないと朝子さんは納得しないわ。あの人、少ししつこいところがあるから。いいじゃない。私はあなたがやっていないって分かるもの」

「どうして」

「だって、私はあなたのマザーよ？　あなたのことを私が信じないで誰が信じるの？」

理由にもならない理由を、堂々と言ってのける桜子が、眩しかった。

落ち着いたら食堂にいらして、と、桜子はハンカチを茜の手に握らせ、談話室を出ていった。白い絹のハンカチに淡いピンク色の桜の花が刺繍《ししゅう》してある。

もう一度、信じたい。

マザーとチャイルド。血縁も何もない二人が本当に何かを築くことができるのだろうか。例えば、母と娘のように何があっても信じあい、味方でいる。姉と妹のようにお喋りをし、相手の幸せを自分のことのように喜ぶ。そんな風になれるだろうか。

ハンカチで目元を拭《ぬぐ》うと、薄暗くなった窓ガラスに映った自分と目が合った。辛気《しんき》臭《くさ》い顔だと思う。朝子の言う通り、少しはにこりとしてみたら何かが変わるかもしれない。ほんの少し口《くち》の端《は》を持ち上げて笑うとちょっとだけ桜子の顔に似ている気がした。

にゃあ、とシェリの鳴く声が聞こえる。

窓を開け覗き込むと、彼もまた茜を見上げていた。

「ねえ。私、信じていい？」

訊ねると、シェリはまた、にゃあと鳴いて、興味なさそうに林の中へ入っていった。

分からないけど好きにしたら。そう言われている気がした。

第二章

桜子先輩のお母様って、星華のマドンナと呼ばれていた緑川恵子《けいこ》先輩だって本当なんですか？

＊

今まで何度、その質問に笑顔を返してきただろう。そのたびに作り笑いだと全く疑わない相手に対してどれだけ鈍感なのだと途方に暮れる。

けれど結局、母のことを訊ねられるたびに、――いや、誰と何を話すときもいつだって――、マドンナの娘を演じ切ってしまうのだから自分にも責任はあるのだと嫌悪感がこみ上げる。

この学校に入学してすぐに、「もしかして、緑川恵子さんの娘さん？」と、寮母のまゆりにも声をかけられた。

「そうですけど、どうして分かったんですか？」

「だって、そっくりだもの。恵子先輩と」と嬉々とした返事が返ってきた。

まゆりは見たところ、三十半《なか》ば。四十をゆうに越えた母とは寄宿舎で同じ釜《かま》の飯を食べた時期があるようには見えなかった。

「伝説の先輩なのよ。あなたのお母さんは。星華出身の子なら誰だって一度は名前を聞いたことがあるはずよ。歴代の模範生のリーダーの中でも、誰より美しくて、賢くて、それだけじゃなくて、何よりも学校や寄宿舎のことを考えて行動していらっしゃったの。今寄宿舎に残っているイベントや課外活動も、そのほとんどを恵子先輩が提案したって話よ」

母に繰り返し聞いてきた話は本当だったのだと、桜子は少し驚いたのを覚えている。人は誰もが多少なりとも話を盛っているものだと、話半分に聞いていたのだ。特にあのことがあってからは。

「今でも星華の友の会を開いていらっしゃるって聞いてるけど、恵子先輩はお元気？」

「はい、元気です」

「そうなのね。それは良かったわ。……ああそうだ。あなたの名前を聞いてなかったわ」

「桜子といいます」

そう告げると、まゆりは大きな口を開けたまま頷き、なるほど、と声を漏らした。

「それってもしかして、桜の間から？」

はい、と曖昧に笑って桜子は小さく頷いてみせた。その話も、母から何度も聞かされていた。

「星華で過ごした三年間は、何物にも代えがたい宝物だと。そして、娘の私にもぜひその経験をさせたいと、自分が過ごした部屋の名前から〈桜子〉と名づけたそうです」

まゆりは目尻《めじり》に細かい皺を作って、何か眩しい物でも見るように桜子を見つめた。

自分の後ろに〈他の誰か〉を投影しているようで、居心地が悪い。

「本当に偶然だけど、でも、これを運命というのかしら」

彼女は手元にある資料を見ながら、桜子に笑いかけてきた。

「今日からあなたが使う部屋も、桜の間なの」

その言葉を聞いて桜子は、全く喜びを感じられなかった。むしろ、自分の人生を決めつけられたような恐怖を抱いたのだった。

＊

六限目の授業が終わると、部活動へと談笑しながら向かう生徒に紛《まぎ》れて、生徒会室へと急いだ。ちょうど美術室の下の教室で、石膏像を動かす音や先生の批評が聞こえてくることも多い。

生徒会は三年生の模範生五人で構成されていて、自《おの》ずとこちらのリーダーも桜子がすることになった。模範生が寄宿舎での仕事を取り仕切る名前だったら、生徒会は学校での名前だと考えればいいらしいけれど、結局兼任する決まりならわざわざ別の呼び方をする必要があるのだろうかと桜子は首をひねった。

生徒会室の前に置いてある机の上の投書箱から中身を取り出し、鍵《かぎ》を開けて薄暗い部屋の中に入ると、長机の上にカバンを放り出し、窓をほんの少し開けて、空気を入れ替えた。少し悩んだけれど、蛍光灯はつけないことに決めて、イスに座り、両腕を机の上に放り出し、顔をうつぶせた。明かりがついていると、すぐに誰かが訪ねてきて、仮面を脱ぐことができない。ここは桜子にとって、緊急避難場所のようなものだった。家に帰ることのない団体生活では、一人っきりになるのが本当に難しい。いや、実家に帰っても、それは変わりないか。

初めはひんやりと冷たかった机の天板も生ぬるくなってきて、場所をずらしながら顔を横に向ける。部屋の後ろの黒板をぼんやりと見つめ、〈あれ〉さえなかったら完璧な場所なのにと溜息をつく。

〈星華の絆《きずな》は、永遠なり〉

黒板の右上に書かれたその文字は、母が卒業するときに書いたものだと、生徒会の顧問の先生に聞かされた。誰もが母の卒業を悲しみ、何か残して欲しいと後輩たちがねだったそうだ。書道の腕前も相当だった母が書いたその後輩たちへの言葉は、更に彼女たちの涙腺《るいせん》を壊したらしい。

卒業という別れのときに、自分たちの関係は変わらずに続くというメッセージを見た彼女たちは、きっと手を取り合って喜んだのだろう。母が卒業してもう三十年近くが経とうとしているのに、昨日書かれたかのようにまだそこにくっきりと残っている。消えてしまわないようにと後輩たちが先生に頼んで、上から加工したらしい。もちろんそれでも消してしまおうと思えばできるはずだけれど、マドンナの伝説と共に、未《いま》だに受け継がれている。

体を起こし、投書箱に入っていた紙や封筒を眺めると、更に気分が滅入《めい》ってきた。生徒会に対する要望よりも、桜子個人に宛てた手紙の方が遥《はる》かに多かった。気を利かせているつもりなのか、桜子宛ての手紙は封筒も便箋もピンク色で揃えられているから宛名を見なくてもすぐに分かる。

部屋に持ち帰り、いちいち喜んだふりをするのが面倒で、桜子はその場で封筒を開けてみた。中にはいつもと同じように桜子を称賛する内容がバカのひとつ覚えのように書かれてあった。それでもここのところ違うのは、終業式の日にある星島《ほしじま》祭りに行く予定があるのか、という内容が添えられていることだろうか。

星島祭りというのは、学校と寄宿舎がある山のふもとの町〈星島町〉の海岸で催される祭りのことだ。

規模は決して大きくなく、海岸に出店が並んだり、盆踊りや花火があるだけで、これと言って何か珍しいイベントがあるわけでもないけれど、寄宿舎の中ではあるジンクスがあった。

〈星島祭りで花火の一番最後に打ち上がるナイアガラの滝を一緒に見た二人は、永遠の絆で結ばれるソウルメイトになれる〉

桜子は、本当にずっと友達でいたい人に巡り合えていなかったから、まだ行ったことはない。それに、ソウルメイトという仰々しい呼び方にも好感を抱いていなかった。

そもそも、一緒に行こうという人たちは、一体私の何を知って、好きだ、尊敬している、などと言うのだろう。私が私のことをよく分かっていないというのに。

カバンの中からファイルを取り出し、手紙の束を挟もうとすると、その中に自分宛てではないものが交ざっていることに気づいた。千尋宛ての、水色の封筒。彼女のサバサバとした印象によく似合っているその色は、後輩たちの間では彼女のテーマカラーになっているようだった。

ピンクと水色。

女らしさと、男っぽさ。

桜子と千尋は、そんな風に正反対の印象を持たれているらしかった。千尋は時々、

「私は絶対にあんたみたいにはなれない。がさつだから」とからりと言うけれど、そのセリフは自分も同じだと心の中で呟いた。

私は絶対に、千尋のように、ありのままの自分を見せることなんてできない。素の自分でいられるというのは、自分に自信があるからだ。鉄の仮面を被《かぶ》り、人の前では絶対にそれを取れない桜子は、全くもって、自分のことが好きではなかった。

ファンレターが投書箱に入ってたわよ。そう言って今夜千尋に手渡したらどうなるか、目に浮かぶ。「よくまあこんなマメに書けるよね」と言って、ろくすっぽ読まずにクローゼットの前に置いてある紙袋の中に、無造作に放り込む。そして何もなかったように自習室へ行って予習をしたり、談話室でテレビを見たり、ベッドの上で画集を眺めたり、自分のしたいことをするのだろう。

桜子は、千尋になりたかった。

自分の意見をしっかり持って、やりたいことをやる。ただそれだけのことが、たまらなく羨ましかった。

他人の気持ちや行動は何より敏感に分かる。けれど桜子は、自分の意見や気持ちが、いつの間にか行方不明になり、探すこともやめてしまっていた。

＊

桜子が物心ついた頃から、母は〈星華の友の会〉を定期的に行っていた。毎月十五日。学校の創立記念日が六月十五日だから、それを祝って決めたらしい。

大抵いつも家に招いて、母が手料理を振る舞っていた。家の中をくるくると動き回り、料理を作ったり、花を飾ったりしている様子は、とても楽しそうだったのを覚えている。

桜子もまた、その日が来るのを楽しみにしていた。

母の仲間はいつだってお土産を持ってきてくれて、桜子を見るたび、「あら、また可愛くなったわね」と頭を撫でてくれた。中には桜子と同じ年代の子供を連れてくる人もいて、違う幼稚園の、一ヵ月に一度しか会えない友達というのも、何だかわくわくしたものだった。

〈星華の友の会〉の人たちは、桜子が何をしても褒めてくれた。

習い始めたピアノで拙《つたな》いメロディーをひいても、幼稚園で作った工作を見せても、形の歪《いびつ》なクッキーをお土産に渡しても。

「さすが恵子先輩の娘ね！　将来が楽しみだわ！」

いつだってそう言って褒めてくれた。

桜子は嬉しかった。自分が褒められたこともそうだったけれど、彼女たちがみんな、母のことを好きだということが。

毎月、何があっても絶対に会いにきて、誰一人欠けることのないそのパーティーの中心で、母はまるでお姫様のようだと、桜子は思っていた。自分も母のようになりたいと、そう思っていた。そう思っていたはずだった。

「はい、お姫様。うちのクラスの女子から預かってきた」

自習室に持っていく教科書とノートを用意していると、千尋がローテーブルの上にピンク色の封筒を置いた。

「ありがとう。そういえば、私も。投書箱の中に、あなた宛ての手紙があったから持ってきたの」

桜子はファイルの中から水色の封筒を取り出し、彼女に手渡した。

「マメだよね、本当」

「それだけ千尋さんが後輩に好かれてるってことでしょう？」

「いや、そうじゃなくて」

千尋は顔の前でひらひらと封筒を振った。

「マメなのは、あんただよ。集会もないのに、生徒会室に行ったんだろ？」

ああ、と、何でもないふりをして、笑顔を作る。

「後輩に投書箱に入れた手紙は読んでもらえましたか？　って聞かれちゃって。次の集会まで日にちがあるし、取りに行っておこうと思ったの」

「優しいね、あんたは。私は絶対無理。そんな風に聞きにくるなら、直接口で言えっての」

千尋はクローゼットの前の紙袋にそのまま封筒を投げ入れた。ナイス、と拳を握る。思った通りの行動を取る彼女が眩しく、思わず顔を背ける。

口を開くたびに簡単に嘘がこぼれ出て、前世は詐欺《さぎ》師か何かだったんじゃないかと本気で悩む。日常的に嘘をついていると、別につかなくてもいい嘘を、意識せずに口走るようになるのだ。死んだらきっと地獄に落ちて、舌を引っこ抜かれるのだろう。

「自習室行く？」

「ええ。もうすぐテストだから、勉強しておかないと。千尋さんも行くでしょう？」

寄宿舎では十九時半から二十一時まで勉強を義務づけられているが、テスト期間などは、二十二時半の消灯の後も深夜一時まで、希望者は自習室を使うことができる。

「まあ一応ね。真琴と茜はどうするの？」

千尋が訊ねると、真琴と茜は自分も最後までやるつもりだと言い、真琴はもう寝ると答えた。

「ちょっと、茜より真琴の方が勉強しておく必要あんだろ？　あんたこの間の小テストで酷い点取ってたじゃない」

「うるさいなー。再試でちゃんと挽回《ばんかい》したって」

「あんた心配してんのにその言い方はないだろ」

言い合う二人の仲裁に入ろうかと口を開きかけたが、その途端、スカートの中で小さく、銀色の塊が震えた。

「千尋さん、ごめんなさい。私トイレに行くから、先に出るわね」

桜子は慌てて部屋を出ると、寄宿舎の勝手口から見つからないように外へ急いだ。

もうすでにあたりは闇《やみ》に包まれていて、土手まで降りていくのは難しかった。仕方なく、駐車場の木の暗がりに隠れてポケットの中から携帯を取り出す。すでに着信は途切れていたけれど、このまま放っておくわけにはいかなかった。母が話したいときに繋《つな》がらないと、一晩中電話が鳴り続けることになる。

小さく丸まり耳に押しつけると、ワンコールで母は出た。

「もしもし、桜子？　何してたの？　すぐに出ないから心配したじゃない」

今の自分の状況とは全く不釣り合いな呑気な母の声にイラついたけれど、面《おもて》に出さないように返事をした。

「これから自習室に行くところ。テスト勉強しなきゃいけないでしょう？」

「こんな時間から勉強するの？　普段からちゃんとしてないからじゃないの？　切羽《せっぱ》詰《つ》まって徹夜なんてしても、自分のためにならないのよ？」

うるさい、という言葉を呑《の》み込《こ》んで、分かったわ、と返事をする。何よりも早く電話を終わらせたかった。

「ところで、何かあったの？」

「何かないと電話したらいけないの？」

不穏な空気を母が醸《かも》し出《だ》したため、「そうじゃないのよ」と早々に打ち消す。

「ただ、何となく、何かあったのかなって思っただけ」

「ねえ、終業式の日、お母さんと一緒に星島祭りに行かない？」

「え？」

一人で浮かれた声を出しながら、母は、だからね、と続ける。

「あなたもマザーになって、チャイルドさんができたわけでしょ。ほら、茜ちゃんだったっけ？　これからあなたが一生付き合っていく親友ですもの。私だって、あなたのチャイルドさんに会ってみたいわ」

「でも、茜さんの予定だって分からないし」

「何？　あなたのチャイルドさんは、マザーの言うことを聞けないような子なの？」

「そうじゃないけど、まだ聞いてないって意味よ」

ちゃんと確認したらまた連絡すると告げて、どうにか話にケリをつけた。喉元で引っかかった言葉を、頭を抱えてどうにか飲み下す。考えてはダメ。考えてはダメ。考えてはダメ。どうにもならないことがこの世にはたくさんある。母の言動はそのひとつだ。

規則が厳しいと分かっているはずのかつての模範生の母が、自由に連絡が取れないと心配だからと携帯電話を持たせる。昼夜問わず、くだらないことで電話をかけてきて、すぐに出ないと不機嫌になる。理不尽だと思うが歯向かったってしょうがない。だって、あの母なのだから。

携帯をポケットの中に入れ、立ち上がってスカートについた土をはらった。ずっしりと体が重い。まるでいつ爆発するか分からない爆弾を、体に縛りつけられているような気分だ。

寄宿舎へ戻ろうとしていると、寮母室の窓からまゆりがこちらに声をかけた。

「桜子さん？　どうしたの、こんな時間に」

桜子は一瞬顔をこわばらせたが、

「シェリが走っていったのが見えた気がして捜しに出たんですけど、見つからなくて」

「あら、本当？　そういえば最近、夜中に出歩いてるみたいなのよね。また、茜さんのところに出入りしてるのかしら？」

「最近はあんまり部屋に来ないみたいですけど。帰ったら聞いてみます」

よろしくね、と早々にカーテンを引くまゆりを見て、どこまで自分には信用があるのだろうと急速に頭が冷えていった。他の寄宿生が外に出ているのを見たら、一体何をしていたのだと押し問答になるはずだ。実際、外で、逢引《あいび》きの真似事《まねごと》をしていた子たちは、こっぴどく叱《しか》られ、一週間のお風呂掃除を命じられていた。

桜子はまゆりのことが嫌いだった。他の生徒への態度と彼女への態度は明らかに違った。大人が子供の顔色をうかがって贔屓《ひいき》する。これほど憤りを感じることはない。けれど、この信用だって危ういものだ。桜子自身が勝ち取ったものなのか、それとも、「星華のマドンナ」の娘が勝ち取ったものなのか、それを測る方法を桜子は知らない。そしてそれを利用している自分にも嫌気がさす。

勝手口でサンダルを脱いでいると、「桜子先輩」と声をかけられた。茜だった。

「あら、どうしたの？」

「ペンケース部屋に忘れてたから」

ぶっきらぼうに差し出されたそれを見たら、さっきまで鬱々《うつうつ》としていた気分が少しだけ上向きになった。

最初は全く自分に懐いてくれなかった彼女も、美術室の事件以降、少しずつ桜子に心を開いてくれるようになってきた。野良猫が手の匂いを嗅ぎながら、上目遣いでこちらの様子をうかがってくるように遅いスピードだったけれど、確実に近づいていた。

「ありがとう。助かったわ」

「別に大したことじゃないんで」

機嫌が悪そうな口ぶりも、照れ隠しなのだと今なら分かる。嫌っているのならわざわざ追いかけてきたりなんてしないだろう。せっかく二人きりだから、と桜子は話題を振る。

「ところで茜さん。星島祭りのことは知ってらっしゃるの？」

「知ってます。クラスの子たちが騒いでたから」

「あのジンクスのことも？」

「はい。……別に信じてないですけど」

そう頷いて、茜はすぐに視線を下に逸らした。桜子のことを一度も「マザーさん」と呼ばない彼女のことだから、「ソウルメイト」なんていう呼称も気恥ずかしく思っているだろう。桜子もあえてその言葉は出さないことにした。

「もしよかったら、一緒に行かない？　母も来るんだけど、ぜひ茜さんのことを紹介したいの」

　さっき電話で母から提案されたから言っているわけではなかった。今年は本当にたくさんの人から星島祭りに誘われていて、誰かと行くと決めなければ永遠に手紙の攻撃が続きそうな雰囲気になっていたのだ。そして行くなら茜がいいと、母に言われずとも思っていた。それは決して、茜が桜子のチャイルドだからという理由だけではなかった。

「別にいいですけど、……私でいいんですか？」

「もちろん。どうして？」

　こうやって答えを知っているのに、わざわざ訊《き》いてしまう自分が、嫌になる。

「だって、一緒に行きたがってる人、たくさんいるから。朝子先輩とか、特に」

　桜子はそっと、茜の手を取った。

「関係ないわ。だって、私が、茜さんと一緒に行きたいんですもの」

　なら、別にいいんですけど、と茜は素っ気なく答えると、顔を赤らめて手を引っ込めた。

「さあ、一緒に行きましょう。テストも近いものね」

　桜子が歩き出すと、茜もまた一歩遅れてそれについてきた。

「……桜子先輩のお母さんってどんな人なんですか？」

自習室の前まで来ると、茜は訊ねた。

「……知らないの？」

「え？」

茜は、母のことを知らない。そのことが、桜子を自由にした。やっぱり、この少女が好きだと桜子は思う。

「いいえ。何でもないの。……本当に、普通のお母さんよ」

＊

母のチャイルドは、笹井《ささい》正子《まさこ》という人だった。

家に訪ねてくる星華の友の会の中で、桜子は正子のことが一番好きだった。彼女は桜子のことを、「私の小さなお友達」と、言ってくれていた。

いつだって家を訪れる人たちは、母と話をすることが目的で、玄関で挨拶すると、すぐに桜子の元から去ってしまっていた。でも正子は違った。「今日は何をして遊ぼうか」「おもしろい絵本を持ってきたから後で読みましょう」「桜子ちゃんがデザートを作ったって聞いてるわ。すごく楽しみ」と、桜子との時間も大切にしてくれていた。

正子も結婚していたけれど、子供はいないようだった。それでも子供の扱いがうまかったのは、保育士として働いていたからだろう。大人が紅茶を飲みながら世間話をしている間も、母の知らないような手遊び歌や折り紙を、桜子たち子供と一緒になってしていることも多かった。

彼女が読んでくれる本の中で一番好きだったのは、『赤毛のアン』だった。子供用に話を短くしているものだったけれど、アンとダイアナの友情ストーリーに桜子は胸を躍らせた。

「正子ちゃん」

紙芝居をカバンにしまっている正子の背中に後ろから抱きつくと、「どうしたの甘えちゃって〜」と桜子のことを抱っこして、瞳を覗き込んだ。正子はいつも話をするときに、しっかり桜子の顔を見てくれる。そうすると温かいお湯につかっているようにぼんやりとしてくるのだった。

「あのね、アンとダイアナって、お母さんと正子ちゃんみたいね」

こっそり耳に囁くと、

「本当にそうね。その通りね」

にこっと真っ白な歯を見せて、正子は笑った。顔に皺がよることなんて気にせずに、くしゃっと豪快に笑う彼女は、耳が丸出しになったショートヘアがよく似合っていた。物心ついた頃からずっと長い髪だった桜子は、密かにそれに憧れていたけれど、なぜかそのことを母には言い出せずにいた。

「桜子ちゃんのお母さんにもし何か困ったことがあったら私が助けるし、もし私が困ったら絶対にお母さんが助けてくれる。そういう絆があるのよ。マザーとチャイルドには」

二人は、星華の寄宿舎で出会い、永遠の絆を約束した仲なのだと、桜子はもう何度も母から話を聞いていた。それは桜子自身もお気に入りの話で、夜寝る前に話してくれとせがむことが一番多い話でもあった。

「私も早く、正子ちゃんみたいな親友が欲しい」

桜子が呟くと、正子はゆっくりと優しい手つきで頭を撫でてくれた。

「桜子ちゃんにはお友達がたくさんいるじゃない。それに私だってお友達よ」

「そうじゃなくて、もっと仲の良い、たった一人のお友達」

口を尖らせて抗議すると、彼女は困ったように笑ってみせた。

「桜子ちゃん。お友達はね、一人じゃなくていいの。仲の良い人がたくさんいた方が楽しいじゃない？」

ね？　と同意を求められて、しぶしぶ頷いたけれど、桜子は不満だった。自分も早く寄宿舎に入ってソウルメイトを作るのだと、その頃の夢はたったひとつだった。

桜子が小学校に上がっても、星華の友の会は毎月きちんと行われていた。けれど学年が上がっていくうちに子供の人数は減っていって、小学四年生になった頃には、誰も来なくなっていた。それでも桜子は会が行われているリビングで何をするでもなく一緒に時間を過ごし、変わらず正子とおもしろかった本の話をしたり、トランプをしたりしていた。その間、彼らが同じ小学校の友達と遊んでいるのだという考えは全く思い浮かばず、家でぼんやりしているならうちにくればいいのにと、幼《おさな》い想像を膨《ふく》らませていた。

「桜子ちゃんは、学校のお友達と遊んだりしなくていいの？」

正子にそう訊ねられ、桜子はきょとんとした。

「遊んでます。休み時間に、鬼ごっことか、お絵かきとか。この間は、こっくりさんをやりました」

その返事を聞いて、正子は困ったように眉を下げた。

「そうじゃなくて、学校から帰った後とか、お休みの日は、お友達と遊ばないの？」

桜子は小学校から帰ってまで友達と遊ぶという習慣が全くなかった。母からは一度家に帰ってきたら家族の時間を大事にしなさいと言われていたし、学校はもう終わったのだから〈学校での友達〉と、他の時間に会うことはおかしいと言われていた。そしてそのことに何の疑問も抱いていなかった。

「はい。だって、家に帰ったら、家族団欒《だんらん》の時間です」

「……そう。そうなのね。仲が良いのね。桜子ちゃんの家族は」

はい、と自信満々に答えたけれど、正子の寂《さび》しそうな表情に気づくくらいの敏感さは持ち合わせていた。けれど、その理由は分からないくらい鈍感でもあった。

ほどなくして、正子は星華の友の会を休むようになった。

理由は教えてくれないんだけど来られないっていう連絡だけきたのよ、と悲しむ母に、会の人たちは口々に正子の悪口を吹き込んだ。ずっと黙ってたけどあの人は恵子さんのチャイルドだからって我儘《わがまま》だと思ってたの。恵子さんの気をひくために桜子ちゃんにまで取り入ってるし。結婚してもう十年は経つのに、子供はまだいいわ、なんて、性格に問題があるんじゃないかしら。

憤る彼女たちに、「きっと何か事情があるのよ」と母は教え諭《さと》し、どうしてそんなに優しいのだと褒めそやされていた。

今度遊びに来たら、話題のファンタジー小説を貸してあげる約束をしていたのに、と、恨めしく思う気持ちもあったけれど、何より寂しさの方が強かった。母のところへは数日に一回電話がかかってきていたから、ずるいという気持ちもあった。桜子のことを本当に「小さなお友達」だと思っているなら、桜子と電話を代わるよう母に頼んでくれてもいいんじゃないか、と。

再び正子が家を訪ねてきたのは、二ヵ月後のことだった。

十五日でもないのに急に訪ねてきた正子に、母は「あらどうしたの急に」と大きな声を上げた。リビングで宿題をしていた桜子もまた、浮き足だって玄関まで迎えにいった。――けれどそこには、前のように優しい表情の正子はいなかった。ふっくらした頬に浮かんでいたえくぼはなくなってすっかり瘦《や》せこけ、目の下には黒い隈《くま》ができている。何か病気だったのだろうかと心配になったけれど、踏み込んではいけない気がして、壁に隠れて様子をうかがった。

「どうしてこういうことをするんですか」

冷やかな、声だった。

怒りや悲しみといった感情が全て溢《あふ》れ出《で》た後の、からっぽな声。正子は、これ、と、真っ白な紙袋を差し出した。母が受け取らずに黙っているので、溜息をついて玄関土間へそっと下ろす。

「私はしばらく不妊治療をするから、会には出られないこともあるかもしれないと話しただけです。それなのに、隣近所の人に、でまかせばかり書いた手紙を入れるなんて、一体どういうつもりなんですか？」

「何を言ってるの正子さん。私はそんなこと」

「あなたの姿を見たって人がいるんです」

正子はカバンの中から一枚の写真を取り出すと、母へ手渡した。

「近所の奥さんが、偶然あなたが入れるところを見て、写真を撮ってくれてたんです。それで、もう付き合わない方がいいわよって忠告して、私と一緒になって近隣に誤解を解いてまわってくれました。あなた、今まで私が、近所の人に悪い噂を流している人がいるって電話で相談してたとき、何て言ったか覚えてますか？　私はずっとあなたの味方よ。気にしない方がいいわ。ストレスがあると妊娠し辛《づら》いもの。って、そう言ったんですよ。まさか、あなたが犯人だったなんて。それでよくあんなことが言えましたよね」

桜子は正子の言っていることが信じられなかった。母がそんなことをするはずがない。けれど、次の瞬間、全てがひっくり返った。

「あなたのためなのよ。星華の人と付き合ってた方が、近所の人と付き合うより、よほど有意義だもの。妊娠だって」

「恵子さん、あなたおかしいわ」

正子は顔を歪《ゆが》めて一歩後ずさった。彼女は感情をなくしていたわけではない。冷静《ふ》に話そうとしていたのだ。けれど母の一言でダムは決壊した。正子は溢れる涙を拭くことなく続けた。

「星華の友人も、近所の友人も、小学校中学校のときの友人も、私にとってはみんな大事なのよ。どうしてそれがいけないの？　あなたは大人になった今でも寄宿舎の小さな世界の女王で、あの時代に取り残されているだけ。あなたがそうしたいならそうすればいい。でも、私は違うの。巻き込まないで」

彼女は壁から顔を出していた桜子に視線を逸らした。視線が合って驚いたけれど、正子が小さく微笑んだため、そのまま引っ込まずに、見つめ返した。

「桜子ちゃんが可哀想《かわいそう》。星華出身の子供としか遊ばせないで、学校から帰ったらずっとあなたの側に縛って。恵子さん知ってる？　桜子ちゃんが幼稚園の頃からショートヘアにしてみたいって思ってること。でもあなたには言えないんですって。お母さんとお揃いの髪じゃないと怒られるし、星華のセーラー服には長い髪型じゃないと似合わないからって。ねえ、子供にそこまで我慢させて恥ずかしくないの？　本当にそれって怒るようなこと？」

しばらく、沈黙が続いた。桜子もまた固まったまま、二人から目を逸らせなかった。どうして二人のケンカの中に自分のことが出てきたのか、それはよく分からなかった。けれど、ただひとつ言えるのは、正子の言っていることは、桜子の気持ちそのままだということだった。決して口にしてはいけない、母に歯向かうなんて悪い子のすることだと抑えつけていた感情を、正子は何ひとつ間違えることなく、母に問いかけてくれた。正子は本当に「友達」だったのだと、今更ながら気づいた。

祈るように母を見つめていると、大きな溜息が聞こえた。

「あなたがマザーに、そんな口の利き方をするとは思わなかったわ。どこで教育を間違えたのかしら」

腕に、鳥肌が立った。

正子は一瞬、顔を歪めたけれど、すぐに小さく笑い、何度も小刻みに頷いた。

「本当に、私もバカよね。この期に及んで、分かってもらえると、どこかで期待してたんだから。もう二度と、会いません。桜子ちゃん、元気でね。……頑張って」

涙が溢れて、止まらなかった。何度も首を横に振ったけれど、正子はドアに手をかけて、外へ出ていってしまった。あんまりだ。こんな風に、気づかせるだけ気づかせて、助けてくれないなんて、あんまりにも酷すぎる。

桜子だって、薄々気づいていた。母の言うことには矛盾が多すぎる。

誰とでも仲良くできる子になりなさいと言いながら、親が星華出身じゃない子の話をすると、その子の親のことを悪く言うのだ。

星華の友の会をしているときは、みんなと談笑していても、帰った後には、誰それさんのお土産は手抜きだったとか、片づけをしなかったとか、ダメ出しをして、桜子はそうならないようにと注意されるのだった。

髪型にしてもそうだった。何度も見せてくれた卒業アルバムの中で笑う正子は、その頃からショートヘアで、セーラー服にもよく似合っていた。長い髪じゃないといけないというのは母の価値観で、決して怒られるようなことではなかったはずだ。

それでも、桜子は、気づかないふりをしていた。

母が間違っているなんて、認めたくなかった。

星華のマドンナで、みんなに愛されて、慕《した》われて、頼りにされて……。それが母のはずだった。

崇拝していた母の仮面が剝《は》がれるのを、見るのが怖かったのだ。これから歩くべき道しるべを失う気がして。

でも、気づいてしまった。もう、以前には戻れない。

母が何か言うたびに、それは間違っていると、頭の中で警告音が鳴った。けれど、桜子はそれを無視するしかなかった。母に歯向かえるはずがなかった。正子は逃げる場所があったけれど、桜子はこの家に、母の側に留まるしか選択肢がないのだから。

緑川家の女王は母。父だって母に意見したりしない。ただ曖昧に頷いているだけだ。

それなら無駄な抵抗は止めて、母の思う〈良い子〉を演じる方が、賢いと判断した。

ただ、正子の「頑張って」という言葉だけが、桜子に刺さっていた。

本当は公立の高校に行きたいのに、母の思う通り星華高等学校へ入学する。これはきっと、正子が言ったようには、頑張れていないのだろう。

＊

テスト期間も終わり、あとは三日後に終業式を残すのみとなった七月中旬。早朝だというのに窓の外は灰に包まれたように薄暗く、猫が叫ぶような風の音が響いていた。談話室のテレビには台風情報が映し出されていて、アナウンサーが必死の形相で警戒を訴えている。雨が降らないだけマシだろうかと考えていると、突然ざあっと雨が地面に打ちつける音が聞こえてきた。かと思えばすぐに横殴りの雨に変わり、ばちばちと窓ガラスにあたって音を上げる。

いつもは騒がしい談話室も、雨風が酷くなるにつれて、自然と静かになっていった。桜子はソファーから立ち上がるとカーテンを引いた。開けておいても陽光が入ってくるわけではないのだから閉めてしまっても問題はないだろう。荒れ狂う風景を窓に貼りつけておくよりは、小さな箱の中に閉じこもっている方が精神的によさそうだった。

「大丈夫よ。台風は直撃することもなさそうだし、深夜には通り過ぎるってニュースでも言ってたわ。さあ、予定通り大掃除をしてしまいましょう」

長期休みに入る前は必ず、寄宿生全員で大掃除をする習慣になっている。明日には寄宿舎の周りを片づけないと台風のせいで大変なことになっているだろうから、今日のことは今日やってしまわなければいけない。

桜子の声掛けにみんな、動くきっかけを摑んで、各自の持ち場へと散らばった。動いてしまえばじっとしているより気分が晴れるらしく、平常通りの笑い声が寄宿舎に帰ってきたようだった。

昼食の時間になり食堂へ移動すると、その日のメニューはオムライスだった。卵でチキンライスをくるむのは大人数だと時間がかかるから滅多に出てこないのに、みんなの気分を上げようと頑張ってくれたらしかった。

「今日という良き日に感謝して。いただきます」

桜子がテーブルについたまま号令をかけると、寄宿生五百余人が一度に声を合わせる。もう四ヵ月近く続けてきたことなのに、そのたびに鳥肌が立つ。仮面の下の自分が、本当はみんなに注目されたくないと、叫び声を上げていた。

「星島祭り、中止にならないといいけど」

誰かが呟くのが聞こえてきた。寄宿舎の決まりでは、食事中は私語をしてはいけないことになっている。けれどその独り言《ひとりごと》とも誰かに話した言葉とも取れるセリフは、きっと誰もが思っているだろうことだった。食堂にはスプーンを使う音と、窓の外の雨風の音しかしていないけれど、その声はあまりに小さくて、その中に紛れて消えた。

食事を終えて、掃除の続きをするために談話室へ戻っていると、「そろそろ誰と行くか決めた方がいいんじゃないの」と千尋が後ろから声をかけてきた。言わずとも、星島祭りのことだ。

「実は茜さんと行くことにしたのよ」

「それ、誘ってきた子たちには言ったわけ？」

「まだなの。傷つけたらいけないと思って」

答えると、千尋が思い切り顔を歪めた。

「傷つきたくない、の間違いじゃないの？」

咎めるような声を聞いて、思わず足が止まった。

「みんなのことを思ってる風に言ってるけど、自分が罪悪感を感じるのが嫌だから、先延ばしにしてるだけじゃん。あんたがまだ誰と行くってはっきり言ってないから、密かに期待してる子だっているよ。そういうの、ちゃんと考えてる？」

怒りと恥ずかしさで、手が震えた。人が恥ずかしさを感じるのは、それが図星だったときだ。

あなたに関係ないじゃないかと喉《のど》まで出かかったけれど、懸命に呑み込み、口をほんの少しだけ上げた。

「そうね。配慮が足りなかったわ。今日中には誘ってくれた子に、ちゃんと返事をしておくわね。ありがとう、千尋さん」

剝げかけている仮面を被り直してしまえば、すらすらと正解の言葉が口をついて出た。本当に思っていることは何ひとつ言えないのに、嘘ならいくらでも言える。けれど、嘘は、見破られなければ真実になる。最後まで言い張ればいいのだ。

その夜、手紙をくれた子たちに断りの手紙を書き、それぞれの部屋のドアの隙間に挟んで回った。長文を書く気力はなかったから、謝罪の言葉と、それぞれへのメッセージを個別に綴って、終わりにさせてもらった。白地に金色のインクで天使の羽が描かれてあるレターセットは桜子のお気に入りで、これまで一度も使ったことがなかった。それだけ申し訳ないと思っていると察してもらえればいいと計算した結果、今回泣く泣くおろすことにした。

けれど誘ってくれた五十三人の名前を見ただけで、顔や性格、交《か》わした言葉を思い出し、五十三種類のメッセージを考えられる自分の才能を、誰か褒めてくれはしないだろうかとぼんやり思う。たった数回話したことがあるだけの相手のことを、他の人はそんなに詳細に覚えているものなのだろうか。

全ての手紙を配り終え自室に向かっていると、階段を昇ってくるシェリとばったり出くわした。じろりと桜子を下から睨みつけたまま固まったので、右手を差し出すと、シャーっと唸《うな》って、そのまま元来た道を降りていった。大掃除の後でいつも以上に綺麗《きれい》な床に足跡がついてしまっている。ポケットティッシュで拭《ふ》き取り、

「恩知らずな子」

呟いた言葉の冷酷さに驚いてあたりを見まわした。思ったより小さかったようで、それぞれの部屋の中までは届かなかったようだった。

足早にその場を離れ、トイレへと駆け込んだ。動揺した顔のまま、部屋に戻ることはできない。

鏡を覗き込むと、耳まで真っ赤になった女が目に涙を溜めていた。

限界だ。

叫び出したくなるのを、両手で口を押さえて必死に堪えた。これ以上自分の気持ちに背いてばかりいたらいつか爆発する。どこかで発散しないと、いつか周りにばれる、——マドンナの仮面を被った面白味のない女だってことが——。

昨日の雨風が嘘だったように、翌朝には雲ひとつない晴天となった。一日中部屋の

中に閉じ込められていた寄宿生は、食事を終えると一斉に外へと飛び出した。まゆりから、今日一日外の清掃をするとスケジュールを教えられたばかりだったけれど、なんであろうと太陽の下に出られるのは嬉しかった。

靴箱でスニーカーに履き替えていると、何人もの女の子たちから、手紙ありがとうございました、と声をかけられた。本当にごめんなさいね、と声をかけると、顔を赤らめ首を何度も横に振っていた。

「本当にちゃんと断ったんだね」

千尋が屈託のない笑顔をみせたため、もちろん、と胸を張った。

「私、みんなのこと、大好きだもの」

「本当にマメだよ、あんたは」

思い切りスニーカーに足を突っ込んだ千尋は、痛い！　と声を上げ、すぐさまスニーカーを放り投げた。土間に転がったスニーカーの中からは、ガラスの破片が転げだした。

「千尋さん！　大丈夫!?」

桜子は叫び声を上げ、近くにいた茜にまゆりを呼んでくるように言った。ポケットからハンカチを取り出し、千尋の足の裏にあてがう。

「……ハンカチ汚れるよ」

「今そんなことを言ってる場合じゃないでしょ！　それより大丈夫？　痛くない？」

白い布はいっぺんに真っ赤な染《し》みを作っていき、土間にまで滴《したた》っていた。

「大丈夫。血ってちょっと大げさに見えるから」

すぐに茜はまゆりを連れて帰ってきた。応急処置を施し病院へ運ばれた千尋の怪我《けが》は、見た目ほど大したものではなかったと昼過ぎには連絡が来て、とりあえず、みんな安心した。千尋はそのまま実家に帰り、後日、両親が荷物を取りにくることに決まった。

まゆりも夕方には戻ってきたけれど、外の陽気とは裏腹に寄宿舎の雰囲気は最悪だった。当たり前だ。千尋は春に真琴の肖像画を破られたばかりか、今度は彼女自身が狙《ねら》われたのだ。誰が犯人か分からない。そんな中でどうしてくつろぐことができるだろう。

心あたりがある人は後で寮母室へ来なさい、とまゆりは言ったけれど、誰かが動いている気配はなかった。その雰囲気は結局、最終日まで続き、最悪な雰囲気のまま、終業式を迎えた。

＊

山麓《さんろく》の駅行きのシャトルバスに乗り込むと、桜子は後部座席に座り、トートバッグを膝に置いて、隣に座るよう茜を促《うなが》した。茜は黙って頷くと、背負っていたリュックを下ろし、同じように膝に抱える。それとは別に小さなキャリーバッグを窮屈そうに足元に置いていた。

教科書や問題集、着替えなどを一度に実家に持って帰るのは大変だから、大抵の寄宿生は事前に段ボールに詰めて送ってしまっている。茜にもそうするように教えたけれど、どうしても自分で持って帰りたいのだと言って、無理やり荷造りをしていた。

「やっぱり、荷物は送った方が良かったんじゃないかしら？　祭り客でごった返すから駅のロッカーも空いているか分からないわ。バスを遅らせてもいいんだから」

「はい。でも大丈夫です」

なぜ自分の言うことを聞かないのだろうと不思議に思ったけれど、何か事情があるのかもしれない。そう言い聞かせて、話題を変えた。

「天候が悪くならなくてよかったわね。星島祭りも行われるそうよ」

「はい」

茜の表情は暗かった。千尋の怪我のことを考えているのだろう。無理もない。肖像画の件では茜が疑われたのだ。いつまた自分に矛先が向かうか分からない。

「大丈夫よ、茜さん。私はあなたのことを、ずっと信じてるから」

返事はすぐに返ってこなかった。ゆっくりと自分の中で咀嚼するように言葉を嚙《か》み締《し》め、ようやく意味を理解したのか、別に気にしてないんで、と言った。彼女は千尋の事件のことを考えていたのではないのだろうか。じゃあ、何を思いつめていたのだろう。焦って胸の中を探したけれど答えは見つからなかった。そのことを悟られないように窓の外に視線をはせた。

「綺麗ね」

珍しく空が茜色に染まっている。きっと茜の目に桜子は、燃えるような景色に釘《くぎ》づけになっているように映っているだろう。茜のことが分からず、戸惑っているなんて見抜かれてはいけない。

バスを降りると茜の手を取り、駅舎の中へ急いだ。すでに観光客で混雑していて、ロッカーもほとんどが埋まってしまっていた。何とかひとつ確保したけれど二人分は入らない。桜子はキャリーバッグを中に入れるように茜に言った。

「でも、桜子先輩のカバンは……」

「大丈夫よ。ロッカーは使えないと思ってたから軽くしてるわ」

ポケットの中で携帯が震えた。ロッカーと茜の陰に隠れ、耳にあてる。

「もしもし」

「桜子？　今どこなの？　ちゃんと連絡してくれないと。お母さんもう着いて改札にいるんだけど」

「今ロッカーに荷物を置いてる。すぐに行くわ」

母はまだ何かを言いたそうだったけれど、言葉より先に通話を切った。

「行きましょう」

茜の手を取ろうとすると、

「桜子ちゃん。おかえりなさい」

茜の肩の向こうに、母がいるのが見えた。ただいま、と呟くと、茜もまた振り返り、はじめまして、と挨拶した。

「あなたが桜子のチャイルドさん？」

「はい。一之瀬茜です」

「桜子の母です。よろしくね。何か困ったらすぐに桜子に言うのよ。あなたを助けるのがマザーの役目なんだから」

はい、と頷く茜の固い表情は、蛍光灯で照らされはっきりと見ることができた。母の前だから緊張しているのだろうか。それとも、茜は桜子の「秘密」を知ってしまったのだろうか。いや、まさか。背中の真ん中をつーっと汗がつたっていく。山から涼しい風が吹いてくるというのに、汗が噴《ふ》き出《だ》して止まらない。

母に先導されて駅舎を出る。数分歩くと、眼下に海が広がった。沿道にずらっと提灯《ちょうちん》がぶら下げられていて、それを目印に海岸を目指す。お囃子《はやし》が耳に届くと同時に、イカ焼きや焼きそばの香ばしい匂いが鼻腔《びこう》をくすぐった。海岸に並ぶ出店の群れが目の前に広がるようだった。

足元を幼稚園児くらいの子供たちが笑い声を上げながら駆け抜けていき、その後ろから「止まりなさーい」と怒りながらもどこか楽しそうなお母さんたちの声が追いかける。星華の制服も目立ったけれど、やっぱり浴衣に下駄《げた》を履いている女の子はただそれだけで可愛らしく見えた。

横を歩く茜の顔を盗み見る。夕日はいつの間にか海に沈み、提灯や街灯の明かりだけが彼女の顔を照らしている。彼女の表情はいつになく寂し気に見える。薄明かりだからそう見えるだけだろうか。

「食べたいものがあったら何でも言ってね。恵子先輩が奢《おご》ってあげるから」

母の言葉に面喰《めんくら》って返事が遅れた。

「ありがとう。茜さんも遠慮なく言ってね。……母も星華出身なの。だから、先輩」

最後は母に聞こえないように耳打ちした。茜は腑《ふ》に落ちたようで、そうなんですね、とようやく呟いた。

ガードレールの切れ目から伸びる階段を下り、海岸へと降りる。野良猫が数匹、おこぼれに与ろうと、うろうろしているのを踏みそうになってよろめいた。砂浜の上ではいつものように歩けず、自然と歩みが遅くなった。

たこ焼き、カステラ焼き、フランクフルト、りんご飴《あめ》、かき氷……。裸電球に照らされた出店の暖簾《のれん》は、歩きながら横目で流すだけで、目に鮮やかだった。ほんの数歩先の足元さえ見えない夜陰の中で、煌々《こうこう》と光るそれや、人懐《ひとなつ》っこい店主の声掛けは、気恥ずかしいような、懐かしいような、変な感じだ。

三人で一通り見て回り、もう一度引き返して、たこ焼きと、カステラ焼きをとりあえず買ってもらった。何も言わなかったのに、店主は割《わ》り箸《ばし》を三膳《ぜん》渡してくれた。

浜辺に設置してあったテーブル席はいっぱいで、空席を見つけられず、荷物を持ったまましばらくその場を行ったり来たりしていた。ようやく家族連れが席を立ったのを茜が見つけ、素早くテーブルを確保した。投げられたおもちゃを拾って帰ってきた子犬のように得意げな顔で、先輩、と呼んだため、おかしくなって桜子は思わず笑って駆け寄った。

プラスチックでできた白いテーブルやイスは雨ざらしになっていたのか、少し薄汚れていた。地べたに座り込んで食べるよりはマシだろうとイスに座ろうとすると、

「桜子。止めなさい、みっともない」

母はカバンの中からハンカチを出し、さっと桜子と自分のイスの上に敷いた。

「こういうところのイスは汚れているんだから。ハンカチを使うのがマナーでしょ」

演劇部だったという母のよく通る声は今でも健在だった。たこ焼き屋のおじさんはこちらを見て明らかに怪訝な表情をしている。隣のテーブルに座っているカップルも
「じゃあ私たちもみっともないってこと？」と、こちらを睨んでいた。母は構わずイスに座り、カバンから携帯を取り出し触り始めたので、食べ始めるタイミングを失った。人を待たせることはマナー違反ではないのかと不満が募《つの》っていく。茜はポケットからハンカチを取り出し、母と同じように敷いて座ってくれた。が、彼女はきっと、あきれている。これ以上母に、恥ずかしいことをしないで欲しかった。

「恵子先輩」

声がして、思わず顔を上げた。今でも毎月集まっているであろう星華の友の会のメンバーが、五、六人、そこに立っていた。

「あら、みなさん。どうなさったの？」

母は頬に笑みを浮かべた。

「恵子先輩が、桜子ちゃんのチャイルドさんと会うって聞いてたから、私たちもお祭りに来たらもしかして偶然会うこともあるかなって。久しぶりに来てみたんです」

「すごいわ。こんな人ごみの中でばったり会うなんて。それこそ運命ね。こちら、桜子のチャイルドさんの一之瀬茜さんよ。茜さん。こちらは、星華出身のみなさん。卒

業してもこんなに強い絆で結ばれているのよ。桜子もあなたも、同じ仲間よ。さあ、みなさんも座っていらして。お話ししましょうよ」

桜子はぎょっとしてその中年女性の集団の行動を見つめた。遠慮する言葉を一切口にせず、空いているイスを無理やり集めてテーブルに寄せてくる。そのさまはテレビで失笑されている迷惑なおばさんそのものだった。家や学校の、閉じられた世界の中でなら付き合っても構わない。けれど、他人の目がある場所で、この人たちと〈仲間〉だと括《くく》られるのは耐えられない。

大きな声で話し合い、一通り出店を覗いて興味のある物を買ってきてテーブルに並べ、落ち着いたおばさんたちは、ところで、と、話を切り出した。

「茜さん。あなたのお母様も星華出身なんでしょ？　何期生なのかしら？　もしかして、私たちが知っている一之瀬さんかしら？」

「いえ、母は出身ではないんです」

「……あら、そうなの。ふうん」

おばさんたちは無遠慮に茜の頭から足の先まで視線を走らせた。桜子はただじっと、息を止めていることしかできなかった。恋人を家に連れて帰り、紹介するのはきっとこういう感じなのだろう。心臓をきゅっと握られ、身動きがさっぱり取れない。何とか視線を上げ、母の様子を窺《うかが》うと、彼女たちの隣で、至極おしとやかにかき氷を口に運んでいる。

「じゃあ、どうして星華に？」

「……祖父母が、ぜひにと」

「じゃあ、お祖母様が出身なのかしら？」

「……いえ、そうではないんですけど、いろいろあって」

そろそろ時間だよ、と砂浜を駆けていく子供たちの声が、頭の後ろで聞こえる。明らかに答えに困っている茜を助けるためにも、例えば、「花火が始まるみたいだよ」と話を逸らせたらいいのに、いっこうに声が出ない。学校の中では、あれほどすらすらと嘘が出てくるのに、大事なときに限って口は動いてくれない。

「みなさん、あまり質問攻めにしたら、茜さんが可哀想よ。ねえ？」

茜に微笑む母の顔を見て、鳥肌が立った。

星華の友の会の人たちと会ったのは、偶然なんかじゃない。母に仕組まれたことなのだと急に思い当たる。テーブルについた途端、携帯を開いていたのはきっと彼女たちに居場所を知らせていたのだろう。自分が訊きたいことを、彼女たちを使って知ろうとしているのが、手に取るように分かる。それが彼女のやり方だ。自分の手を汚したくないだけだ。

「……じゃあ、茜さんは、〈純血〉ではないのね。残念だわ」

非常識なおばさんの中の、誰かがそう呟いた。欲しいおもちゃが手に入らず拗《す》ねた子供のようにふて腐れた彼女たちは、会話を放棄して黙り込む。訪れた沈黙に、桜子も茜も、口を開くことは許されていないように感じた。

「みなさん。そんな風に言うものじゃないわ。星華の後輩なんだから、優しくしてさしあげないと。〈純血〉だってそうじゃなくたって、関係ないことでしょう？」

右手で髪の毛を耳にかけて、母は茜のことをまっすぐ見つめた。心にも思っていないことを口にしていると、桜子はすぐに分かった。嘘や本心ではないことを話すとき、母はいつだってそうやって身だしなみを整え、身構える癖《くせ》がある。

桜子は今すぐ立ち上がって、母のことを殴り、蹴《け》り飛ばしたかった。あなたほど下品でみっともない女はいないと、罵《ののし》り、打ちのめしたい。が、いつだって、そんなことはできない。

彼女たちの言った〈純血〉というのは、代々星華を卒業している家系のことだった。桜子の家系は曾祖母《そうそぼ》の代から星華に通っていて、それが母の自慢だった。星華の友の会に呼ぶ人たちも、最低でも母親が星華出身であるということを条件にしていた。

それがどれほどの価値があるのか、桜子にはさっぱり分からなかったし、分かりたくもなかった。母のやっていることは、低俗な差別と苛《いじ》めに過ぎない。

ひゅうっと伸びやかな音が聞こえたかと思うと、バリバリと空気が震えた。同時に歓声と拍手が沸き起こる。視界の端《はし》で空が明るく光るのが分かったけれど、堂々と花火を見上げることはできなかった。石膏で固められたように、体が動かない。茜がどんな顔をしているのかも、確かめることができなかった。

「桜子、ここからは別行動にしましょう？ おばさんたちと一緒だと楽しめないでしょ？ 帰るときは連絡して。一緒に帰るわ。それじゃあ、茜さん、会えて嬉しかったわ。気をつけて帰ってね。ごきげんよう」

きゃあきゃあ言いながら固まって歩く母たちの後ろ姿は、いくつになっても女子だった。いい大人がそれをするのは、娘から見ても嫌悪感しか抱けない。

ようやく金縛りが解け、すっかり表情が抜けてしまった茜の顔を見て、桜子は身を引き裂かれるような思いがした。

「茜さん。ごめんなさい。母の言ったことは気にしないで」

頭を下げると、茜は首を振った。顔には苦笑いが浮かんでいる。

「別にいいです。本当のことだから。こっちこそ、すいません。お母さん、きっとがっかりしたんですよね。私みたいなのがチャイルドで」

「あなたは何も悪くないわ！」

言った途端、涙が溢れた。顔がくしゃりと歪むのを必死で堪えながら茜のことをまっすぐ見つめる。桜子の声に驚いた茜は桜子を見たまま固まった。

「悪いのは母よ。あんな、〈純血〉だなんて言葉を使うこと自体、下品で、人として最低だわ。私は母の言っているようなこと、少しも思ってない。許してなんて言わないわ。でも、どうか、どうか、私のことを嫌わないで」

震える手で、茜の腕をつかむ。彼女は目を丸くして桜子の瞳を覗きこんだ。あれほど嫌な目に遭わせて、それでもなお、自分の側にいて欲しいという願いはどんなに身勝手か、分かっているつもりだった。正子が逃げたように、きっと茜も母と関わり合いになりたくないはずだ。娘である桜子自身が、そうなのだから。

ふっと茜が息を吐くのが気配で分かる。……そして、

「嫌ったりしませんよ。親と子供は別ですから」

パンっという大きな音と同時に、茜の笑顔が照らされた。桜子の全てを信じ切っている。そのことが酷く痛く、仄暗《ほのぐら》い喜びとなって胸を締めつける。違う。私はあなたが思ってるような人間ではないのだと、叫び出したい気持ちを堪え、ありがとうと微笑を浮かべる。きっと今の顔は、母にそっくりだ。

〈血統〉にこだわっているのは、桜子も同じだった。ただ母と違うのは〈純血〉ではない、星華の匂いがしない人が好みだということだ。あの小さな世界の価値観に染まっていない茜だからこそ、何としても手に入れたかった。

どちらからともなく立ち上がり、波打ち際へと足を進めた。他の人たちがしているように、砂浜に座り込む。ハンカチなんて必要ない。みんなが同じように海の方を向き、空を見上げていると、初めて会った人たちなのに、寄宿舎の食堂に並んでいるときよりもずっと、落ち着くことができた。

目の前の幼稚園児くらいの男の子は、すっかり海の中に足を踏み入れ、自分がいる場所も忘れているみたいに棒立ちになり、空を見上げている。彼の記憶には、あの大きな花火がどんな風に刻まれるのだろう。あの頃に戻れたら、と、桜子は遠い昔の自分を重ねる。

光も音も消え、闇に包まれると、そろそろ来るぞ、と、一人の男性が騒ぎ始めた。つられて水平線に目をやると、左右から一直線に光が走り抜け、空と海面を一気に照らし出す。かと思えば、今度は火の粉が一斉に流れ落ちる。黄金色に輝くそれはまさしく滝のような勢いで、水面に呑み込まれていく。

「すごい。こんなの見たことない」

茜の溜息のような声を聞いて、桜子は震えた。難しい言葉や理屈をこねない、素直なその言葉はいつだって、桜子の中に染みこんでいく。

「本当に綺麗ね。何か願い事をひとつくらい叶《かな》えてくれそう」

ふと周りを見ると、誰もが胸の前で手をあわせ、目を瞑っていた。きっとあのジンクスは星華だけでなく、お祭りに来る人みんなが知っているものなのだろう。

「私たちもお願いしましょう」

茜が頷き、目を瞑るのを見守って、桜子もまた、手を組み、目を閉じた。瞼の裏にさっきまでの煌《きら》めきが貼りついていて、ちらちらと目眩《めまい》がする。花火のフィナーレを見送った人たちが帰り支度を始める気配がしたけれど、二人はしばらくの間、そのまま立ち上がることができなかった。いつの間にかお囃子も消えていて、聞こえるのは寄せては返す波の音だけだ。

何か話した方がいいかと口を開きかけたけれど、胸に満ちているものをひとつもこぼしたくなくて、結局、無言で頷いて、浜辺を歩き始めた。

母が手にできなかったものを、手に入れた。そんなものは錯覚だと分かっていた。けれど、周りの雰囲気と、祭りのジンクスに酔って、桜子は本当のことを忘れたふりをして駅舎へと向かった。

＊

茜を改札まで送り、彼女が乗り込んだ電車が発車したのを電光掲示板で見守ってから、母へメールを送った。花火が終わってから数十分経っていたから、祭り客も随分減り、さっきまでの騒ぎが嘘のように構内はがらんとしている。

母は桜子を見つけるなり、「遅かったわね。何回メールしたと思ってるの？」とこぼし、さっさと改札の中へと入っていった。

「みんなはもう帰ったの？」

気を使って聞くと、

「そんなわけないでしょ。私を一人置いて帰るわけないじゃない。さっきまで駅の喫茶店でお話ししてたの。あなたからなかなかメールが返ってこないから、みんな心配して待っててくれたのよ」

散々友達に付き合わせておいて自分は先に帰るのかと呆れたけれど、「ごめんなさい」ととりあえず謝っておいた。

「あなたのチャイルドさんのことだけど、あまり仲良くしない方がいいわね」

電車に乗り込み、ボックス席を陣取ると、母は間髪入れずそう言った。

「どうして？　親切にしてあげなさいって、お母さん言ってたじゃない」

窓に映る自分の顔があまりに怖い顔をしていたため、一瞬怯《ひる》んだ。けれど、母への言葉を撤回することはできなかった。理由は分かっていたけれど、それを素直に呑み込むことはできない。

「だって、あまりにも育ちが違いすぎるもの。模範生のあなたにはふさわしくないわ」

「でも、千尋さんだって身内に星華の出身者はいないけど、仲良くしてても何も言わないじゃない」

「あの子はちゃんと、美術をやりたいって目標があって来てるわけでしょう？　けど、あの、茜って子はダメ。あなたは知ってるの？　あの子が星華に入った理由」

首を横に振った。

「あの子、捨てられたらしいわよ。お母さんが出ていってお祖父《じい》さんの家に引き取られたらしいけど、反抗的で問題ばっかり起こして、家に置いておきたくないからって寄宿舎のある星華に無理やり入れたらしいわ。星華の友の会のみなさんが調べてくださってたのよ。でも、もしかしたら、周りの人が言ってることの方が間違いかもしれないって、今日会ってみることにしたんだけど、でも、やっぱり、本当みたいね。態度も礼儀もなってないし、入学した理由も誤魔化していたし。火の無い所に煙は立たないって本当だわ」

息が、できなかった。

あの、どこか反抗的だった態度や、人を信じていないような瞳の理由は、そんな悲しいことが原因だったのか。シェリと似ていると感じたのはあながち間違いではなかったのだ。彼女も、シェリと同じように捨てられたのだ。そして心の奥底では誰かに助けて欲しかったに違いない。そんな彼女の弱さを嗅ぎつけて、無意識のうちに〈利用〉したのかもしれないと、桜子は冷や汗をかく。

「……でも、もう一緒にナイアガラの滝を見たもの。お母さんだって知ってるでしょ？　星島祭りでナイアガラの滝を一緒に見た二人は、永遠の絆で結ばれる。ジンクスはもう変えられないわ」

まくしたてる桜子に、

「ああ、あれね。なあに、あなた。本当に信じてたの？」

母は澄ました顔をして、鼻で笑った。

「どういうこと？」

「あのジンクスは、嘘よ。だって私が作ったんだもの」

「……嘘！」

「本当よ。ほら、恋人同士でも二人きりで行列のできる遊園地に出掛けたら、話すことがなくなって気まずくなって別れるっていうじゃない？　それと同じよ。祭りの最後の花火まで仲良くケンカせずにいられるなら、ちゃんと気が合う者同士で、それだけ性格が合うからずっと仲良くいられるっていうだけのこと。それをちょっと脚色して噂を流しただけなのに、……ずっと語り継がれているなんて、私の影響力ってまだ残ってるのね。まあ、でもね。例外もあるわ。だって正子はダメだったもの。私も見る目がなかったのね。でもまあ、あなたも他の子と仲良くしなさい。星華の子は、いい子ばっかりでしょ？」

怒りと絶望が胸からこみ上げてきて、必死に噛み殺し、そのまま続く母のくだらない自慢話を聞き流す。

これから始まる夏休みが恨めしかった。毎日母と顔をつき合わせ、彼女の好む娘を演じなければいけないのだ。

家の最寄り駅まで車で迎えに来てくれていた父は、「おかえり」と言ったきり、家に着くまで何も喋らなかった。車中でも止まらない母の悪口のどれくらいが、父に聞こえているのか分からないほど、淀《よど》みなく運転をこなしていた。

簡単にシャワーを浴び、ようやく解放されて数ヵ月ぶりの自分の部屋に戻ると、一気に怒りがこみ上げ、溢れ出る嗚咽《おえつ》を、枕で抑えて、息を殺して、何とか堪える。脳の血管が切れたんじゃないかと思うくらい顔が熱くなり、獣のような吐息が口から洩《も》れた。

茜のことを悪く言われて悔《くや》しかった。それは間違いではない。

けれど、こんなに悔しいのは、そのことを正々堂々と母に抗議できない理由が、桜子にあるからだった。

桜子は、母にそっくりだ。

顔も、体も、……取り巻きや、親友を手に入れるために使った手段も。

茜の洗濯物に嫌がらせをしたのも、死ねと酷いことを書いた手紙を送ったのも、千尋の絵を破ったのも、千尋の靴にガラスを入れたのも、全部、桜子だ。

今まで誰もが桜子と仲良くなりたがった。なのに茜だけが自分に興味を持たなかった。そんな茜が珍しく、どうしても彼女を手に入れたかった。

だから、茜をどん底に突き落とし、そこへ手を差《さ》し伸《の》べる救世主になることで、自分へ目を向けさせた。あたかも、彼女の味方は自分しかいないような状況を作った。

千尋に対する嫉妬も大きかった。自分とは正反対の、何でも思ったことを口にする彼女に対する憧れは、一生自分の気持ちなんて分からないだろうと屈折した気持ちに変わっていった。靴の中にガラスを入れたことが行きすぎたことだということは分かっている。けれど、やらずにはいられなかった。そうしなかったらきっと今頃、みんなの前で、腹黒い自分をさらけ出し、軽蔑《けいべつ》されている。

それに、シェリのこともそうだ。

雨の中で弱っている彼を見つけたとき、どうにか助けたいと思った気持ちは本物だった。一晩中、胸の中に抱き、温めている時間は、何物にも換えがたい、愛おしいものだった。

けれど、元気になったシェリはなかなか桜子の言うことを聞かなかった。トイレの場所を何度教えても、部屋の絨毯《じゅうたん》で失敗し、それをおもしろがるようにちらちらと桜子の顔色を窺った。

だから、シェリのことを殴った。

一度手が出ると、二度目からはさほど罪悪感を感じなかった。殴られた瞬間は怯《おび》え、こちらに媚《こ》びるような顔をするから、少し気分が晴れた。けれど、そのうち、桜子はおろか、桜子と仲良くする人にも近づかなくなった。今では食事を与えてくれるまゆりくらいにしか懐いていない。

茜に威嚇するようになったのも、桜子と親しくするようになったからだろう。誰もそのことに気づいていないけれど、いつかばれるんじゃないかと、桜子はいつだって怯えている。

あの眩《まばゆ》い光に願うことではないと分かっていたけれど、桜子の願いはひとつだった。

「決して、自分のしてきたことがばれずに、茜とずっと友達でいられますように」

けれど、その唯一の望みも、母の支配の一部だった。

茜に対する友情が間違っていることは分かっている。けれど正解が分からない。

どうすれば、友達がずっとそばにいてくれるのか。どうやって付き合っていくことが正しいのか。何も分からない。

けれど、ひとつ分かっているのは、正子はきっと、今の桜子を見たら悲しむ。いつの日か、あのえくぼをなくした彼女のように、茜のことも苦しめるような日が来てしまうのか。それを考えると、桜子はいつだって、この世から消えてしまいたくなる。

海面に消えていった火の粉のように、綺麗な姿を見せたまま、いつの間にか消えたいのだ。

第三章

*

寄宿舎のある山を降りて車を四十分ほど走らせると、大きな総合病院についた。たくさんの患者でごった返していて、こんなに病気や怪我の人がいるのだというこ
とに大島千尋は驚いた。彼女の地元の村の人口と、どちらが多いだろうと思わず考える。が、同伴してくれている寮母のまゆりには悟られないように、ポーカーフェイスを決め込んだ。怪我をしたことさえ何てことない風を装って、足を組んで、目を閉じてみる。まゆりにはきっと、待ち時間が退屈で、居眠りをしているように見えているはずだ。

まゆりはまるで自分が怪我したかのように狼狽《うろた》えていた。けれどそれは千尋の怪我を心配してのことではない。自分の落ち度だと責められるのを気にしているのが丸わかりだった。まゆりはいつも損得で動いているように見える。生徒から人気がある者にはうまく取り入り、そうでない者はないがしろに……。こんな大人にだけはならないと、まっすぐに軽蔑できる。

が、今回ばかりはそんなまゆりが、千尋にとっては都合が良かった。

「大掃除のときに窓を拭こうと思って靴を脱いでベンチにのぼったら、ガラスの破片が落ちててざっくり刺さっちゃったんだよね。ほら、台風の後だったからさ。気をつけてたつもりだったけど、気づかなくて」

千尋はサバサバとした口調で、病院に迎えにきた父と母に笑って聞かせた。その隣で、危ないことをさせてしまってすみません、と大げさにまゆりは頭を下げた。

「先生、頭を上げてください。うちの子が無精したからこんなことになったんじゃけえ」

「そうそう。娘は昔っからやんちゃで、野山を駆けまわって育ったんじゃけえ、そんじょそこらのことじゃ、びくともせんですよ」

がははと笑う父に、まゆりはもう一度頭を下げた。千尋が頼んだ通り、〈怪我の本当の理由〉について、話すそぶりはなかった。

本当にクズだと、千尋はその横顔を盗み見た。

普通の大人だったら、生徒がどんなに頼んでも、事実を話すべきだと保護者に本当のことを話すだろう。けれどまゆりは千尋の提案に喜んでのっかってきた。

――誰かに怪我をさせられたわけじゃなく、自分で怪我をしたことにしたい。

学校で何か問題があるとは、両親に思われるわけにはいかなかった。

病院の入り口で挨拶をして、それぞれ駐車場に停《と》めてある車に乗り込むと、まゆりは窓ガラス越しに頭を下げて、車道へと出ていった。

千尋は後部座席に乗り込み、運転席と助手席に座る父母の背中を見つめた。

心配されたくないから嘘をついたのに、ここまで単純に話を鵜呑《うの》みにされると、なぜだか胸がざらついた。

「まあ災難じゃったけど、三日早く夏休みになったと思えば、得した気になるじゃろ」

バックミラーに歯をむき出しにして笑う父の顔が映る。

「そうそう。二週間安静にせんといかんって先生もおっしゃってたけえ、合宿には行けんけど、そしたら今年は小鳥遊神輿《たかなしみこし》祭りに行けるってことじゃろ？　千尋、高校に入ってから、一回も行けとらんのじゃけえ、神様が良い機会を与えてくださったんよお。そうじゃ、浴衣、出してみようか？　高校に入ったときに仕立てたの、まだ着て出掛けたことなかったじゃろお？」

母は楽しそうに手を胸の前であわせて、歌うように言った。

今年、千尋が受験生だということも、最後のデッサン合宿だということも、父と母は勘定に入れられないらしい。二人にとって世界は村の中だけで、その外に広がる世界のことを知ろうともしていない。

「けど、二週間経って、もう病院に行かなくてよくなったら、寄宿舎に戻るから。合宿には行けなくても、受験用にデッサンの練習もしなきゃいけないし、受験勉強だってあるんだから」

「大丈夫よお、心配せんでもお。千尋ちゃんは村で一番頭が良くて、一番絵がうまいんじゃけえ」

また、これだ。

ちょっと眠いから着くまで寝てる、と千尋は目を瞑った。

＊

千尋の住んでいる小鳥遊村は、人口が千五百人。小・中学校は一校だけで、一学年一クラス、全校生徒七十人ほどという小さな学校で、村の子供はみんな友達だ。

村にあるのは海と山だけで、ほとんどの人は漁港で働き、そうでない人は隣町まで働きに行っているような状態だ。何か目新しい特産物や観光名所があるわけでもない。

村に高校がないため、中学を卒業すると、みんな隣町の高校に進学することになる。

始発に乗り、電車で一時間半揺られる。それが、この村では普通の光景。

けれど、千尋は違った。

この村から初めて、星華高等学校に進学した。

「やっぱり、千尋ちゃんはみんなと違う。何かしてくれると思っとったんじゃけえ」

両親も友達も先生も、顔見知りのおじちゃんおばちゃんも、それまで何度、千尋にこの言葉をかけてきただろう。でも、その中で最も、千尋を褒めてくれたのは、祖父だった。

千尋は、村で一番かっこいい。

千尋は、村で一番賢い。

千尋は、村で一番絵がうまい。

千尋は、千尋は……。

千尋はそのたびにくすぐったさに身をよじり、「別に大したことじゃないけえ」と、答えてきた。本当は嬉しくて仕方がなかったけれど、両手を挙げて喜ぶようなことはしてこなかった。

星華高等学校は、村から電車で三時間かかる。そもそも全員寄宿舎に入るため、もし通える範囲だったとしても村を出ることになる。今まで幼稚園のときからずっと同じクラスだった、別の学校に行くということがなかった村の友達は、千尋の合格を喜び、褒め称えてくれたけれど、それ以上に、別れを悲しんでくれた。

村の人たちは公民館で送る会をわざわざ開いてくれた。小さい頃から可愛がってくれている村のおばあちゃんやおばちゃんたちが腕を振るってご馳走《ちそう》を作ってくれたし、おじいちゃんやおじちゃんたちはこの日のために舟を出して、千尋の好物の魚を獲《と》ってきてくれた。友達は色紙に寄せ書きをしてくれて、一緒の高校に行けないのは寂しいけど応援していると涙を流してくれた。

誰もが、「千尋は小鳥遊村の代表みたいなもんじゃ」と言ってくれた。

あのとき、その言葉は千尋の胸に温かく響いていたはずだった。猫をお腹に抱いたみたいに心地よくて、でも一人じゃない、と頼もしくて。駅まで送りにきてくれたみんなが小さくなるまで、窓から身を乗り出して手を振った。

＊

途中で何度か休憩を挟みながら一時間半ほど高速を走り、下道に降り山道を抜けてしばらくすると、目の前に海が広がった。グレーにほんの少し青色が交ざったような空や雲を、夕日が少しずつ金色に染めながら水平線へ落ちるところだ。船着き場には漁船が等間隔で停まっているし、民家から聞こえてくる子供の笑い声が誰のものなのか、千尋は容易に想像できた。

この村は、何も変わっていない。

道路の脇で大きく手を振って笑っている女の人の姿が視界に入った。同級生の絵里《えり》子《こ》のお母さんだ。千尋は慌てて窓ガラスに頭をつけ目を閉じ、眠ったふりをした。

「大島さん、どうしたのお？　千尋ちゃんもう夏休みぃ？」

父が路肩に車をつけると、おばさんは助手席の母に訊ねた。

「ううん、まだなんじゃけどね。ちょっと学校で怪我したから、連れて帰ってきたんよお」

「あら、そうなん？　大変じゃったねえ。千尋ちゃん、昔っからやんちゃだったもんねえ。頭も良くて、運動神経も良くて。顔もすっごく整ってるけど、美人さんっていうより、イケメンっていうのお？　ジャニーズとかに入れそうだって、ずっと言われてたもんねえ」

母はおばさんの言葉に曖昧に微笑んだ。千尋が「イケメン」と言われることを母はあまり嬉しく思っていない。祖父に「跡継ぎの男の子を産んでくれって言ったのに、男の子みたいな女の子なんか産んで。あんたは役に立たん」とかなり責められたのだ。千尋もよく覚えている。昔はスカートなんて穿《は》かせてもらえなくて、男っぽく振る舞うことを強制された。だからか、今でも女っぽい格好をするのは苦手だ。星華に入って方言を抜くことを頑張ったけれど、いわゆるお嬢様言葉には馴染めず、テレビドラマの作り物っぽい男言葉に落ち着いてしまっている。けれど千尋は、そんな祖父が嫌いではなかった。……が、もう今は、この世にはいない。

「せっかく帰ってきたんだったら、うちに泊まりに来るように言っといてよお。絵里子も絶対喜ぶし、仲良し五人組の残りにも連絡させておくけえ」

おばさんの言う〈仲良し五人組〉というのは、千尋の同級生の女子のことだ。千尋の学年は全員で十三人。そのうち五人が女子で、千尋以外は隣町の高校に揃って通学している。

「今日は疲れてるから、また明日言っとくわあ」

母が父に車を出すように視線を合わせても、おばさんは空気を読まずにまだ何か喋りたそうにしている。会釈をしてどうにか振り切り車を出したが、「忘れんと言っておいてよお」と声が追いかけてくる。絵里子がこの場にいたら、「恥ずかしいけえホンマにやめて」と突っ込んでいるだろう。

母はさっきまでおばさんと話していたことを忘れたみたいに父と夕飯について相談し始めた。呑気に映ったけれど、いつまでもくよくよしていても仕方がない。母の美点だと千尋は納得した。

すっかり日が暮れ、墨を落としたように黒い海に街灯のオレンジ色だけが映り始めると、遠くの方で和太鼓を叩《たた》く音が聞こえてきた。

タン タタン、タン タタン、タタタ、タタタ、タタタ……。

最初はゆっくりだったリズムが、少しずつ速くなっていき、最後には合いの手を口ずさむのも難しくなるくらい激しさを増していった。千尋の腕にもこのリズムが染みついている。自然と指で音を刻んでいた。

もうすぐ小鳥遊神輿祭りがある。この音はそのときに山車《だし》の中央につまれた太鼓を叩く練習をしているのだろう。千尋も小、中学生のときにそうしたように、後輩たちが公民館に集まっているのだ。祭りの当日、山車に乗って、子供四人が太鼓を叩く。烏帽子《えぼし》姿の叩き手は、村の子供たちみんなの憧れだった。祭りの一週間前のテストまで、男子たちはこぞって腕を磨《みが》き、選抜を目指す。

千尋が所属していた小鳥遊太鼓会は、山車の太鼓の叩き手だけでなく、和太鼓の演舞も行っていた。千尋もまた男子に交ざって女子一人、小学一年生のときから練習に通っていた。祖父譲りの負けず嫌いを発揮して、かなりのめり込んで練習し、いつしか山車に乗ることを夢見るようになった。太鼓を叩くからには山車に乗り、無病息災、海上安全を願い、神輿を先導する音頭を取る花形になりたかった。

小学六年生に上がったとき、太鼓会に所属していた同級生は千尋を含めて四人。二台ある山車のうち、一台は中学生、もう一台は小学六年生が乗るのが恒例になっている。今年は絶対に乗れると、自信しかなかった。

「え？　何でなん？　何で私が乗ったらいけんの？」

太鼓会の先生が発表したのは、千尋以外の六年生三人と、五年生一人だった。

「山車の上には女は乗ったらいけんのじゃ。山車の神輿屋根の部分には神様が宿るとされとる。だから女が触れると汚れると昔から言われとるんじゃ」

両手にできたまめが、ずくんと痛んだ。女が触ると汚れるってどういうことだろう。顔に血が上り、喉がからからに渇いて、こめかみのあたりが重くなっていった。怒りよりも、恥ずかしさの方が勝った。そして、いつも祖父が言っていることが頭に浮かんだ。

「千尋は男だったらもっと立派になったじゃろうなあ」

女だったらダメなのだ、と千尋はそのとき初めて痛感した。男じゃなければできないことが世の中にはあるのだ。きっと、これからもこんな瞬間が何度も来る。どうして母は、私を男に産んでくれなかったのだろう。女なんかに生まれなかったら良かった。

千尋は涙を堪えて、公民館からの道を歩いて帰った。

普段は何とも思わない街灯の少ない海沿いの道が、急に怖く感じ、次第に歩みが速くなる。こんなところ、誰にも見られたくなかった。

完全無欠の千尋のままでいたかった。

家に着くまでに涙をどうにか目の奥に引っ込めて、ただいまと、いつもの笑顔を作って玄関をくぐった。

「何でお前が叩き手になれんかったんじゃ！　叩き手になれんで、どうしてそんなへらへらしとれる！」

夕食が始まる前に、何でもないふりで、祖父に選抜に入れなかったことを告げると、今までで一番の雷が落ちた。その途端、ずっと堪えていた涙が溢れ出た。ずっと泣きたかったのに我慢していたのは、女はすぐ泣くからダメだと言われないようにだ。

「誰が叩き手に選ばれたんじゃ！　お前が叩かんかったら、六年生はもうおらんじゃろ！　中学生がこっちに入るんか！」

千尋は首を横に振った。

「……五年生の隆志《たかし》が叩くって」

「たかしぃ？　あんながきんちょに何が叩ける？　お前の方が数万倍うまいじゃろ？　何でお前が叩けん？」

「……女が山車に乗ったら、汚れるから」

祖父はまた、母を怒るかもしれない。お前が千尋を男に産まなかったせいだと。母はまたこっそりトイレで泣くだろうか。私が男じゃないばっかりに。

が、予想は斜め上をいった。確かに祖父は、薄くなった白髪頭から湯気を出すほど怒った。けれどそれは千尋でも、母でもなく、太鼓会の先生に対してだった。

「千尋、今から公民館戻るからついてこい」

父や母が止める間もなく、祖父は千尋の手を引いて家を飛び出した。大分年季が入った軽トラのエンジンをかけると、いつも安全運転なのに千尋が危ないと思うほどスピードを出した。

公民館では先生や選抜組が太鼓の皮を固く絞った雑巾《ぞうきん》で拭いていた。こうすることによって埃《ほこり》が取れるのはもちろん、大事に使おうという心が培われるといつも祖父は言っている。いつもは千尋も最後まで手伝って帰るのだが、平常心でいられる自信がなく、今日は体調が悪いと早退して帰ってきた。祖父にばれて怒られるんじゃないかと身構えたが、そのことには何も思っていない様子だった。

「おお、哲坊《てつぼう》。今日、叩き手の選抜を発表したそうじゃな。何で千尋が入ってないんか納得いく説明をしてもらおうか？」

太鼓の先生の哲也《てつや》は、祖父の教え子だ。つまり祖父も昔、太鼓会の先生だった。

「先生、お疲れ様です。いや、先生もよくご存知でしょう。女は山車には乗れないって」

「昔は男は神輿、女は踊りっていうのが役割だったからな。けど、それだけのことじゃろ。要するに今までは、女が山車に乗ったら危ないから、そう言われてただけじゃろう。だけどな、うちの千尋は、そんじょそこらの男なんかより立派じゃ。それを、女が山車に乗ったら汚れる？　お前はわしの孫が汚れてるとでも言うんか」

先生は祖父の言葉に、ひっ、と小さく悲鳴を上げ、後ずさった。

「わしからしたら、まともにリズムも刻めんようなやつを山車に乗せる方がどうかと思うぞ。千尋の太鼓が〈女だから〉力も持続力ものうて、リズムが遅れるいうんなら、至極納得できるんじゃけどなあ。なあ、千尋。お前、隆志と比べて、自分の太鼓が劣《おと》っとると思うか？」

千尋ははっきり、首を横に振った。

「せ、先生。俺だって何も、千尋が女だから劣ってるなんて思っとらんです。ただ、山車に乗せて、村を練り歩いているときに、何で女を乗せとるんじゃと野次でも飛ばされたら、傷つくのは千尋じゃあ」

「千尋。お前、周りに何か言われたら傷つくか？」

まっすぐな祖父の瞳はビー玉みたいに澄んでいて、どきりとした。けれど、答えは何も迷うことなく、決まっていた。

「傷ついたりせん。女だから乗せてもらえん方が、ずっと嫌じゃ」

千尋は先生に頭を下げた。

「隆志と、テストさせてください。それで、私の方がダメだってなったら、ちゃんと諦めます。でも、男とか女とか関係なく、私の方がうまいって思ったら、私を山車に乗せてください！」

先生は迷っている様子だったが、なかなか首を縦に振らなかった。

「……先生。僕も、千尋ちゃんが乗った方がええと思うんじゃけど」

隆志だった。

「僕、絶対にリズムおかしくなるし、山車の上になんか乗ったら舞い上がって、間違いなく、へまするもん。千尋ちゃんは、他の六年生と比べても、誰よりもうまいから、絶対に、千尋ちゃんが乗った方がええと思う」

いつも男子にからかわれて泣きべそをかいている隆志とは思えない、はっきりとした口調に、祖父も先生も、驚いている様子だった。

結局、隆志のその一言と、祖父の加勢で、千尋は山車に乗ることができるようになった。

父母はそのことに反対したけれど、いつも通り、祖父が押し切った。そして小学六年生から中学二年生までの三年間、千尋は毎年、叩き手になった。最初こそ、女を乗せるのはけしからんと固い頭の老人たちが騒いだらしいけれど、それ以上に千尋の太鼓は素晴らしいと援護してくれる人の方が多かった。

今では女子が山車に乗るのは、タブーではなくなったそうだ。

思えば、いつだって、千尋がやりたいと言ったことに賛成し、応援してくれていたのは、祖父だった。

星華を受験したいと言ったときだって、母は特に反対した。高校を卒業し、大学に行くにしても働くにしても、村を出ていくことになる。それなら何もこんなに早く、家を出ていくことはないじゃないか、と。

けれど祖父は千尋の決断を、大いに褒めてくれ、味方をしてくれた。

「何を小さいことばっかり言っとるんじゃ。千尋はこれから先、自分がどうやって生きていきたいか、ちゃーんと考えて、それで志望校を考えとるんじゃろ。千尋の学力と画力があれば、合格だって難しくないって先生も言っとられるのに、自分が寂しいから言うて、それを邪魔するバカな親が、どこにおる」

母にしてみればおもしろくなかっただろうと今では思う。男の子を産まなかったと自分を苦しめる舅《しゅうと》と、自分の味方であるはずの一人娘が、一緒になって自分に歯向かうのだから。

けれど千尋にとって、一番の理解者であり、戦友は、祖父だった。

が、今はもう、その祖父も亡くなってしまった。

後ろから見守ってくれる人は、もういないのだ。

＊

港の早朝は、青い空気が目に優しい。

まだ太陽が昇りきる前、重い瞼を温めるほどの光が心地よい。潮風が肌に涼しく、リハビリがてら散歩をするには、この時間帯がちょうどよかった。もう少し時間が経てば、太陽が肌をジリジリと焼き、外に出ているのが辛くなる。

実家に帰ってきてから三日だが、朝御飯までの十五分、こうやって歩くのを千尋は習慣にしていた。早く普通に歩けるようになりたいのはもちろんだったけれど、家で父母と顔を合わせているのがどこか気まずかったのだ。

寄宿舎に下宿するようになって二年四ヵ月ほど。実家で過ごした時間はわずかだったし、今年のお正月に祖父が亡くなってから父母と過ごしたのは春休みの一週間ほどだけだった。何しろ、千尋は生まれてこのかた、祖父がいない家で暮らしたことがなかった。いつだって祖父が千尋の隣にいて、勉強のこと、部活のこと、友達のこと、あれやこれやを質問しては、それに答えるのが、〈家族団欒〉だった。その祖父がいなくなった家は、今まで知っていた実家ではなくなったみたいで、急に居心地が悪くなった。

昨夜のことを思い出して、父と母に悪いことをしたなと、千尋は急に胸が痛くなり、けれどイラつきで歪む顔を誤魔化すこともできなかった。無理やりにでも笑うことができない。

昨日は、晩御飯も風呂も済ませ、でも寝るには少し早くて、みんなでテレビを見ていた。寄宿舎の談話室のテレビでも人気の女性アイドルグループが、浴衣をアレンジしたような衣装を着て踊っている。さほど興味はなかったけれど、みんなの話についていけるように、流して見ていた。

「最近はこんな普通の子ぉでも、歌手になれるんじゃねえ」

沈黙に耐え兼ねたのか、口を開いたのは母だった。

「そうじゃなあ。俺は誰が誰だか、さっぱり区別がつかん」

「この子たちなんかより、千尋の方がよっぽど可愛いよねえ、お父さん？」

母の言葉に、そうじゃなあ、と、父は曖昧に頷いた。

「あ、そうじゃ。今日の昼間に浴衣を出してみたんじゃけど、何ともなってなかったから、今着てみん？　ほら、祭りのとき、あんたはいっつも山車に乗ってたから、紺色の法被《はっぴ》しか着れなかったじゃろう？　ようやく女の子らしい格好ができるようになったんじゃから、な？　絶対あの子たちより可愛いわよお」

「……また今度でいいよ」

千尋はイラつくのを抑えて、何とか喉から声を捻《ひね》り出《だ》した。紺色の法被も真っ赤な烏帽子も、叩き手の特権だ。あの頃はそれが誇らしくて、嬉しくて仕方がなかった。それを母は分かってくれていないのだ。

「何でえ？ どうせ暇なんじゃから、な？ な？ ちゃんと着付けんくても、ちょっと、手、通すだけでええから」

母は強引に千尋の右手を取り引っ張り上げようとした。反射的に、千尋はそれを、振り払った。

「……私、女っぽいの嫌いだから！」

浴衣を着るのが嫌だったわけでは決してない。ピンクや赤などを好まないと知っている母は、千尋が好むように、濃紺の地に白い菊の花の模様が描かれたものを用意してくれているということも分かっている。それでも、今はどうしても着られなかった。今着たら、「やっぱりあのアイドルより可愛い」なんて言うに決まっているのだ。

この村のことしか知らないのに、千尋のことを過大評価することは、どうしても耐えられなかった。あんたが何を知っているのだと、叫び出したくなる。

「……やっぱり、お母さんのせいじゃね。私が男の子に産んであげなかったから、こうなるんよね」

お母さん、と父がたしなめる。そして千尋に、

「せっかくお母さんが用意してくれたんだから、着てみるくらいできるじゃろうが。それを何じゃ、その態度は。ちゃんと謝れ」

何を急に父親ぶっているのだろうと、千尋はそのとき、最低なことを思った。祖父がいた頃はいつだって彼の顔色を窺って、母や千尋が何を言われようとかばったことも、怒ったこともなかったというのに。

「浴衣を用意したくらいで、恩着せがましいこと言わんでよ」

久しぶりに、方言が出た。星華に入ってから、使わないように気をつけてきたのに。

「親をなんだと思っとる！」

父があんなに怒ったのは、これまでも、これから先も、ないんじゃないだろうか。右手を振り上げたのが視界に入った途端、咄嗟《とっさ》に両手を上げて顔をかばった。が、父はそのまま固まり、千尋を殴ることはなかった。

「部屋に行って、反省せい」

祖父とは違う、と千尋は内心思った。比べても仕方がない。でも、違う。もし千尋が、こんな口の利き方をしていたら、絶対に殴られて、畳に吹っ飛んでいる。

それでも、祖父の言うことは素直に聞けたのだ。

二階の自室にこもると、布団に潜り込んだ。きっと昼間に干してくれていたのだろう。ふんわりとした温かさがまだ残っていて、ふいに涙が滲《にじ》んだ。良い両親なのだ。けれど、千尋が話をしたり、相談をしたり、絵を見せたりしたいのは、二人ではない。祖父なのだ。

父母にデッサンを見せたら、無条件に褒める。

けれど祖父の場合は、「これはいい」「これはいまいち」とちゃんと評価してくれたし、それは千尋が思っていることと同じだった。ただ褒め殺しのようなことはしなかった。だからこそ、褒められたときは嬉しかったし、信用できたのだ。

今こそ、祖父のものさしが欲しいのに。

祖父に、真琴の絵を、見て欲しかった。

そして、その評価を訊きたかった。

当てもない散歩を終え、家に戻ると、千尋は居間へ行った。座卓の前で父が新聞を広げていて気まずかったけれど、いつも通り向かいに座り、ついていたテレビに視線をやった。

「おかえりー。足大丈夫じゃった？」

母が台所から漬物や昨晩の残りの肉じゃがを運んでくる。いつも通りに見える完璧な笑顔。

「大丈夫。手伝おうか」

「ええよ、ええよ。じっとしとき。まだ足が治ってないんじゃから。それに、寄宿舎では何でも自分でせんといかんのじゃから。家に帰ってきたときくらいは、何もせんでええんよ」

千尋はありがとうと呟いた。ドタバタと台所へ引っ込んで返事がなかったので聞こえたかどうかは分からなかったけれど、今度は父が新聞を畳んで傍らに置き、

「今日も暑いのお」

独り言とも取れるようなことを呟いた。

「でもまだ涼しいよ。ちょっと歩いてきたけど、そんなに汗かかなかったし」

「今日は何か、予定があるんか」

「絵里子と中学に行ってくる」

「何でまた？」

父が訊ねたところで、母がご飯と味噌汁を持って帰ってきた。

「中学の美術部の子らあに、絵里子ちゃんが頼まれたんじゃって。千尋が帰ってきてるなら、一回連れてきてくださいーって。この子に、今まで描いた絵を批評して指導

して欲しいんじゃってよお。なんか、すごいじゃろお？」

にこにこと笑いながら話す母には、邪気がない。

それはすごいなあ、と曖昧に頷く父は、もう味噌汁を啜っている。

千尋は昨夜のように、無駄な反抗をしないように、平常心、と唱えて、味噌汁を啜った。寄宿舎の食堂で出てくる安っぽい味とは違う。箸が立つくらいふんだんに鰹節《かつおぶし》を使った、上等な味。

それだけで充分なはずだ。

九時半に神社で、絵里子と待ち合わせた。十分前に境内《けいだい》へ着き、砂利道を鳴らして歩く。

海風が強くてほんの少し歩いただけなのにもう髪が潮でべたついている。とりあえず手だけでもと、手水《ちょうず》をひしゃくで汲《く》み、洗い流した。

「ごめん〜、千尋。待った？」

絵里子が階段を昇ってくるのが見えた。ちょうど頭と勢いよく振る右手だけが地面から覗いている。

「いや、今来たとこ」

ぷるぷると手を振り、水気を飛ばす。

「わあ、やっぱり千尋の服はみんなとは違うねえ。かっこいい」

階段を昇り終えると、絵里子は肩で息をしながら、千尋の頭のてっぺんから爪先《つまさき》までを眺めて、溜息をついた。

「別にみんなと変わらないし」

「いや、変わる。この服だって、どっかのブランドじゃろ？」

「どうでもいいじゃん、別にそんなこと」

千尋は言いつつ、境内の奥へと歩き出した。裏口から外に出れば中学まで近い。やっぱり千尋はかっこいいなあ、と笑う絵里子を後ろに歩きながら、なんて自分は性格が悪いのだろうと罪悪感にさいなまれる。どうでもいいと言いながら、千尋は自分が持っている服の中で一番のお気に入りを着てきたのだ。マウジーのミリタリーシャツに黒のスキニー。ダメージ加工がしてあって、このコーディネートのときは、後輩にかっこいいと言われる回数が格段に増える、勝負服だった。

絵里子はベージュの半袖《はんそで》のパーカーにショートパンツを合わせている。きっと近所のスーパーの衣料品コーナーで買ったのだろう。流行《はや》りを取り入れつつも無駄なロゴマークが痛い。もし星華の寄宿舎で着ていたら笑われることは間違いない。もうこういう服は着られないと千尋は思う。……前は自分も同じように着ていたのに。

「受験勉強してる？　千尋は美大を受けるんじゃろ？」

絵里子は千尋の隣に追いつき、歩を進めながら訊ねる。

「そうだよ。T芸大」

「うわ、やっぱりすごいなあ。だったら今よりもっと村から遠くなるんじゃろ。うちだったら考えられんなあ」

「絵里子は？　どうするの？」

「うち？　うちは今の高校が付属してる短大にそのまま行く。心音《ここね》と梓《あずさ》もそうするって。勉強嫌いだから就職できるならそれでも良かったんじゃけど、親が短大くらい出とけって。陽子《ようこ》は看護の専門学校。ほら、お母さんもナースじゃから」

「じゃあ、みんな家から通うわけ？」

「まあ、そうなるんじゃろうなあ。就職したら嫌でも家から出んといかんから、とりあえず行けるところまで行くかな。もし途中でやっぱり通いじゃ無理ってなったら、一人暮らしするかもしれんけど」

そっか、と相槌《あいづち》を打ちながら、どこか納得しきれない思いを抱えた。

どうしてみんなは、村から出たいと思わないのだろう。

千尋は、外の世界に、恋《こ》い焦《こ》がれた。そして、星華へ行き、ようやく小さな世界から脱出できたのだ。

それなのにどうしてみんなは、この小さな世界で、――千尋よりも――、幸せそうなのだろう。

中学校の門をくぐると、磯《いそ》の香りが薄れ、途端に土の匂いが鼻先をくすぐった。太陽が草木を熱する匂い。寄宿舎の周りにも同じような山が広がっているのに、こうも匂いが違うのはどうしてだろう。

木で作られた小さな靴箱から来賓用のスリッパを取り出し、廊下へと進む。

床木がささくれだっているのが視界に入った。クラスの男子がスライディングして、ズボンを破っていたのを思い出す。あれは小学生の頃だったか、それとも中学校か。

小鳥遊小学校と中学校は、ひとつの校舎を使っている。他でもない、子供の数がそれだけ少ないのが理由だ。

古い木造校舎は三階建てで二棟あるが、普通教室の半数を持て余しているのが目に見える。一学年一クラスなのだから、小・中学校合わせて九部屋あればそれで充分なのだ。特別教室や部室として使っても、まだ余る。母の話だと、あまりにも古く珍しい建物なので、映画のロケ地として一ヵ月貸し出していたこともあるらしい。事あるごとに、母が自慢している。

歩くだけでミシミシと音を立てる階段を最上階まで昇る。星華も美術室は最上階にある。どうしてか疑問に思い、顧問の先生に訊ねたところ、光を取り込みやすいからじゃないかと教えてもらった。

絵を描くとき、蛍光灯の光より自然光の方が描きやすい。だからできるだけ太陽から近い場所に教室を作ったんじゃないか、と。

千尋はそれをにわかには信じがたかった。

もちろん、星華はそうなのだと納得いった。美術工芸コース用に新しく美術室を作り直したらしいから、きっとそういう配慮があったのだろう。実際、他の教室と比べて窓が大きい設計になっている。

けれど小鳥遊は。

どの教室も同じ形をしている。きっと最上階になったのも、偶然だろう。

「あ！　千尋ちゃん！　おかえりなさい！」

美術室の戸を引くと、こちらを向いて座っていた女の子が向日葵《ひまわり》のような笑顔を咲かせて、立ち上がった。母の幼馴染《おさななじみ》の娘で、千尋も小さい頃から姉妹のように仲良くしている、橋本彩夏《はしもとあやか》だ。

「ちょっと、彩夏、動かんでよ……。せっかく描いとったのに」

そう言いつつ、首から下げていた画板を机に置いた眼鏡《めがね》の女子が、奥村美穂子《おくむらみほこ》。彼女もまた小さい頃から親しい。

「足、大丈夫？　ガラスで怪我したって聞いて、みんな心配しとったんよ」

窺う彩夏に千尋は眉をひそめた。ほんの数日しか経っていないのに、もうみんなが知るところとなっている。さすが、村は狭い。

「大丈夫。縫ったりしなくても済むくらいだから。それより彩夏。来年から高校だろ？　ちゃんと〈先輩〉って呼ばないと、やってけないよ？　〈ここ〉とは全然違うんだからな」

反省したのかしていないのか分からないけれど、彩夏は、はあい、と舌を出した。

「まあまあ、小言はそれくらいにして。彩夏と美穂子は二人とも、星華の美術工芸コース受けるんじゃやって。な？」

絵里子が苦笑しながら割って入る。

「うん。毎日、千尋ちゃんの顔を拝んで、二人で頑張っとるんよ」

彩夏が千尋の頭上を指差す。振り返って壁を見て千尋は固まった。……確かに、千尋の顔に違いない。顔が苦痛に歪む。

三年前の夏、星華を推薦で受験して合格が決まった後、手本に飾っておきたいからと先生に頼まれ、水彩で自画像を描いた。あの頃は母校で星華の美術工芸コースに合格したのは千尋だけだったからその状況に浮かれていて、かなり気合を入れて描いたのを覚えている。

……これが本当に、そのときの絵なのだろうか。

「私、千尋ちゃんのこの自画像みたいに描けるようになるのが夢なんだ」

後輩の褒め言葉は、お世辞や遠慮、もしくはからかいなのではないかと疑ってしまった。頭の中でもっとうまく描いたように変換され記憶していた。これではただの落書きじゃないか。こんなものを手本にされて有り難がってもらっては困る。

つい最近まで中学生だった子が、比べものにならないような絵を描くことを、千尋はもう知っている。

「私、本気で星華に行きたい。彩夏は行けたらええなって言ってるだけじゃけど、私は、どうしても、絶対に行きたいんよ。千尋先輩、今まで描いたデッサン、見てください」

美穂子が頭を下げ、顔を上げる。眼鏡レンズ越しにこちらを見つめるその表情は真剣そのものだった。

「いいよ。見るから持ってきて」

日曜大工《だいく》で誰かの父親が作ったような歪な四角い木のイスに座り、足を組む。美穂子が美術準備室に荷物を取りにいくのを、いいな私も、と彩夏がぱたぱたと後を追いかけた。

「あの二人は本当に騒がしいんじゃけえねえ」

「そうだね」

言いつつ、千尋は震える右手を左手で包み、誤魔化した。誰かの絵を見ることが、今は怖くて仕方がない。

「お願いします」

美穂子が差し出すスケッチブックを受け取る。

「何がモチーフで出るか、年によって違うって言われたけえ、いろいろ描いてみました」

表紙を捲ると、一枚目に鉛筆を握った左手のデッサンがあった。自画像、りんご、花、牛骨、コップ……。何か〈褒められる場所〉を探してページを進めたけれど、不思議なくらい何ひとつとして見つからなかった。

「どうですか？」

期待に溢れる瞳を直視できず、なるべく自然になるようにスケッチブックに視線を落としたまま、

「細かいところ描きこむの好き？　随分手を入れてるよね。あとはモチーフをもっとじっくり観察して大きな形で見るようにしたら、もっとまとまりが出ると思う。

例えば、……自画像だったら、一番濃いところって髪の毛じゃん？　でも今は、顔や首の影と同じくらいの濃さだよね。本当だったらもっと濃い鉛筆でがんがん描いて

いいところだと思う。そんな感じでもっと大きなバランスを一番最初に見て描いたら、よくなるよ。これって、大体どれくらいの時間かけて描いてる？」

「五時間くらいです」

言葉を失い、口がだるくなった。それでも何とか引きつった喉を無理やり動かす。

「……じゃあ、これからは受験時間の二時間で今ぐらいのクオリティにもっていける練習をしたらいい」

「私、推薦で行けますか？」

「推薦ってほとんど運みたいなものだから絶対とは言えない。でも、可能性はあると思う」

素早くスケッチブックを閉じ、美穂子に差し戻す。受け取った彼女はまるで合格通知を受け取ったような笑顔を浮かべた。

そんな彼女に合格はほぼないだろうと本当のことを告げなかったことに、今更ながら後悔した。桜子に「自分が傷つきたくないだけだろ」と、大きなことを言ったことを恥ずかしく思う。自分だってそうだ。悪人になりたくない。

けれど、人を呼び出しておいて、批評をメモするそぶりも見せない後輩に、心を砕《くだ》いている暇はない。きっと彼女は、褒め言葉をもらうためだけに千尋を呼んだのだろう。次に見せた彩夏も美穂子と似たようなもので、真琴と比べたら、足元にも及ばない。

　もう少し制作を続けて帰るという中学生二人を置いて、千尋と絵里子は中学校を後にした。

　校舎の中でも充分暑いと思っていたけれど、外に出た瞬間、むわっとした熱気に肺が焼けるかと思った。蟬の声がシャワーのように降り注ぐ。

「ちょっと、コンビニに寄って帰らん？　ようやく小鳥遊にもローソンができたんよ。食べるスペースもあるから、ジュースでも買って、話しようや」

　額に汗を浮かべながら絵里子が笑う。その眩しさに千尋は目を逸らした。

「いいけど、あんまりお金持ってきてないよ」

「大丈夫。カフェオレなら百円で飲めるけん。私が奢っちゃるわ」

「いや、それくらいならあるけど」

　小鳥遊にローソン。たったそれだけのことを喜ぶ絵里子を、千尋は直視できなかった。それだけのことを喜ぶのが、田舎者《いなかもの》なのだ。普通の人ならそんなこと、当たり前すぎて、有り難がることすらない。

　胸が鮫肌のようにざらついていく。初めて星華に行ったときのことはそれくらい、千尋のトラウマになっていた。

星華は、山の上にある。

都市部とは少し離れているけれど、千尋にとってそこは、充分都会だった。

電車で一駅のところに商業施設があり、映画も見られるし、流行の服だって買える。

けれど、寄宿舎の子たちは「こんな田舎だったら休みの日に遊ぶところがない」と言っている。雑誌に載っているようなカフェやファストフード、ブランドの店がないらしい。

けれど千尋にとって、星華の周辺は、流行の発信地のようにさえ見えた。

小鳥遊には、ユニクロも、ライトオンも、ミスドもマックもない。コンビニだって二キロ近く国道沿いを歩かないとなかったのだ。服を買おうと思えば近くの大きなスーパーにある衣料品コーナーか、電車に乗って一時間半ほど行かないと、流行の物なんて買えない。

それでも、雑誌に載っているようなブランドの物はなくて、それに似せた服を買うくらいだ。

そもそも、村の子たちは、さほど、自分たちが困難な環境にいるなんて思っていない。周りの子がみんなスーパーで服を買っているのだから、気づくこともない。テレビの向こうの人は芸能人だからああいう格好をしているのだ、と、千尋だって思っていた。

そうではないということに気づいたのは、星華の制服を買いにいった春休みのことだった。

体育館は私服でおしゃれをした女子たちで溢れていた。それこそ雑誌から飛び出してきたみたいに。白いパーカーに、ぶかぶかのジーンズを穿いている子なんて千尋だけで、恥ずかしかったのを覚えている。

その中でも、ことさら美しかったのが桜子だった。服装だけでない。立ち方、歩き方、喋り方、笑い方。全てが完璧だった。

井《い》の中《なか》の蛙《かわず》、という言葉が頭の中に思い浮かんだ。まさにそのときの千尋は蛙《かえる》だ。小鳥遊という小さな世界では、かっこいい、頭が良い、などともてはやされていた。けれど一旦、外に出るとどうだろう。千尋くらいの容姿の子は掃いて捨てるほどいたし、流行のファッションをしていない彼女は、誰よりも霞《かす》んで見えた。

合格したお祝いに欲しいものを訊かれていた千尋は、初めてファッション誌を買い、研究して、着回しができるとされる定番アイテムと流行の物を一通り買ってもらった。近所のスーパーではない。片道三時間かけて行った、ショッピングモールで。

そのときですら、千尋は、女の子っぽい服を買おうとは思えなかった。小花柄のスカートやレースのついた靴下を着こなせる自信はない。祖父のすりこみは随分根深かった。散々雑誌で研究した結果、千尋はボーイッシュな辛口系のカジュアルというのを目指すことにした。「可愛い」より「カッコいい」と言われることの方が慣れている。そして自分でもそっちの方がしっくりきたのだ。

けれど試着室にモノトーンの服ばかり持って入る千尋に母は、

「どうしてそんな暗い服ばっかり選ぶん？　もっとこういう可愛いのを着たらいいのにい。千尋は顔も小さくて可愛いんじゃけえ、他の子よりも絶対に似合うよお？」

そう大きな声で言って、千尋を辱めた。

……母には見えていなかったのだろうか。あの体育館にいた女子の中で、私が一番冴《さ》えてない、イケていない子だったことが。

小鳥遊の人たちの言うことを、真に受けてはいけないと、千尋はあのとき悟った。

このままでは、外の世界から置き去りにされてしまう。

＊

家では受験勉強に集中できない。

そう言い訳して、千尋は毎日図書館に通った。実際、家や星華の図書室よりも小さなそこの方が、テキストの問題にのめり込むことができた。

顔なじみのおばちゃんに「どこの大学を受験するの?」と声をかけられたり、「うちの子にも勉強を教えてやって」と頼まれたりしたけれど、曖昧に答え、笑顔を振りまくことには慣れている。そつなく、〈村の期待の星〉を演じられている自信があった。

だけど、家ではダメだった。

いつだってイライラし、父母に声をかけられるたびに爆発し、彼らを傷つける言葉を投げかける危険性に怯えていなければいけなかった。

ふと喉の渇きを感じて、ノートから顔を上げる。ついさっきまで心地よい室温だったのに、今は少し汗ばんでいる。

「千尋ちゃん」

図書館の司書のおばちゃんがカウンターから声をかけてくる。

「ごめんねえ。なんかエアコンの調子が悪いみたいなんよお。今、お父ちゃんを呼んだから直るとは思うんじゃけど、ちょっと時間がかかるかもしれんわあ」

「そっか、おばちゃんも大変だね。今日は早く切り上げるよ。喉も渇いたし」

腕時計を見ると、十四時をまわったところだった。いつもは大体十七時くらいまでいるが、そういうことなら仕方がない。机に広げた問題集やノートをまとめ、リュックの中に入れ、立ち上がる。

「本当にごめんねえ。ねえ、千尋ちゃん。今回はいつまでこっちにいるのお？」

「……まだはっきり決まってないけど、あと一週間くらいかな。怪我が治ったら学校に戻らないと。受験用にデッサンの練習しないといけないから」

「本当に千尋ちゃんは偉いねえ。あんねえ、忙しいのはじゅうじゅう承知なんじゃけど、ひとつ頼みがあるんよ〜」

「なに？　できることなら、喜んで」

おばちゃんはエプロンのポケットから一枚の写真を取り出し、千尋に差し出した。女の人と男の人が仲がよさそうにこちらに向かってピースをしている。

「おばちゃんの娘とその彼氏なんよ。わりとイケメンじゃろ？　今年の冬にようやく挙式が決まったんじゃけど、千尋ちゃんに、ウエルカムボオドって言うの？　それを描いてもらえんじゃろうかと思ってえ」

思わず、写真を落としそうになって、慌てて指に力を入れた。親指と人差し指が痙《けい》攣《れん》したみたいに小刻みに震える。

「ほら、いつだったか、貢《みつぐ》さんとこの美幸《みゆき》ちゃんが結婚したときに描いてあげたんじゃろお？　あれを見てうちもぜひ千尋ちゃんに描いて欲しいって言ってるんよ。ほら、これみたいなの」

おばちゃんはもう一枚、写真を取り出し、顔の前で持ち、千尋に見せる。

ウエディングドレスとタキシードに身を包んだ新郎新婦が千尋の描いたウエルカムボードの横ではじける笑顔を浮かべている。

……見たくない。

千尋は視線を逸らし、持っていた写真をおばちゃんに返した。

「描きたい気持ちはいっぱいなんだけど、私も受験生だからさ。ちょっと無理かなあ、申し訳ないけど」

おばちゃんはへなっと眉を下げて、

「やっぱりそうじゃんなあ。いや、おばちゃんも娘には言っといたんよ？　千尋ちゃんはあんたみたいに暇じゃないんじゃから難しいじゃろおって。ごめんね千尋ちゃん。もう忘れて」

「ううん、ごめんな、おばちゃん。また別の機会があったら言って」

何度も何度も謝るおばちゃんに千尋は泣きたくなりながら、図書館を後にした。到底、まっすぐ家に帰る気になれない。できればどこかで一人、思い切り泣いてしまいたかった。だけど村には一人になれる場所なんてどこにもない。みんなが千尋のことを知っている。もし、泣いているところを一人に見られようものなら、明日の朝には誰もが知っていることになっているだろう。

悩んだ挙げ句、海水浴場に向かって歩き始めた。港から少し離れたそこは、テレビに映るような大きな場所ではなくて、海の家も何もない、入り江のような場所だ。

ここへはよく、祖父と一緒に散歩に来ていた。物心ついた頃から、高校へ入ってもなお、長期の休みで帰ってくるたびに、なんだかんだと話しながら。

父母の前では顔の筋肉を一切動かさないような話し方をするくせに、千尋の前では表情豊かな祖父だった。何にでも好奇心旺盛《おうせい》で、図書館に入り浸り書物をあさり、ニュースにドラマ、バラエティ番組まで、テレビは何でも見て、吸収していった。漁師として働き、この村から一切出たことがなかったはずなのに、祖父は何でも知っていた。

そんな祖父が唯一苦手だったのが、絵を描くことだった。

海岸に来ると、一層風が強くなり、細かい砂粒が目に痛かった。珍しく誰もいない砂浜を歩き、目についたテトラポッドによじ登る。ささっと船虫が千尋を避けていった。

ここから見える風景が祖父はお気に入りだった。

散歩へ行くたびに、ちょっと描いてみろと祖父は千尋に頼んだ。さっと鉛筆一本でスケッチしただけだけれど、やっぱりお前は絵がうまいと手放しに褒めてくれた。

……こっちに帰ってきて、まだ一枚も描いていない。

大きな溜息が次々とこぼれ、波の音に掻《か》き消《け》される。

私なんかよりうまい人はいるんよ、じいちゃん。

そう、誰かに弱音を吐きたかった。でも言えない。小鳥遊の人たちはみんな、千尋が一番だと信じて疑わない。それに、応えなければいけない。

でも、いるのだ。天才みたいな子が。しかも、その子は自分のチャイルドなのだ。

真琴の絵を初めて見たとき、ショックで声が出なかった。つい最近まで中学生だった子が、こんな絵を描くのだ。そう知ったとき、また、自分が井の中の蛙になっていたことを知ったのだ。

今までずっと、千尋が先生のお気に入りだったのに、真琴が入学してから、ころっと態度が変わったこともショックだった。好きな画家の絵、自分のイラストが使われた雑誌、個展のDM。今まではいろんな物を千尋に見せてくれていたのに、こちらから声をかけなければ、授業以外で話しかけてくることもなくなった。

かといって、真琴が先生と仲良くしているかといえば、そうではなかった。

彼女は全くと言っていいほど、自分が絵を描くということ以外に興味がなさそうだった。

他の生徒のように、先生に好かれたい、評価されたいという、媚びのようなものは一切なく、生意気だった。それでも先生からいつも、絵を評価されていた。

その孤高な態度が、眩しかった。

彼女のような人を、天才というのだと思った。

そうしたら、絵を描くことが急に苦痛になった。

千尋が二年生だった昨年の夏、休学した同級生がいる。彼女はずっと、先生からの評価が低く、次第に絵を描けなくなっていった。絵を描くと、手が震えるのだと、保健室で話しているのを偶然聞いてしまったことがある。そのとき千尋は、「甘い」と思った。先生がいつも言っている通り、誰に何を言われても、努力できないといけないのだと、そう思っていた。

でも、今なら、彼女の気持ちが分かる。

絵を描くことが、怖い。

これから、どうしたらいいのだろう。

今は生活態度が悪い真琴のフォローをすることで、何とかプライドを保《たも》っている状態なのだ。

苛立って、桜子に当たることもある。女らしさから逃げ、絵から逃げ、どこへ向かえばいいのだろう。どれだけ小さいのだろう。

ぼんやり潮風に当たっていると、ふと休学中の同級生についてある仮説が思い浮かんだ。……もしかして彼女は。

とはいえ、そのことについて誰かに訊くことはしたくなかった。その仮説が当たったとしたら、これからどう真琴と接していいか分からなくなりそうだった。

＊

怪我は思いのほか、早く治った。

絵里子やおばさんにお泊まり会を何度も提案されたけれど、何かと理由をつけては最後まで断った。結局、寄宿舎に戻るのは、小鳥遊神輿祭りの翌日に決まった。もっと早く戻っても良かったけれど、母がどうしても浴衣を着ているところを見たいと粘《ねば》ったからだった。

「やっぱり似合う。千尋は他の子とは違うオーラがあるわ。お父さんもそう思うじゃろ?」

着付けを終えると母は千尋を居間へ引っ張っていき、父の前で大げさに声を上げた。また適当な返事が返ってくるのだろうと諦めていたけれど、なかなかいいじゃないかと感心したような声が聞こえて驚き、動揺した。

「確かに千尋はピンクだ赤だというのよりも、こういうシックなのが似合うのかもしれんな。そこらの子よりも大人っぽく見える」

「そうじゃろ？　お母さんの見立ては確かだったじゃろ？　ほらな、千尋。鏡で見てみ」

千尋は居間の片隅に置いてある全身鏡を恐る恐る覗いた。

……本当だ、悪くないかもしれない。小さく溜息をつく。

「な？　ええじゃろ？　こういう上品な柄は年齢を選ばんから、長く使えるよ。それで、こうやって髪型もアレンジしたらええんじゃって」

母はワックスを手のひらに広げ、千尋の前髪に揉《も》みこみ、素早く斜めに編み込みを作った。

「ほら、こうやって、おでこを出して、タイトにしたら、あんた好みのカッコいい感じになるじゃろ？　で、あんたは嫌がるかもしれんけど、これ」

耳の後ろにそっと、白い花の髪飾りをつける。

「千尋はショートヘアだから浴衣が嫌だったんかと思って、お母さんインターネットでちょっと研究したんよ。な？　どう？　これだったら着ていってもええじゃろ？」

不安げに顔を覗き込んでくる母に、うん、と千尋は呟いた。

何をあんなに強く突き放していたのだろう。自分が恥ずかしくなる。母は分かってくれているじゃないか。もしかしたら私以上に、私のことを分かっているのかもしれないと、千尋は思う。実際、今、こうやって浴衣を着てみて、嬉しいと思っている自分がいる。

「まあ、嫌だったら、来年は着んくてもええから、今年だけはね。ほら、絵里子ちゃん待ってるから、早く行ってき。お母さんたちも後で行くから。まだ暗いから気をつけるんよ」

そうまくしたてるように喋る母に後押しされて、玄関を出た。

朝顔のような濃い群青色《ぐんじょう》をした空に星がまだ出ている。午前四時。小鳥遊神輿祭りは夜明け前に始まる。村内を練り歩いている山車の太鼓の音がどこからか聞こえてきた。法被を着た男たちが、神輿を担いでその後ろを練り歩いている光景が目の前に広がるような、熱気を感じた。

待ち合わせの小鳥遊港へ行くと見物人に交じって、絵里子と彩夏、美穂子がカラフルな浴衣を着て街灯の下で待っていた。

「ごめん。遅れた」

謝ると、絵里子は、わあ綺麗、と声を上げた。

「やっぱり千尋は違うわ。すっごい綺麗。どこのブランドの？」

そんなことない、と言いかけて、

「いや、これはお母さんが買ってきたやつだから、そこらへんで買ったやつじゃない？」

「え？　そうなの？　千尋ちゃんのお母さんやるなあ」

彩夏に褒められ、何て言っていいか分からず、返事ができなかった。誤魔化すように、美穂子に、山車と神輿まだ来てない？　と訊ねる。

「もうそろそろだと思うんじゃけど」

美穂子が言ったとき、来たぞ、と声がした。民家の陰から山車と神輿が出てくる。

タンタタン。

「よーいやっさ！」

見物人が太鼓のリズムに合わせて掛け声をかける。その途端、体中の血液が煮えたぎるような興奮が頭に向かって動き出した。ああ、これだ、と千尋は思う。これでこそ、祭りだ。

タンタタン、よーいやっさ、タンタタン、よーいやっさ。

徐々にリズムを速めながら山車と神輿が港に設置された会場に近づいてくる。引き手、担ぎ手の若い衆はすでに汗だくだったけれど、その顔はいつもと違ってかっこよく見える。

小学生たちが山車に向かって走り出すと、危ないからと言って親たちが慌てて引き留めるのが視界の片隅に入った。そうだ、これからが良いところなのだ。

見物人の前まで来ると、先頭で掛け声をかけていた男が「行くぞー！」と声を張り上げた。それと同時に太鼓のリズムがより一層速くなり、いよいよ山車が左右にひっくり返された。叩き手の四人の子供は振り落とされないようにさらし布で縛られているが、あまりに豪快に返すため、誰か落ちてしまうんじゃないかと心配になる。よく見ると、今年は女の子が一人乗っている。あまりに細く、小さくて、目が離せない。

「あの子、大丈夫かな。落ちんじゃろうか」

千尋がぼそっと呟くと、絵里子がぷはっと噴き出した。

「何言っとるんよ。村で初めての女子の叩き手が」

「いや、そうじゃけど……」

慌てて弁解しようとして顔が真っ赤になった。それを見て、絵里子が更に笑う。

「動揺しすぎて、方言が出とるよ。千尋がなまってるの、久々に聞いたわ」

「今までいろんな叩き手がいたけど、私は千尋ちゃ、……千尋先輩の太鼓が、一番かっこええと思う」

美穂子の褒め殺しに、

「もういいって。お世辞なんか言わなくても」

「違うよー千尋ちゃん。美穂子のはお世辞なんかじゃないけえ。だって、美穂子は千尋ちゃんに憧れて、太鼓会に入って、叩き手やったんじゃから。星華に行きたいのだって、千尋ちゃんがいるからなんよー。千尋ちゃんは美穂子のヒーローなんよ。なー、美穂子？」

　彩夏の問いかけに、美穂子は照れるでもなく、まっすぐと千尋を見つめて頷いた。眼鏡の奥に輝く瞳があまりに眩しい。千尋はその視線を、正面から受け止めることができなかった。

　あなたはまだ知らないのだ。世界にはもっともっと素敵な人がいる。きっといつかその人に出会ったとき、私なんかに憧れていたことを、後悔するときが絶対に来る。

「あ、そろそろじゃ」

　絵里子が声を上げる。神輿が船に乗るところだった。

　山車は神社から港まで神輿を先導してきて、御座船に引き渡す。神輿を乗せた御座船は湾内を回り、港では太鼓が打ち鳴らされ、海上安全や無病息災を祈願するお祓《はら》いが行われるのだ。

　太陽が昇り始め、見物人や担ぎ手たちの顔もはっきりと輪郭《りんかく》が浮き彫りになってきた。神輿を乗せた御座船が沖に出ると、花火が打ち上げられる。どっと歓声が上がり、拍手が沸き起こる。

「千尋ちゃん」

　さっきまで山車の先頭に立ち、先導していた男性に声をかけられた。何ごとだろうかと目を凝らすと、

「え……、もしかして隆志?」

「もしかせんでも、隆志じゃけど。どうしたん、そんな目真ん丸にして」

からりと笑う隆志は、千尋の記憶とは違い、すらりと背の高い男の人に成長していた。

「いや、しばらく会ってなかったから、分からんかった」

「酷いわー。まあ、千尋ちゃん、こっちに帰ってきてもあんまり遊ばんと、絵ばっかし描いてたからなあ。会わんくても、しょうがないか」

「絵ばっかり描いてたって、何で知ってるわけ?」

「だって、千尋ちゃんの母さん、いっつも俺に会うたびに愚痴《ぐち》ってたで。あの子は家に帰ってきても、じーちゃんと話してるか絵描いてるか、勉強してるかのどれかじゃあって。おばちゃんと全然喋ってくれんてな。学校から家帰るとき、千尋ちゃんちの前通るけん、よくおばちゃんにはお茶飲ませてもらいつつ、話させてもらっとるんよ」

「……そうなんだ」

人懐っこい子犬のような笑顔は昔と何も変わっていないのに、体つきが全く変わっていて、どきりとさせられる。出っ張った喉仏《のどぼとけ》も、ごつごつと節だった大きな手も、昔からは想像できないほどに、大人だった。

「でも、千尋ちゃんが来てくれてよかった。今日は俺の最初で最後の晴れの舞台じゃったから」

「最後？」

隆志は、んー、と返事をしながら両腕を上げて、背筋を伸ばす。

「最初で最後の、神輿の先導。無事に港まで連れてこられてよかった。俺、来年から一年間高校休学して、アメリカに交換留学するんよ。だから、しばらく村におらんけえ」

アメリカ。留学。

考えたこともない選択肢に、頭を殴られたようにショックを受けた。世界が小さいのは私の方じゃないか。たった三時間ほどの高校に進学したからって何だ。それがどれほどのことだというのだろう。

「でも、千尋ちゃんに会えてよかった。どうしても、お礼が言いたかったけえ」

「お礼って？　私、何もしてないけど」

「ほら、昔さ、俺が太鼓の叩き手に選ばれそうになったことあったじゃろ？」

「……そんな大昔のことがどうかした？　ああ、叩き手をしたくなかったから、助かったとか？」

話の行方が分からず投げやりな物言いになると、隆志は、そうじゃなくて、と困ったように眉を下げた。

「あのときさ、めちゃくちゃ千尋ちゃんがかっこいいって思ったんよね。周りに何か言われても傷つかん、女だからって乗せてもらえん方が嫌じゃって、千尋ちゃん言ったじゃろ？　あの言葉には痺《しび》れたね。ああ、この人は、自分のものさしをちゃんと持ってて、周りに何を言われても動じないんじゃって。俺もそんな風になりたいって思ったんよ」

千尋は声が出せなかった。昔の自分はそんな風に強かったのだろうかと思い起こす。今の自分はそんなに強くない。ものさしなんて、どこにあるのかも分からない。他人の意見に、視線に、左右されっぱなしだ。

「あのとき、俺、本当は、ラッキーって思ってた。千尋ちゃんが山車に乗れないから、俺が乗れるって。でも、千尋ちゃんのあの言葉聞いたら、すっげえ恥ずかしくなった。自分の実力じゃないのに山車に乗るのも、それを喜んだのも。じゃけえ、言ったんよ。俺じゃなくて、千尋ちゃんの方がいいって。……素直にそう思ったけえ」

千尋は言葉が出なかった。今でもそんな風に思ってくれている隆志に、答える言葉が見つからない。

「……なんだ。私はてっきり、うちのじーちゃんが怖いから身を引いたのかと思ってた」

頬を引きつらせながら笑いにして誤魔化そうとすると、隆志は真剣な表情で、ああ、と頷いた。

「それもあるかもしれんなあ。千尋ちゃんちのじーちゃん、めっちゃ怖かったけえ。でも、俺、じーちゃんに褒められたの、あのときが最初で最後かもしれん」

「褒められた？　あんたあのとき、じーちゃんにめっちゃ貶《けな》されたじゃん。まともにリズムも刻めないとか何とか……」

「ああ、太鼓のことじゃなくて、千尋ちゃんの方がいいって言ったこと」

隆志はおかしそうに口の中で笑いを堪えた。

「千尋ちゃんが山車に乗ってたときだったかなあ。俺はそれについて歩いてたんよ。そしたら突然じーちゃんが来て、かき氷奢ってやるって言ってきて。俺、めっちゃビビったんよな。何ごとだって思ってさ。でも、素直にイチゴのかき氷奢ってもらって食べてたら、お前は偉かったって、頭ぐりぐり撫で始めたんよ」

「……どうして？」

「な？　分からんじゃろ？　俺も何が何だか分からんくてさ。ぽかんってじーちゃんの顔を見上げてたら、〈お前は自分の方が負けたって思ったとき、素直に認めた。偉いぞ〉って」

急に、胸が苦しくなった。呼吸をするのが難しい。隆志に気づかれないように、静かに息を吐《は》き出《だ》す。

「人は自分の負けをなかなか認められない。客観的に見ることは大人にだって難しい。でも自分の負けを認めないと人は成長しないんだって。自分の弱さをちゃんと自覚しないと、克服もできないし、良いところだって伸ばせない。だから、お前は絶対に大きくなるぞって。そうじーちゃん言ってくれたんだよね。あれ、嬉しかったなあ。ほら、俺って、小さい頃から何してもダメだったからさ」

隆志の声が、祖父のそれのように聞こえた。

〈負けを認めろ。自分の弱さを誤魔化すな〉

祖父は思いがけない人に、千尋に必要な言葉を残してくれていた。きっと本人も気づかないところで。

「隆志！　そろそろ神輿が帰ってくるぞー！」

山車の側から、彼を呼ぶ声が聞こえた。今行く！　と返事をし、千尋に向き直る。

「とにかくさ。千尋ちゃんが村を出て星華行ったの見て、俺も自分がしたいことをちゃんとやれるようになりたいって思ったんだ。山車に乗るって決めたときから、何も変わってないって分かって、なんか嬉しかった。だから、ありがとう」

「もういいって。別にあんたのために星華行ったわけじゃないし。まあ、頑張ってよ、アメリカでもどこでも行って」

じわじわと目頭が熱くなっているのを気づかれないように、投げやりな言い方をする。けれど隆志はそんなことを気にしていない様子で、ありがとう、とまた言った。

「俺、アメリカ行ったら、祭りの写真とか動画を見せようと思っとるんよ。小鳥遊村のこと、宣伝してさ。村のこと、すっげえ好きじゃけえ。千尋ちゃんの写真も見せようと思っとる。男よりかっこええ女の子がおるって」

じゃあ、と隆志は手を上げて、山車まで走り、気合入れろー、と叫んだ。これから山車と船から降りてきた神輿を先導するために、隆志はまた声を上げる。

神輿はまた村中を練り歩き、夕方には宮入りする。

見物人は神輿について歩き出した。絵里子たちに、行こうと誘われたけれど動けず、ちょっと用事があるから先に行ってと無理やり頼み込んだ。

人気のなくなった海岸を歩く。砂浜に降りると歩きなれない下駄の中に砂が入り込むから躊躇《ちゅうちょ》なく脱ぎ捨て、波打ち際まで行く。

涙が、足の甲を濡《ぬ》らす。

村を出て、成長しているつもりだった。外の世界を知って、自分を知って、強くなっているつもりだった。

だけど。

山車に乗りたかった小学六年生の私は、誰よりも強かったじゃないか。

前例がなくても、星華に行きたいと言い放ち、実行した私は、誰よりも自分がどうしたいかを分かっていたじゃないか。

それが、なんだ。なんだこのざまは。

たった一人、自分より絵がうまい人に出会ったくらいで、自分がどうしたいのかも分からないのか。

真琴を描いた肖像画を誰かに破られたとき、千尋は嬉しかった。自分の絵と真琴が描いた絵を並べられているのが、どうしても耐えられなかった。破ってくれた人に感謝したくらいだ。それなのに、千尋は怒っているふりをした。喜んでいることを、どうしても悟られるわけにはいかなかった。

靴にガラスの破片を入れられたときもそうだ。誰かに悪意を向けられたことよりも、怪我をして合宿に行かなくて済んだことを喜んだ。合宿へ行き、真琴の描く絵を見ることが、どうしても耐えられなかった。

祖父に真琴の絵を見てもらいたかった。見て、お前なんか足元にも及んでいないとぶった切って欲しかった。祖父がそう言うなら諦めようと、人のせいにして逃げ出そうとしていた。

自分で自分の才能の限りを、認めることが怖くて。悔しくて。

隆志は、すごい。祖父が褒めるだけある。彼こそが、小鳥遊村の英雄だ。期待の星だ。

そんなに遠くないところから、太鼓と掛け声が聞こえてくる。空気を振動させるその熱気が、崩壊しかけている涙腺を更に刺激する。

好きだ、と千尋は思った。

誰をも興奮させるこの太鼓の音が好きだ。

喉をからして叫ぶ掛け声が好きだ。

すれ違うときに必ず挨拶をする村の人たちが好きだ。

小鳥遊村が、大好きだ。

ブランドの服が買えなくても、コンビニがひとつしかなくても、流行に取り残されても、電車が一時間に一本しかなくても。

理屈ではなかった。ただ、今この瞬間に、ここにいることが好きだと思った。

村を出て、バカにされないように虚勢を張っている間に、自分が本当に好きなことを忘れてしまっていた。

ものさしを取り戻さなければいけない。

子供の頃はちゃんと持っていた、自分がどうしたいのか、何を好きで、どうなりたいのか、それを測るものさし。

家に帰ったら、寄宿舎に戻る日をもう少し延期すると母に言おうと千尋は決めた。

もうしばらくこっちにいて、子供の頃のように自由に絵を描いてみよう。受験用のデッサンではなく、ただ、自由に、気の向くままに。

これからも絵を描きたいのか。

それとも、もう辞めたいのか。

ちゃんと、自分自身で、決めなければいけない。

第四章

＊

帰宅ラッシュを過ぎた電車の中は、それでも混み合っていて空席はほとんどなかった。星野真琴はかろうじて入り口付近に座ることができた。必要最低限の荷物をまとめたリュックを、邪魔にならないように膝に抱える。

今年の夏はここ十年で一番の猛暑になるらしい。寄宿舎の談話室にあるテレビでも、よく、そのニュースを見かけた。けれど車内のエアコンは節電のためか、弱めに設定されている。ただ座っているだけでも蒸《む》し暑《あつ》く、額にじんわりと汗が浮かんだ。隣に座っている老女もハンカチでしきりに汗を拭っている。具合が悪いのだろうかと横目で窺うが、判断がつかなかった。

車窓からライトアップされた観覧車が見える。近くにテーマパークがあるのだ。夏休みが本格的に始まると、浮き足だった客で車内はごった返す。真琴も昔、両親や姉と一緒に揉まれた記憶がある。が、最後に家族で出掛けたのはいつだったか、思い出せない。

車掌のアナウンスとともに減速し、やがてゆっくりとホームに滑り込む。ドアが開いたと同時に、夜の車内には不似合いな黄色い声と共に、幼稚園に行くか行かないかくらいの子供が三人、乗り込んできた。呑気な様子でその母親らしき人が三人続く。遊園地に行った帰りでテンションが上がっているのだろう。子供たちは風船を凧《たこ》のように掲げ、通路を行ったり来たり、走り回っている。

ただでさえ暑く不快な空気が、一気に悪くなるのが分かった。

乗客のほとんどが母親たちに視線を送っているけれど、気づく様子は全くなく、お喋りに興じている。

……ああ、もう、クズな大人は今すぐ死ねよ。マジで。

喉元までせり上がって解き放たれたがっている言葉を、何とか飲み下し、目を瞑る。

歯を食いしばって耐えていると、そのとき、走り回っていた幼稚園児くらいの女の子が、老女の押していた手押し車につまずいて、びたんと顔から転んだ。一瞬遅れて、耳をつんざくような泣き声が響き渡る。

途端に話を止め、白いブラウスの襟を立て、スキニージーンズにヒールの高いパンプスを合わせたモデル立ちの母親が「美姫《みき》！」と大げさな声を上げて駆け寄った。

「ちょっと！　うちの子が怪我したらどうしてくれるの？　こんな邪魔になるもの、電車の中に持ち込まないでくれません？」

獣のような声を上げる娘を床に放置したまま、その女は老女を見下ろし、自分勝手な言い分をまくしたてた。

「……あ、あの、私は足が悪くて、それで」

「それがどうしたんですか？　こっちは電車の中にベビーカー持ち込むことも遠慮してるんです！　足が悪いなら外に出掛けなきゃいいでしょう？」

「ご、ごめんなさいね、あの」

生きてきた年月を刻むような深い皺のある細い手が、かたかたと揺れている。それを見た途端、……真琴の何かがキレた。

「謝らなくていいよ、おばあさん」

真琴の声は、思いのほかよく通った。

「何よ、あなたこの人の孫？」

「違うけど？」

「じゃあ黙ってなさいよ。あなたに関係ないでしょう？」

「電車の中でぎゃあぎゃあ猿みたいにわめかれたら迷惑なんだよ。さっきからみんなの目が冷たいのに気づいてないの？　自分の娘が本当に心配なら、いちゃもんつける前に、抱き起こすなり、怪我がないか見るなりしたら？」

女の顔がかっと真っ赤に染まる。真琴は追及の手を緩めない。

「つうか、ベビーカー持ち込むの遠慮してるとか言うけどさ。それでガキが大人しくするなら持ち込んでもらった方が有り難いんですけど？　躾できないんなら、首にリードでも繋げといたら？」

「あなたね、子供産んだことがないから分からないのよ。子育てがどれくらい大変か」

「だったらあんたも年取って足が悪くなったら大変だってこと分からないんじゃない？　まだかろうじて中年ばばあなんだからさ」

「あなた子供のくせにその口の利き方どうにかならないの？　年上に対する話し方を習わなかったわけ？」

「その言葉そのままお返しするよ。目上の人に対して優しくしろって習わなかったの？」

　女は怒りを内に秘めたまま、黙り込んだ。勝った、と真琴は小さく溜息をついた。ぞくぞくと胸の奥から仄暗い喜びが湧《わ》き上《あ》がる。真琴は間違っていると判断した相手から、言葉を奪わなければ気が済まなかった。口では勝てないと思った相手が、たとえ暴力をふるってきて額から血が出ようと、瞼が腫《は》れ上《あ》がろうと、それが、「相手の言葉をねじ伏せた」結果なら、その痛みすらも嬉しいと感じるはずだった。

　……私は、間違っていない。

　それでも女はその場を立ち去ろうとはしなかった。反抗的な光を瞳の中にたぎらせ、真琴を睨みつけている。彼女の友達二人もその背後でこちらを睨みつけていた。まだ足りない、と真琴は深く息を吸いこんだ。こういうやつらには、反論の言葉を根こそぎ奪って辱めてやる必要がある。が、隣の車両から中年の男性がこちらに歩いてくるのが視界に入ると、そのまま動けなくなった。

「……真琴、何を大きな声を出してるんだ」

父だった。

さっきまですらすらと決められた台本を演じているように滞りなく出てきた言葉は、一切、真琴の口から出てきてくれなくなった。全身の筋肉が硬直した。

人形になっている間に、父はその女と老女に娘の非礼を詫《わ》びていた。「大人らしい」嘘や建前を並べてその場を収拾していくさまは、まさに真琴がなりたくない、「大人」の在り様だった。

四ヵ月ぶりに降りた駅は、どことなくよそよそしかった。小さなキオスクの隣にコロッケ屋ができていて、閉店間際のその店に父は立ち寄った。短く切り揃えた髪に交ざる白髪が随分増えたように感じた。

「お姉ちゃんに頼まれたんだ。ここのコロッケが美味しいからお前に食べさせたいって。三つくらい食えるよな？　ちょっと多いか？」

「……私、間違ったこと言ったつもりないから」

振り返らずに話す父の背中に、真琴は言った。

ありがとう、と店員に微笑むと、父はコロッケを受け取って歩き出した。父もまた、返事をしない。

「あの母親が悪いんじゃん！　おばあさんにいちゃもんつけてさ！」

たまらなくなって、真琴は追いすがった。父の背広の裾《すそ》を掴み、立ち止まらせる。

「……正しいことを主張しても、間違った結果になることはある」

「私は別にあの母親に殴られたって良かったよ！」

「今日、お前よりあのおばあさんの方が先に降りたから良かったけど、もしあの後、母親とおばあさんだけになったらどうなってたと思う？　もっと酷いことになってたかもしれない。お前に責任が取れるか？」

ぐっと、喉が詰まった。父は続ける。

「母親が恨んでおばあさんの後をつけて家に嫌がらせをしたかもしれない。階段から突き落としたかもしれない。近所に悪口を言って回ったかもしれない」

「……あれくらいでそんなこと」

「しないってどうして言い切れる？」

見下ろした父の表情は硬かった。

「……だからって正しいことを言ったらいけないわけ？」

「時と場合による。何でも口に出せばいいってもんじゃない。……バスが来る。走るぞ」

くたびれた革靴を鳴らして父は走った。真琴は唇《くちびる》を噛み締めてその後ろ姿を睨みつけた。

……あんたは自分が悪者になりたくないだけなんじゃないの？

だからお姉ちゃんがあんな酷いことされても、何も言わないんでしょ？

一言も口をきかない間にバスは最寄りの停留所に止まった。車内に充満していたコロッケの匂いから解放されて、真琴は小さく息を吸った。家に帰るのは、緊張する。

……姉、恵美《えみ》に会うのが、怖い。

住宅地の突き当たりの、小さな公園の横が真琴の家だ。父の背中から少し離れるようにして歩くと、各々の家から晩御飯の匂いが漂ってくる。この家はカレー、この家はきっと肉じゃが……。そんな風に恵美とクイズをしながら家へと帰った思い出が突然、襲いかかってくる。

「ただいま。コロッケ買ってきたぞ」

父が靴を脱ぐのをぼんやり見ていると、母が「おかえり。疲れたでしょ」と、真琴に微笑んだ。

「お腹すいた。ご飯、もう炊《た》けてる？」

平常心を装って、わざとぶっきらぼうな声を出す。居間に入るとすでにテーブルの上には食事の用意が整っていたけれど、恵美の姿は見えなかった。

「お姉ちゃんは？」

「部屋で寝てるわよ。そろそろ起きると思うから、声かけてきてくれる？」

母は何てことない様子で味噌汁をテーブルに運んでくる。

「最近、ずっとこんな感じなの？」

真琴の問いかけに母は視線を合わせようとしなかった。

「そういうときもあるかな。昨日はすごく暑かったからなかなか眠れなかったみたいよ。疲れてるんだから、そっとしておいてあげて。ご飯を食べられるようになっただけ、良いと思わなきゃ」

「荷物、部屋に置いてくる」

普通にしていようと決めていたのに、つい口を挟まずにはいられなかった。階段を昇ると、勉強部屋の前で立ちすくむ。平常心。そう言い聞かせ、ドアを開ける。姉と共同のその部屋は入った途端に甘い匂いがした。勉強机の上にチョコレート菓子が散らばっているのが視界に入る。

「お姉ちゃんただいま。ご飯できたって」

真琴の声にびくんと体が跳ね、恵美は驚いたように飛び起きた。

「あ……、まこちゃん、おかえり」

「ただいま。ご飯だって。……先に降りてるね」

思いのほか冷たく響いた声を誤魔化すように部屋を後にした。春に実家を出たときより、随分太った。そんな変わり果てた姉の姿を見ていられなかった。

最初は、拒食だった。何を食べても味がしないと言い、一日中死んだように眠っていた。一ヵ月ほどして、今度は驚くほど食べるようになった。夜中に起きて、朝に眠る。昼夜逆転の生活をしながら、起きている間は常に何かを食べていた。体力をつけているのだと母は言ったけれど、トイレで吐いていることに真琴は気づいていた。そして春先、血を吐いて救急車で運ばれた。両親は胃潰瘍《いかいよう》じゃないかと騒いでいたけれど、診断はマロリーワイス症候群。嘔吐《おうと》しすぎで食道の粘膜が裂けたのだという。内視鏡で検査した結果、もう出血はなかったが、念のため、胃薬をもらって家に帰った。それからは心療内科でカウンセリングを受けながら、食事のバランスを取っていると母に聞いた。今の体型からは、嘔吐はしていないと分かった。けれど、絵具《えのぐ》をぶちまけたような、真っ赤な便器は今でも忘れられない。

姉がこんな風になったのは全部、美工の先生や生徒のせいだ。

トイレに駆け込み、思い切り叫びたい衝動を頭を抱えてどうにかねじ伏せる。

いっぺん死ね！　死ね！　消え失《う》せろ！　お前たちがいなかったら、お姉ちゃんはあんな風にならなかった！

凶暴な感情はひとたび湧き上がると次から次へと収まることを知らなかった。

＊

真琴にとって、姉は完璧だった。

自分ができないことをすらすらとこなしてしまうのを目の当たりにすると、それは手品か魔法のように見えて、はっきりとした尊敬を抱いていた。

特に、恵美が絵を描くところを眺めるのが好きだった。

姉が小学三年生、真琴が一年生に上がり、二人で留守番ができるようになると母は働き始めた。十八時に帰ってくるまでの数時間を、姉と画用紙と色鉛筆と一緒に過ごした。

魔法少女アニメの絵や、動物のキャラクターを、真琴がねだればねだるだけ、何枚も何枚も描いてくれた。本物と一寸違わぬ線で描くその様子を、一瞬たりとも見逃さないように真琴はテーブルに身を乗り出して、じっと固まった。「そんなに見られてたら恥ずかしいよ」と姉はいつも笑っていた。

次第に自分も同じように描けるようになりたいと思うようになった。姉の絵をお手本に、何枚も何枚も描いた。同じくらい勉強に力を注いでくれたらいいのにと、お絵かきが終わった画用紙が散らばった部屋を見て、母は苦笑した。

真琴はいつだって姉について回っていた。

中学に上がれば姉が入部していた美術部に入り、その後ろ姿を追い続けた。いつまでも一緒だと、疑うことすらなかった。

「私ね、星華の美術工芸コースを受けたいって思ってるの。まこちゃん、どう思う?」

二人の部屋でこっそり打ち明けてきたのは、日曜日の夜だった。真琴は姉が友達に借りてきたマンガを、姉のベッドに潜り込んで読んでいた。恵美は優しいから早く自分のベッドに行けなんて言わない。姉は平日に塾に通い始めたため、あまりお喋りができない。その分を取り戻すために休みの夜は同じベッドに横になり、近況報告やくだらない雑談をするのが習慣になっていた。

「……え、だって、南高に行くって言ってたじゃん。家から一番近い公立だからって」

お風呂から上がったばかりで頬をバラ色に染めた姉を見上げた。ベッドの端に腰かけて妹を見下ろすそのさまは、相談という形をとっていたものの、決意を固めているように見えた。

「うん、それが一番良いのかなって思ってたの。でも、本当はずっと、星華に行ってみたいって、どこかで引っかかってて。……同じクラスの子にね、星華の普通科を受ける子がいるから、一緒にオープンスクールに行ってみようかと思ってるの。ねえ、まこちゃん、どう思う？」

困ったように眉根《まゆね》を下げた恵美を見て、ああこれは妹に許可を求めているのだなと理解した。小さい頃からずっとべったりだった妹を一人家に残していいものかと悩んでいるのだ。星華は全寮制だ。入学が決まれば三年間は離れ離れだ。

「……お姉ちゃんは、どうしても行きたいんでしょ？」

一瞬表情が固まり、そして、こくりと、顎を引いた。控《ひか》えめなそのしぐさが姉らしい。

「じゃあ、受験した方がいいよ。お姉ちゃんだったら絶対に受かるし。その代わり……」

完全なる思いつきだった。でも、それは素晴らしく上等な考えだった。

「私も星華に行く。そしたら一緒の寄宿舎に入れるじゃん。きっと楽しいよ」

あまりに簡単に自分の志望校を決めたからだろう。恵美はふふっと噴き出して、

「本当にまこちゃんは素直よね。羨ましい」

「えー、なにそれー。私が単純バカだってことー？」

突然姉に褒められ照れくさくなって、ふて腐れた風に頬を膨らませた。違う違うと焦ってフォローにまわるその様子が、たまらなく嬉しかった。


姉は宣言通り、星華に合格した。

寄宿舎に移る前の晩は寂しくて仕方がなかったけれど、二年後に自分も追いかけるという目標があったから、前に進むことができた。中学三年になり、夏には校内推薦をもらって、一ヵ月後の試験に向けて、デッサンをする毎日だった。

……姉が壊れたことを知ったのは、そんな暑い夏のことだった。

合宿先の宿舎から電話がかかってきたのは、二十二時を回った頃だった。随分夜遅い電話を不審に思いながら、母が受話器を取った。真琴は風呂上がりにアイスを齧りながらテレビを見ていて、誰からかなんて気にもしなかった。

「え？　恵美が？」

母の焦った声色に驚き、振り返った。父もまた、ソファーから立ち上がり母に、

「どうした？」と声をかけた。

「すいません、ちょっとお待ちください。……恵美の体調が悪いから宿舎まで迎えに来てもらえないかって。このまま合宿を続けるのは無理そうって恵美が言ってるって、養護の先生が」

母と電話を代わり、父は何度か相槌を打ってメモを取り、受話器を置いた。

「迎えにいってくる。帰ってくるのは二時くらいになるだろうから、先に寝てなさい」

着ていたランニングの上にポロシャツとチノパンを着ると、父は車のキーを持って玄関へ向かった。

「お姉ちゃんどうしたの？　私もついていっていい？　ちょっと着替えてくる！」

慌てて真琴も立ち上がる。が、父はいつになく険《けわ》しい顔で、

「いいから待ってなさい！」

そう一蹴《いっしゅう》して、玄関を出ていった。

「……お父さんどうしたの？　お姉ちゃん、そんなに具合悪いの？」

真っ青な顔をして立ち尽くす母を振り返り訊ねる。

「大丈夫よ。あんたは心配しないで早く寝なさい」

「でも、帰ってくるなんてよっぽどでしょ。あ、風邪薬あったっけ？　私買ってこよ

うか?」

「大丈夫。あるから早く寝なさい」

そう繰り返すだけで、詳しいことを教えてくれない。

閉じ込められるように無理やり二階の子供部屋に連れていかれ、有無を言わさずベッドの中に入ることを強制された。ダウンライトだけがついた空間の中で、真琴の目は今起きたかのようにぱっちりと覚めてしまっていた。洗い立てのタオルケットにくるまって、恵美のベッドの方へ顔を向ける。夏休みが始まって二週間、合宿の前に一度、姉は帰ってきた。確かに少し元気はなかったけれど、風邪をひいていた様子はなかった。夏バテかな、と笑っていたけれど、それ以外に変わったところは見受けられなかった。「できない」と言うのが苦手な姉が、片道二時間かかる場所へ迎えに来て欲しいと頼むなんて、余程のことがあったのだと想像ができた。一体、何があったのだろう。病気か、それとも怪我か。

どうしても眠る気になれず、窓辺に座り、行きかう車をぼんやりと数える。父のワゴンが見えたのは出掛けてから四時間ほど経ったときだった。二人の人影が降りてきて家の中に入るのを確認し、階段を駆け下りた。

「お姉ちゃん、大丈夫? 熱、あるの?」

居間で起きていた母が玄関で姉から荷物を受け取りながら、疲れてるんだからそっとしておいてあげなさい、と言葉を遮《さえぎ》る。

姉の表情からは世の中の幸せなことが全て落ち去っていた。何かおぞましい物を見たような、真冬に氷水を頭からかけられたような、そんな顔だ。

保健室に付き添われる小さな子供を扱うように、母は姉の肩を抱き、ベッドへ連れていった。恵美は小さな声で何度も何度も、ごめんなさいごめんなさいと謝っていた。ベッドに横たわり、タオルケットにくるまると、気絶するように眠りに入った。姉は一度も、真琴と視線を合わせなかった。

姉から話しかけられるまで何も訊かないように釘を刺されて、真琴もまた、今度こそ眠ってしまうより他にすることがなかった。けれど、自分に背を向けて横たわっている姉を見ると、心配や不安で心臓が飛び出そうだった。寝息すら聞こえてこない子供部屋に、一生朝が来ない気がしていた。

いつ眠ったのか、そもそも本当に眠ったのか分からないくらい短い時間、目を瞑っていた。枕元《まくらもと》の時計を見るとまだ四時だった。居ても立っても居られなくて、ベッドを抜け出し、台所へと降りた。喉がからからだった。

すでに誰もいないだろうと思っていた居間には明かりがついていて、思わず立ち止まる。父母の話し声がドアの隙間から光と共に漏れ出していた。中に入っていけるような雰囲気ではなかった。気づかれないようにこっそりと聞き耳を立てる。

「……やっぱり、一度家に帰ってきた方がいいかもしれない。先生にもそう勧められたよ」

「それは私も思ったわ。帰ってきたときのあの子の顔、見た？　すっかり怯えきってて……、見てられなかった。手紙が来た時点で、連れて帰ってたら良かった」

「今更言ってもしょうがない。あのときはあれが最善だと思ってたんだから。一年休学したらどうか、恵美が落ち着いたら、話をしてみよう」

「休学ってどういうこと!?　手紙って何!?」

咄嗟に大声を上げ、二人の前へと歩み出た。まだ起きてたのか、と咎めるような声を出した父に嚙みつく。

「お姉ちゃん、どこか悪いの？　何かあったの？　どうして私に教えてくれないの？　手紙って何」

テーブルの上に手紙の束が置かれてあるのが目に入った。恵美の字だ。視線に気づいた母がそれを隠そうとしたけれど、真琴の方が早かった。摑めるだけ摑み取り、急いで便箋を取り出す。

「真琴！　返しなさい！」

取り返そうとする父の制止を振り切って、背中で隠すようにしてそれを読む。

先生に才能がないと言われました。

先生が後ろに立つと、手が震えて描けなくなります。

今度は何を怒られるのだろうと思うと、動けなくなります。

でも、手を動かしていないと、どうして描かないんだと怒られます。でも、描いても、どうしてそんな風にしか描けないんだと怒られます。何をしても怒られます。

美術工芸コースに入ったのは間違いだったと思います。

デッサンをみんなと貼り出されると、死刑台に立った気持ちになります。

私のデッサンは批評する価値もなく、触れてくれさえしません。

絵を描けない人は、ここでは不必要な人間です。

もう、消えてしまいたいです。

「……なに、これ」

便箋の上に並ぶ、叫びのような言葉。別の封筒を開けてみても、便箋には同じように、学校生活の辛さ、主に、美術の先生から言われた罵詈《ばり》雑言が書かれてあった。

その手紙の束は、恵美からのSOSのサインだった。

「この手紙、いつ届いたの？　お姉ちゃん、先生に苛められてたの？　それを知って、お父さんもお母さんも、今まで黙ってたの？」

「いいから落ち着きなさい」

父は真琴の肩を摑んで、無理やりソファーに座らせた。

「今年の春に初めてこういう手紙が届いたんだ。驚いて先生に連絡したら、二年生になって実力別にクラスが分かれたから、それで動揺してるんだろうということだった。みんなの競争心をあおるために、少し乱暴な言葉を使うこともあるし、デッサンを並べて順列をつけることは、大学受験のために自分の位置や弱点を知るために必要なことだと説明された」

「でも、そんなの、絶対に逆効果になってるじゃん！　お姉ちゃん、すごく怖がって、もう描けないって！」

「分かってる。だから休学させようと言ってるだろう」

「何で、お姉ちゃんが休学しなきゃダメなの？　その、お姉ちゃんのことを苛めた先生の方が辞めるべきでしょ？　お父さんちゃんと先生に言ってよ！」

「いいから、子供は黙ってろ！」

父が初めて大きな声を上げた。母がおろおろと二人の顔色をうかがう。

「……絶対におかしい。大人は間違ってる」

階段を駆け上り、ベッドに潜り込む。あれだけ大きな声で言い争いをしていたのに、姉は死んだように眠っていた。

怒りで、体の中身が全て弾《はじ》け飛びそうだった。傲慢《ごうまん》な先生、権力に屈しようとしている父、今まで手紙を隠し通して毎日笑っていた母。

自分も家族の一員のはずなのに、今の今まで蚊帳《かや》の外だったのだ。それを「子供だから」という理由で意見することすら許されない。

……子供は当事者にならないと、無視されるのだ。

なら、当事者になってやる。

渦巻く怒りの中で真琴は決めた。

星華の美術工芸コースに入り、姉のことを苛めた先生の生徒の一人になる。そして、やつに反抗してやる。あいつの態度が間違っていたら絶対に泣き寝入りはしない。もしそのことで目をつけられたって構わない。いや、その方が都合がいい。理不尽な態度に出られたら、そのことを訴えてやる。

彼に苛められた生徒という〈当事者〉になってしまえば、声を上げ、謝罪を求める権利やチャンスが与えられるはずだ。

それは姉への謝罪を引き出すきっかけになるはずだった。

父が尻込《しりご》みするなら自分がやってやる。

姉の敵を取るのだと、真琴はその夜、決めた。

一ヵ月後、推薦入試に合格し、星華の美術工芸コースの生徒になった。母は本当に星華で大丈夫か、と心配した。姉のようにならないか、気にしていたのだろう。けれど、真琴は、絶対に星華がいいのだと、譲らなかった。

＊

「もし体調が悪くなったらすぐに連絡してきなさいね」

真琴が玄関で靴を履いていると頭の上から母の声がした。

「別に風邪とかひいてないから大丈夫。お姉ちゃんは？　まだ寝てるの？」

「そうみたい。昨日も夜遅くまで起きてたみたいだから」

真琴が帰省してから二週間の間、姉と顔を合わせている時間は少なかった。生活リズムが真逆なのだ。晩御飯の時間になったら起きてきて、夜通しテレビを見たりマンガを読んだりし、みんなが起き出す時間になってベッドに入る。

「じゃあ、行ってきます」

赤い旅行カバンを肩から下げ、立ち上がる。画材は寄宿舎に置いたままにしてあるが、三日分の着替えが入っているからか、ずっしりと重い。

「行ってらっしゃい。無理しないでね」

しがみついてくるような母の言葉を振り切って、外に出る。まだ薄暗い。小さく深呼吸すると、生暖かい空気が肺に流れ込んできた。

始発に乗って一時間もすれば、学校の最寄り駅に着く。集合時間の三十分前には着くはずだ。合宿をする絵《え》布《ふ》山まではバスを貸し切って行くことになっている。

改札の前にある公衆電話から、立花《たちばな》日向子《ひなこ》に電話をかけた。同じ一年生の美術工芸コースの友達だ。彼女の家は真琴の家と学校のちょうど中間地点にある。

「……もしもし、立花です」

電話に出た日向子の声はか細く、心許なかった。平静を装って返事をする。

「もしもし、日向子？　私。これから始発に乗るよ。間に合いそう？」

同じ電車に乗って学校へ行こうと言い出したのは真琴だった。ちょうど三十分後に日向子の自宅の最寄り駅に到着する。

「……うん、大丈夫。もう準備できてるよ」

「分かった。じゃあ、また後で。一番先頭の車両に乗るから。ちゃんと席、取っておくね」

ごめんね、と言って電話は切れた。とりあえず良かった、と溜息をついて改札をくぐる。間もなくして電車がやってきて、数人のサラリーマンと一緒に車内に流れ込んだ。

他の乗客と共に乗ってきた日向子の顔色は、最悪と言ってよいほど青白かった。二つにくくっている三つ編みだけがいつも通りきっちりと結われている。彼女の真面目《まじめ》な性格を表しているようだった。

「日向子、こっち、こっち。カバン貸して。上にあげとくから」

車内はすでに星華の美術工芸コースの生徒で溢れていた。他の乗客の邪魔にならないように荷物は吊り棚に置くよう事前に学校からプリントを配られていたため、みんながそうしている。背の低い生徒は誰か人に頼んでいる様子がさっきから見られていた。

「……迷惑ばっかりかけてごめんね」

申し訳なさそうに差し出したそれを掴むと、想像以上の重さにガクンと腕が落ちた。床に落としそうになり慌てて力を入れ直す。

「もしかして、画材も入ってたりする？」

日向子がまた、重くてごめんね、と謝る。

「別にいいんだよ、そんなこと。でも、画材は寄宿舎に置いたままでいいって言ってたから、置いてこなかったのかなと思っただけでさ。ほら、私はめんどくさがりだから、ラッキーって即座に置いて帰るの決めたし」

日向子をボックス席の窓際に座るように促し、真琴もその横に座る。

「……家にいても落ち着かないから、近くの公園で木のデッサンをしてみたり、油絵具を使ってみたりしてたの。大きなキャンバスに描くのって初めてだから、うまく描けなかったらどうしようって思って……」

ぎゃはは、と下品な笑い声が聞こえた。反射で振り返ると同じクラスの女子がお菓子をつまみながら、マジうける、などと大声で話をしているのが見えた。

死ねばいいのに。口に出すことなく呟いた声は真琴の中にだけ響いた。

「……痛い」

吐息と一緒に吐き出された声にはっと我に返った。日向子が胃のあたりに両方の手のひらをあてて、前に屈《かが》んでいる。

「大丈夫？　胃？」

微《かす》かに頷く。

「……薬飲んできたから、大丈夫だと思ったんだけど」

「いいよ、あんまり喋らないで。あと十分もしたら、駅につくよ」

ごめんね、と日向子はまた謝った。今日、もう何度目か分からない「ごめんね」だった。

＊

〈石橋《いしばし》先生〉

姉の手紙の中に何度も何度も登場した名前だった。

先生とは思えない酷い言葉を吐き、圧力をかけ、彼女の自尊心を根こそぎ奪っていった男。

特に印象的だったのは、〈視線が合うだけで身が凍るような目〉という表現だった。彼の視線はいつ、どこで、何をしていても瞬時に察知することができ、振り返ると必ず視線が合う。そして、自分の中にある幾ばくかの自信は、その途端に奪われる。

星華に入って最初の美術の授業で会ったとき、一目見ただけで、彼だと分かった。

美術工芸の授業を受け持つ先生陣は五人。その中で男は三人。教室の前に立ち、自己紹介を始めるその前に、真琴は、自分の敵を見つけ出していた。

姉はその目を〈蛇〉と例えていたけれど、真琴は違った。

……狐《きつね》だ。

自分の言うことを聞きそうな生徒、反抗的な生徒、利用できそうな生徒、大人しそうな生徒……。値踏みするようにじっとりと視線が這う。

「推薦で入ってきたやつは春休みの課題を前に貼り出すように～～。一般のやつらは、推薦組がどれだけ自分たちとレベルが違うか見ておけよ～～。お前らはまだライバルにもなれてないんだからな～～」

狐は自己紹介をする前に、その煙草《たばこ》でガサガサになった声でいやらしく生徒をあおった。これも姉が手紙に書いていたことだった。石橋は推薦入試でデッサンを描いて合格した生徒と、一般入試で入ってきた生徒を、いちいち比べて、お互いを意識させる。執拗《しつよう》にそれを繰り返すから推薦組と一般組は仲が悪くなるのだと、手紙には書かれてあった。

推薦組の生徒は、ホワイトボードの前に立ち、磁石を手にし、うろついていた。うまく描けなかった、恥ずかしい、などと、はにかむ彼女たちにはどこか余裕が感じられて、楽しげだった。自分の作品をどの位置に貼るか迷っている彼女たちに、狐は「貼るだけだ、さっさとやれ」と一蹴する。

ホワイトボードの前で溜まっていた生徒が少なくなったのを見計らって、真琴もまた前へ出た。教卓に置いてあるマグネットを掴み、窓側の一番端の方に空いているスペースを見つけ、左にならった。

全員が貼り終え、イスに座り終えると、狐は、ホワイトボードの前に立った。真っ黒のスーツにグレーのワイシャツ、ノーネクタイ。その風貌《ふうぼう》は教師というよりどこか裏社会の人のようにも見える。

狐は何も言葉を発さずに、一枚一枚をゆっくり見て回った。こつこつと革靴の底が床にあたる音が響く。他の教室に比べて天井が高いからだろうか。それとも、いつの間にか全員が押し黙ったせいか。

顎に生やした髭《ひげ》を人差し指で擦りながら、薄っすらと笑みを浮かべたかと思うと、おもむろに一枚の絵を手に取り、真ん中に貼り直した。――真琴の作品だった。

静寂に包まれていた教室が一瞬にして音を取り戻していた。みんな何が起こっているのか分からないのだ。が、真琴は知っていた。これも姉の話の通りだった。

全ての作品に目を通し、時間をかけて無言で順番を入れ替え貼り直すと、先生は前を振り向き、口の右側だけを上げた。笑顔のつもりなのだと、初めて気づく。

「えー、今日から一年生を担当する石橋です。君たちの先輩からはメドューサと呼ばれています。何でか分かるか？　僕は瞬きが少ないからだそうです。講評会のとき目が合ったら殺されそうだとよく言われます」

　わっと笑いが起こる。石橋はそれに満足そうに目を細めながら、

「冗談だと思ったら大間違いだぞ。僕の講評に耐えられなくなった生徒はたくさんいます。ちゃんと真剣に取り組むように。えー、課題の締め切りの日に、毎回こうやって講評会を開きます。今、僕は作品を並べ替えたけど、どういう順番か分かるやつはいるか？」

　顔を見合わせる生徒たち。真琴はじっと、石橋から目を逸らさずに睨みつけた。

「えー、ホワイトボードの真ん中に貼ったこの作品を描いた人は手を挙げて」

　まっすぐ手を伸ばす。気づいた石橋は、名前は？　と言った。

「星野真琴です」

「星野。今回の自画像の課題で、お前が一番よく描けてる。ずば抜けてダントツだな。これからが楽しみだ。……というように、うまく描けている順番に並べ替えた。これから毎回このようにして講評会をする。真ん中から左右上下に行くほどに、レベルが落ちていく。一番下段の端は自分の位置がそこだと肝に銘じておけ。真ん中に近かったやつも安心するな。すぐに追い抜かされるぞ。今回は自画像だからまだお互い

の名前が分からなくても、誰がうまくて、誰が落ちこぼれかすぐに分かるだろう。恥ずかしいと思うなら努力をしろよ」

〈ホワイトボードは、表彰台と死刑台です。私にとってはずっと、死刑台でした〉

姉の手紙の一文が、思い出される。その通りだ、と真琴は唇を嚙み締めた。

無表情の黒い自画像が並ぶそのさまは、絞首刑になった自分たちのように見える。

ざわめきがより一層大きくなっていく。

「君たちは三年間、楽しく絵を描こうと思うな。全ては入試に受かるための勉強だ。自由に描くなんてことは大学に入ったらいくらでもできる。とにかく基礎を叩きこめ。美術工芸コースには僕を含めて五人の先生がいます。その先生からもらったアドバイスを、ひとつもこぼさないように、メモを取るなり、日記をつけるなり、自分から動くように。今日もノートくらい持ってきてるよなあ？」

石橋は一番前の生徒が持っていたノートを勝手に取り上げると、パラパラと捲った。と、顔を歪めて笑う。

「おいおい、何だこれは。マンガか？　お前まさかマンガ家なんかレベルの低いものになりたいだなんて言わないよな？」

取り上げられた三つ編みの生徒は息をのみ、見つからない返事の言葉を探している様子だった。逆に真琴の口からは今にも言葉が溢れ出そうだった。一度目を閉じて鼻から息を吸ったけれど、収まらなかった。

「入学早々、がっかりさせないでくれよ。……星野、どうした？」

手を挙げていた真琴は、すっと立ち上がり、

「質問があります」

「お、積極的でいいじゃないか。どうした」

「今、マンガ家はレベルが低いと言われましたが、では、マンガ家と高校教師はどちらの方がレベルが上の職業なんですか？」

石橋の頬が痙攣するのが分かった。三つ編みの子が驚いたようにこちらを振り返り、目を見開いていた。瞳に水っぽいものが溜まっている。

「何を言ってるんだお前は」

「そもそも、レベルって何で測るんでしょうか？　年収ですか？　例えば週刊ドリームで連載されているクリミナル・ハンターは、累計発行部数が二億ですが、高校教師の給与はその印税よりも多いのでしょうか？　もし高校教師の方が少ないならば、マンガ家よりレベルが低いということでしょうか？　それとも、ファンの多さや知名度が基準なんでしょうか？　もしよかったら、先生が個展を開いたときの一日の集客数

を教えていただけませんか？　二億人の読者よりきっと多いのだと思うので。まさか、レベルの低い職の人が自分より高い人のことを、レベルが低いなんて言えないですから、先生はさぞかし、お稼ぎになって、ファンも多くいるんですよね？」

邪魔をされないように、一気にまくしたてる。さっきまで不愉快なほど余裕たっぷりに話していた表情が崩れ、石橋の顔は真っ赤に染まっていた。

「星野。お前の名前はよく覚えたぞ。俺にそれだけの口をきくんだから、よっぽどすごい絵を描いてくれるんだろう。楽しみにしてるからな」

また、思い出したように、口を歪めて笑う。まだ、笑っていられることが不愉快だった。もっと苦痛を与えて、言葉を奪って、どん底に突き落としてしまいたかった。

「星野さん！　あんなこと言って大丈夫なの？」

美術室から出たところで、さっきの三つ編みに声をかけられた。それが、日向子だった。

「大丈夫って何が？」

「だって、石橋先生にあんな口答えして……。ほら、先生だって言ってたでしょ？　メドューサって呼ばれてるって」

「ああ、別に全然大丈夫。殺されるわけじゃなし」

日向子の背は真琴より頭半分ほど低かった。それが一瞬、姉に似ている気がした。真琴は恵美より十センチ近く高い。そのせいで見知らぬ人からは真琴の方が姉と間違われることもあった。

青白い顔で心配していた日向子は、

「星野さんって、強いんだねえ」

そう感心したように頷いた。

星華に入って仲が良くなったのは、日向子だけだった。その他の人とは必要最低限のことは話すものの、深く付き合いはしなかった。星華に入った〈目的〉を成し遂げるには、無駄なものは全部そぎ落として、使える時間の全てをそれに注ぎたかった。日向子のことも、別段、仲良くなりたいと思ったわけではなかった。そこらへんの女子高生がやっているような無駄なお喋りやひたすら流行を追い続けるような行為はバカバカしいと思っていたし、そういうことを要求してくるような子なら、他の子たちと同じように上っ面だけの付き合いをしていたと思う。

彼女は、とにかくマンガが好きだった。

授業で取り上げられた大学ノートを、休憩時間に見せてくれた。それは単なる落書きではなく、ちゃんとしたマンガだった。

「中学のときからずっとマンガを投稿してるの。一応小さいけど、入賞したこともあるんだ。でも、ストーリーは良いけど絵が下手って言われて。一からデッサンを習いたいなと思って、美工に入ったの。寄宿舎はマンガの持ち込みが禁止なのが、ちょっと痛いけどね」

大人しい彼女は、マンガの話をするときだけは、ほんの少し声が大きくなった。色白の頬がピンクに染まって、それを可愛いとすら思う。彼女の入学の動機があまりに眩しくて、後ろ向きな自分の話は、絶対に隠し通そうと誓った。

「おもしろいよ、本当に。恋愛マンガじゃなくて、スポーツマンガなのも珍しいね。女子なのに」

「恋愛って、まだあんまり分からないから……。お兄ちゃんが野球をしてるから、いろいろ話を聞いて描いてるんだ。でも、私もまこちゃんみたいに絵の才能があったらいいのになあ。石橋先生にセンターに選ばれるなんて、本当にすごいよ。すごく厳しい先生だって有名だもの」

敵の名前にぴくりと瞼が痙攣するのが分かった。日向子に気づかれないように笑って誤魔化し、「はい」と、ノートを返す。

「別にすごくないって。偶然だよ、偶然」

本当は努力の賜物《たまもの》だった。才能だなんて言葉で誤魔化されたくなかった。姉が家にこもるようになってから、自分の持ちうる全ての時間を絵に注《つ》ぎ込《こ》んできたのだ。全ては姉の復讐《ふくしゅう》のためだった。

絶対に石橋に舐《な》められたくなかった。つけこまれる隙のない絵を描いて、おかしいことに、おかしいと抗議してやる。そう決めていた。

「あんたがやってることは、教育なんかじゃない。ただの苛めだ」と。

でも、そのことを日向子には、どうしても知られたくなかった。

＊

石橋の怒号や中傷によって、やる気を出す者もいれば、萎縮《いしゅく》して固まってしまう者もいた。

前者が真琴で、後者は日向子だ。

真琴が石橋の言葉を信用しているだとか好意を持っているだとかいうわけでは、決してない。ただ一点、「お前にだけは負けてたまるか」という、反骨精神でしかなかった。そもそも美工に入った理由が、「石橋に対する復讐」なのだから、石橋からの作品への指摘は悔しくて仕方がなく、次に描くときには絶対に突っ込まれまいと、より一層力が入った。

そして、誰よりうまく、──石橋をぎゃふんと言わせるような絵を描いた暁には──、姉への謝罪を要求するのだと思うと、凹《へこ》んでいる暇はなく、むしろ楽しかった。

比べて日向子は、石橋の言葉を全身で受け止めすぎていた。

授業のたびに石橋から、「デッサンが狂ってる」「モチーフをよく見られてない」「スピードが遅い」と、突っ込まれるたびに震えあがり、手が止まった。そしてどうして手を動かさない」と怒られる。二ヵ月ほど経った頃には、廊下で石橋とすれ違うたびに息を潜め、挨拶もできなくなるほどだった。そして、また、「ちゃんと挨拶をしろ」と怒鳴られる。完全な悪循環だった。

「石橋なんかの言うこと、いちいち聞かなくてもいいって。どうせ美術の先生なんて、芸術家になれなかった出来損《できそこ》ないなんだからさ」

寄宿舎へ戻る道中、真琴は幾度となく日向子にそう吹き込んだ。

「そんなことない！　石橋先生の言ってることは正しいよ！」

日向子はよくも悪くも、石橋の言うことを信じ切っていた。自分自身の気持ちや今までの経験、彼女の両親や友人。そういったもの全てを忘れ、狐のことをまるで神のように信仰していた。そのことで、彼女が救われるならそれでも良かったかもしれない。けれど、彼女は狐の彼女の絵に対する批評を、自分という人格に対する否定として受け取ってしまっていた。

日向子の中で、彼女自身の価値は、どんどん下がっていった。

不思議なもので、彼女自身が自分を安く扱うと、周囲も同じように扱い始めた。

通常新しい課題に取り組むとき、クジ引きをして、描く場所の位置取りをする。石膏像やモチーフを囲んでデッサンをする場合、あらかじめ人数分のイーゼルを先生が用意して場所を決めてあるのだ。光と影のバランスが良い場所ばかり選んで描いていると、受験の際に不利な場所に当たったとき対応できないからと、石橋は言っていた。それにクジで決めるなら平等だ。

その日に出た新しい課題は、アリアス像の木炭デッサンだった。逆光になる場所はちょうど横顔を描くようになっていて、全体が暗く、空間を描くのが難しそうだった。全体の塊ではなく、巻き髪ばかり描きこみたくなって失敗しそうだ。

なるべく描きやすい場所が当たるように祈りながら、番号が書かれた割り箸を、石橋が持つ缶の中から引く。

「お、運が良かったな、星野」

五番。

ちょうど光と影のバランスがよくて、首からデコルテにかけてのあたりの空間が描きやすい場所だった。石橋の言葉を無視し、五番の札が貼られたイーゼルに画材を持って移動する。

と、前を歩く日向子もまた、四番と書かれた割り箸を持っているのが目に入った。今回は二人とも運が良かったと声をかけようとする。が、日向子が女子数人に声をかけられ、割り箸を交換したため、一瞬、声をかけるタイミングを逃した。日向子が座るはずだったイーゼルの前で準備を始めるクラスメイトを見て、瞬時に怒りが沸騰する。

「ちょっと。人の場所盗《と》るの止めなよ」

「え、別に盗ってなんかないよ。ちゃんと立花さんにお願いして、交換してもらっただけだし。ね、立花さん？」

「……うん」

小首を傾《かし》げてわざとらしく日向子にうかがいをたてるその女子の髪をひっつかみ、イスから引きずりおろしたい衝動に駆られる。何とか堪えて、言葉を続ける。

「とにかく、クジで決めたんだから、元に戻りなよ。卑怯《ひきょう》じゃん」

「えー、個人で話し合って決めるなら、替えてもいいって石橋先生が言ってくれたよー？　私、この間も逆光だったから大変だったんだよね。っていうか、立花さん、どこで描いたっていつも描けてないんだから、同じじゃない？」

彼女が言った途端、くすくすと笑いが放射状に広まる。さっき堪えた衝動がもう一度湧き上がり、

「お前、ふざけんなよ」

二の腕を摑み、イスから引きはがそうとするが、

「まこちゃん、止めて！」

日向子の悲鳴のような声が真琴の手を制した。「暴力は止めてよね、ちょっと石橋先生に気に入られてるからって〜」と捨てゼリフを吐いたまま、クラスメイトはもうイーゼルに向かっている。

「日向子、何で？　悔しくないの？」

廊下側に置かれた十番のイーゼルの前に座る日向子の元へ行き、訊ねる。彼女は俯《うつむ》いたまま、

「だって、全部本当のことだもの。私は一番いい場所で描いたってちゃんと描けないもん。それなら、飯島《いいじま》さんに描いてもらった方が、いいと思う」

言い切る彼女に、これ以上何も言えなかった。

＊

美術工芸コースの夏合宿の目的は、三泊四日でF30という大きなキャンバスに油絵を描くことだった。これほど大きな作品を描くのは一年生は初めてだった。

一日目は着いてすぐに昼食を摂り、終わり次第各自で林に入り、場所を決め、制作に取りかかった。下絵に時間をかけていたら最後まで描ききれないぞ、と言って回る先生たちを背に、真琴と日向子は宿舎からなるべく離れた場所へと向かった。先生たちが見廻《みまわ》りに来にくい、生徒も集まりにくい場所を選びたかった。日向子に少しでも安心して描いて欲しかった。

近くに休憩所や水汲《みずく》み場がある場所は生徒にも人気があったため、自然と不便な場所を探すことになったけれど、それが逆に良かったのかもしれない。頭上に伸びる木々は二人に降り注ぐ日光を優しく遮ってくれたし、目線を下にやれば、林の間を川が流れていた。山中の明るく、けれど涼やかな気候を描くにはぴったりのロケーションだった。

最初こそ、日向子の様子が気になったけれど、木炭で下絵を描き、早々に油絵具を出した頃には、その風景を写し取ることに、真琴は夢中になっていた。これはいつものことで、描きだす前には石橋のことで頭がいっぱいになり、何とか懲《こ》らしめたいと思うのだけど、一旦キャンバスやモチーフに向かえば、意識がそちらに傾く。いつの間にか狐のことなんて、この世に存在しないかのように、忘れてしまうのだった。

だから、そろそろ片づけをしなければいけない時間になったとき、日向子のキャンバスを見て驚いた。……一日が終わるときになっても、日向子のキャンバスは真っ白だった。

「あ、ごめん。美佳《みか》ちゃんが先行ってるから、私先に使っていい？」

学年ごとに大浴場を使う時間が決められていて、最後に一年が入ることになっていた。入浴の後は晩御飯になっているため、時間内に上がらなければいけない。真琴も日向子も急いで上がったけれど、鏡の前はドライヤーを使う人で大渋滞だった。順番を待ちようやく自分の順番になった日向子が手を伸ばすと、他の生徒が後ろから割り込んできて、返事を聞く前に勝手に使い始めた。日向子は文句を言うでもなく、黙って、その後ろにまた並んだ。

「日向子、こっち来な。乾かしてあげるから」

順番が来た真琴はドライヤーを持って、日向子を手招きした。人前で誰かに文句を言うことを日向子は嫌うと、もう学習している。彼女もまた大人しく言われた通りに真琴の側に来て、髪を乾かしてもらう。

「……まこちゃん、先に乾かさなくていいの？」

「私はあんたより短いから大丈夫。それより急がないとご飯に遅れるよ」

うんと頷く日向子の首筋はどきっとするほど細く痩せていた。初めて会ったとき、教室の後ろから見ていた彼女はこんな風ではなかった。石橋に挨拶をするのも怖がるようになってから、彼女はよく胃が痛くなって保健室に通うことが多くなった。病院へも行ったらしいけれど、胃があまり動いていないらしい。脂っこいものや消化に悪いものは食べないように言われた、と日向子は笑っていた。「私、コロッケとかとんかつとか好きなのにな」と言っていた頃はそれでもまだ余裕があった気がする。最近では、何を食べても味がしないから、と、食事を残すことも多い。このままではダメだ、と真琴が一番よく分かっていた。……姉のようになってしまう。

「ごめん、ちょっとトイレ行ってくる。まこちゃん、先に食堂行ってて？」

一旦荷物を置きに部屋へ帰ると、日向子はまた胃が痛くなった。

「あー、じゃあ、私、ロビーにいるから迎えにきてよ。ちょっと家に電話してくる」

「でも、遅れちゃうでしょう？」

「いいよ、別に。遅れたって。ね？」

ようやく納得した日向子を置いて、部屋を出る。小さなコインケースを手のひらで弄《もてあそ》びながらロビーへ行くと、一台しかない公衆電話の前に一年の女子が数人集まっていた。

「あ、星野さんも電話？　先に使う？」

名前も憶《おぼ》えていないクラスメイトがお伺いを立ててくる。まるで仲が良い友達のように。日向子と一緒にいないと、真琴に対しては良い顔を使うやつが多い。

小学校でも中学校でも、何となくスクールカーストのようなものは存在していた。頭が良い人、スポーツができる人、おもしろい人、大人しい人、太っている人……。その基準はさまざまで、自分がどの位置にいるのか、だから教室ではどれくらいの声の大きさで、どんな風に笑えばいいのか、空気を読まなければいけなかった。真琴でさえ、少しは気を使っていた。

けれど美工では、その基準はたったひとつだ。

講評会で石橋が並べ替えた作品の順番。

要するに、石橋に認められている順番で、相手が自分より上か下かを決めていた。それは誰も口にしたことがない、暗黙のルールのようだった。当たり前のように順番を抜かしたり、威圧的な態度に出て笑うことも許さなかったり、陰で笑ったり。その態度は、石橋がしている様子と瓜二《うりふた》つだ。

いつもセンターに貼られている真琴は、少しくらい態度が悪くてもそれも個性だと認めているらしく、ご機嫌を伺われたり、仲良くしようとごまをすられたりすることも多い。正直、反吐《へど》が出る。

「別にそっちが使ってからでいいよ」

「本当？　ごめんね。ありがとう。……あ、でも、星野さんももしかして、千尋先輩に電話するんだったりする？」

「は？」

思わず、怪訝な声が出た。

「千尋先輩、終業式の前に怪我をされて実家に帰っちゃったでしょ？　みんな心配だから、一度お見舞いの電話をしてみようってことになったの。ねえ、星野さん、電話かけてみてくれない？　誰が最初にかけるかって揉めてたの。マザーさんとチャイルドさんだから、実家に電話したことくらいあるんでしょう？」

「いや、ないし。心配なら自分たちでやりなよ。私はパス」

えー、お願い、と甘ったるく追いすがってくる声を振り切り、日向子がまだいるはずのトイレへと向かった。嫌いな人の名前を聞かされて、こっちまで胃がおかしくなりそうだった。

〈大島千尋〉

彼女の名前も入学する前から知っていた。姉の手紙の中に、何度か出てきたことがある。

学年で一番絵がうまく、勉強もできる人気者。自分とは全く違う。そう恵美は手紙の中で自分を卑下していた。

例えばクラスで何か決めなければいけないとき、千尋は学級委員として率先して意見を出し、みんなが話しやすい雰囲気を作る。けれどそういうとき、姉はどうしてもみんなの前で話をすることができなかったそうだ。昔から大人しい方だったけれど、星華に入ってそれが更に酷くなったらしい。「私なんかの意見が役に立つわけがない」そう思うと、途端に何を話していいか分からなくなるそうだ。

そんなとき、千尋は決まって、こう言って笑ったという。

「おいおい、固まってんなよ。石膏像じゃあるまいし」

軽い冗談だったのだろう。けれどそのときの姉の精神状態では受け止めきれなかったのが容易《たやす》く想像できる。リーダー格の千尋が笑えば周りも笑う。そのことがどれだけ苦痛だっただろう。

それでも真琴は、手紙の中の千尋に対してそこまで悪い印象を抱いていなかった。ただ、サバサバした、それこそ姉とは正反対の性格なのだろうと想像していた。

彼女が自分のマザーだと知ったときは随分な確率だと驚いた。そして〈星野〉なんて珍しい名前を聞けば、自ずと休学している去年までのクラスメイトを連想し、真琴が妹かもしれないと気づくんじゃないかとも思った。けれど、自己紹介をしたとき彼女は、顔色ひとつ、変えなかった。

姉の存在とは、そんなものだったのだろうかと、急に虚《むな》しさが襲ってきた。気にかけても、思い出してももらえない、そんな空気のようなものだったのか。

寄宿舎での生活に慣れていくたびに、千尋があまり人のことを気にしないタイプだから思い出さないのかもしれないと自分に言い聞かせていた。けれどその苦し紛れの望みも薄れていった。彼女は決して、男っぽい砕けたタイプではなかった。

真琴はいつも昼休みに美術室で制作の続きをする。そのたびに、千尋を美術準備室で見かけた。……彼女はいつも石橋のデスクの横に座っていた。写真集を借りる、借りた本の感想を言う、課題の途中経過を見てもらう。そういう媚びを売って、千尋は石橋のお気に入りになっているのだと知ったとき、鳥肌が立ち、吐《は》き気《け》を催した。あいつは男を装った、女だ。

途端に、全てが信じられなくなった。姉に対して言った言葉も、ライバルを蹴落《けお》とすために吐いたのだとしか思えない。

いつか化けの皮を剝いでやりたい。そう思っていたところに、千尋の靴にガラスの破片を仕込んだやつが現れた。あいつの正体に気づいているやつがいるのだと知って、少しだけ溜飲《りゅういん》が下がった。——だけど。

「まこちゃん、待っててくれたの？　電話は？」

トイレの前で待っていると出てきた日向子が驚いて目を丸くした。

「なんか混んでたからまた後でいいや。お腹すいた。食堂行こう」

顔色の悪い日向子の手を取り、前を歩いた。

＊

山の天候は急変しやすいと分かっていたはずなのに、微かに陰ったその雲を見逃していた。鼻先に雨粒が触れたと思った瞬間、いきなりの大降りになった。

「日向子！　一旦どこかで雨宿りしよう！　荷物まとめて！」

真琴がそう叫ぶと日向子もまた頷き、慌てて画材をまとめた。イーゼルとキャンバスを抱え、遠くに見える屋根のついた休憩スペースに走る。どこからか、きゃあきゃあと楽しげな叫び声が聞こえてくる。集中していたから気づかなかったけれど、さほど遠くない場所でも描いている人がいたようだった。なるべく先生の目に届かない場所を選んだつもりだったけれど、そうではなかったのかもしれない。この三日間、ほとんど見廻りに来なかったのは運が良かったのだろう。

「最終日だっていうのに、運が悪いよね。これじゃ最後まで描けないっての」

ベンチに座り、だんだんと激しくなっていく雨脚に見とれていると、「今日はもう中止って聞いたー？」とレインコートを着た生徒に声をかけられた。顔と名前が一致しないから、先輩かもしれない。

「聞いてませーん。宿舎に帰るんですかー？」

「そうー。なんかまた台風が近づいてきてるみたい。待ってても酷くなるだけだから、宿舎に帰れってー！　もう今日講評会をするのは無理だから、持って帰って、日を改めて学校でやるって」

とにかく気をつけて帰って、と告げて、彼女は道を下っていった。

「だって。私たちも帰ろう。荷物持てる？」

「大丈夫。ごめんね」

リュックの中からレインコートを取り出し羽織ると、なるべく荷物をコンパクトにまとめて、雨の中を歩き始めた。どうせ急いでも濡れることに変わりはない。せめて転ばないようにと一歩一歩進み、宿舎に戻った頃にはシャワーを浴びたみたいにずぶ濡れになっていた。

「画材とキャンバスを先に荷台に積んでから、各自部屋で着替えて待機ね！　予定変更して、昼ご飯を食べたら学校に帰ります！　台風が来たら帰れなくなるからね！」

ロビーで三年生の担当の先生が拡声器で叫んでいた。駐車場へ行き、乗ってきたバスの元へと走る。

「これも、お願いします」

自分の分と日向子のキャンバスをバスの前にいた石橋に手渡す。風が強くなってきていて目を開けるのも辛かった。石橋もまた目を細めながらそれを受け取ろうと手を伸ばす。が、キャンバスを見た後、視線が真琴の後ろへと滑《すべ》り、

「お前、ほっとしてるんだろ？　講評会なくなって」

そう言って、笑った。未完成の日向子のキャンバスが風に揺れる。彼女の小さな息遣いが乱れるのが、風の中で聞こえた。

「お前、ふざけんなよ！」

キャンバスを奪い取ろうと引っ張る。が、途端、突風が吹き、キャンバスが石橋の額にあたってうずくまった。木枠が赤く染まる。「大丈夫ですか!?」近くにいた運転手が駆け寄ってくる。その声を聞きつけて、他の先生も集まってくる。

「大丈夫。ちょっと風にあおられて、キャンバスがあたっただけだ。大したことない」

石橋は自ら立ち上がり、「ちょっと医務室で見てもらってくる」とその場を去った。

「あなたたちも危ないから早く宿舎へ。風邪ひかないように、ちゃんと着替えて待ちなさい」

残った先生に促され、真琴も日向子もその場を立ち去る。

自分がやったことに驚き、手が震えた。突風が吹かなかったら、自分はどうしてた？　取り上げたキャンバスを、石橋の額に振り下ろそうとはしなかっただろうか。

目の前が、フィルターをかけられたように赤い。

「大丈夫。日向子のせいじゃないから」

何か言わなければと思い、彼女の手を取り呟くと、日向子の歩みが止まる。

「……どうしたの？」

「ちょっと、トイレに行ってくる。先に戻ってて？」

「大丈夫？　私待って」

言葉の途中で、日向子が遮る。

「ううん！　本当に大丈夫だから。先に帰ってて？」

そう念を押されて、「分かった」と仕方なく頷く。が、部屋に戻って着替えを済ませても、しばらく日向子は帰ってこなかった。戻ってきた彼女の目は赤く腫《は》れていて、やっぱり一緒についていけばよかったと、後悔した。

＊

石橋の怪我は大したことがなかったらしく、みんなと一緒にバスに乗って帰った。額に大きなガーゼが貼られていることを生徒に弄《いじ》られて笑っていた。日向子はあれから一言も口をきくことがなかった。真琴もまた、何て話しかけてよいか、分からなかった。学校へ彼女の母親が迎えにきていたから、夏休み明け、いつ頃寄宿舎に戻るか話もできず、慌ただしく別れた。

夏休みが終わる二週間前に、早々と真琴は寄宿舎に戻った。家にいて変わってしまった姉を見ているのが辛かったし、何より早く、日向子に会いたかった。けれど日向子は戻ってこなかった。

休学すると知ったのは始業式の一週間前で、寮母のまゆりが日向子のマザーにそう話しているのを聞いたのだった。

姉と同じになってしまう。

聞いた途端、頭に血が上って、寄宿舎から校舎へと走った。どうしても、言ってやりたいことがあった。

暑い季節は過ぎ去り、山の上はすっかり次の季節が来る準備をしている。半袖から出ている二の腕が冷えていく。

夕暮れの校舎の中に石橋はいた。美術準備室で油絵を描いている。他の先生の姿は見えなかった。あいつが描く絵はその性格とは裏腹に繊細で緻密《ちみつ》で、そして光に溢れた世界だった。詐欺だ、と思う。

「なんだ星野。何か用か」

他の先生はあまり活動していないのに、石橋がよく個展を開いていることも知っていた。ホームページで作品も紹介している。時々、デザイナーの友人にイラストを使ってもらっているらしいことも千尋が話していた。

だけど、だからって、それが良い先生の条件なわけではない。

「先生。絵を描くことってそんなに偉いんですか？」

「何だ急に」

「絵が描けないと、ダメな人間ですか？　日向子は優しくて、人の気持ちをちゃんと考えて話をできる。そういう点ではあんたなんかよりずっと大人です」

「ああ、立花の休学の件か」

石橋はようやく、筆を置き、真琴の目を見た。狐ではない。今度は蛇だった。視線を逸らせなかった。

「人の気持ちが考えられたら美大に受かるのか？　優しかったらデッサンがうまくなるのか？　俺は間違ったことを言ったか？　描けていない場所を指摘されて、直せないならそこまでだ。馴《な》れ合《あ》いで俺は褒めることなんてできない。お前はできるのか？」

蛇の目が、真琴を固まらせる。何か弱みがあるときにその目に対峙《たいじ》すると、動けなくなるのだと気づく。自分の中の答えを認めたくない。でも相手を黙らせる言葉も見つからない。だから答えることができずに、怖気《おじけ》づく。

「どのみち、これくらいで潰れるなら、美大に行ったってすぐに自分を見失う。自分でやりたいと思わなきゃダメだ。お前も、そう思ってるんじゃないのか？」

日向子に対して、言えずに呑み込んだ言葉はたくさんあった。

描けないと悩むならどうして人より多くの努力をしないのか。真琴が昼休みに描いていると知っていながら、どうして自分もそうしようとしないのか。石橋がいる場所で描きたくないなら、いない時間を狙って描こうとどうしてしない。あれだけ好きだと言っていたマンガのプロットすら、最近は描いていないじゃないか。才能という言葉で片づけるな。やってダメならしょうがない。でもまだ、やってないじゃないか。

言葉を呑み込んだ理由を、真琴は見つけることができていなかった。傷つけたくなかったのか、人に言われてやるようじゃダメだと思ったのか、それともまた、別の理由があるのか。

自分は、石橋とは違う人間だと思いたかった。冷酷で、人を平気で切り離すような、そんな人間ではない。——それでも、少しずつ、考え方が石橋に似てきていることに気づいていた。

家にこもっている姉、自分の描く絵に自信を持たないで真琴の才能を羨む日向子に、「どうしてもっと本気でやらないの？」そう問いただしたくて、もどかしくて、仕方がなかった。

けれど、矛盾するように、石橋に対する嫌悪も増していた。もっと言い方があるんじゃないか。生徒一人ひとりにあった指導の仕方があるんじゃないか。どんなに絵がうまくても、あんたは先生で、それ以上でもそれ以下でもない。

大事なものを失った生徒の気持ちが、あんたはまだ、分からないのか。

「俺は、美術工芸コースを、守らなければいけない」

「……守る？」

似つかわしくない言葉に、眉をひそめる。

「美術工芸コースの生徒を、美術大学へ入れる。そのための力をつけさせる。有名な大学であればあるほど、学校の評判は上がる。それが、守るということだ。逆に、合格率が下がったらどうなる？　評判は下がり、入学希望者が少なくなる。定員割れが続いたら、廃止されるかもしれない。そうなったら美術の勉強を真剣にしたいと思っている生徒の受け皿が減ってしまう。そういう事態は避けたい」

「そのためには、犠牲者を出してもいいということですか？」

「……お前は俺に、一体どうして欲しいんだ？」

溜息まじりにそう言われ、真琴は思わず黙った。どうなったら自分は満足するのか。答えが出ない。

「くだらないことを考えてないで、まず自分のことを考えろ。十二月には卒業・修了展をやる。一年の集大成になるような作品を作れ。こんな小さな世界で、満足するな」

一方的に告げると、石橋は背を向け、キャンバスに向かった。途中で話を終わらされ、怒りが募る。

何も言わずに、その場を立ち去る。

私は石橋とは違う。そう胸の中で何度も唱える。

けれど、どんなに石橋が間違っていると訴えても、彼は自分の考えを改める気配がいっこうになかった。言葉では、あいつをねじ伏せることができそうにない。

……それなら、同じ目に遭わせるしかない。

姉も日向子も、石橋から大切なものを奪われた。だから、今度は、石橋から、大切なものを奪ってやる。そして、その辛さを思い知ったらいい。

寄宿舎へと走る。何かおどろおどろしい物から逃げるように。墨をこぼしたような闇に転げ落ちるように。

寄宿舎に戻り、物干し場の前を通ると、桜子の姿が見えた。普段通り挨拶をしようと近寄るが、少しのところで堪える。——彼女は、洗濯物を地面に叩きつけ、右足でそれを踏みつけた。何度も何度も。真っ白なブラウスにどす黒い染みができていく。

止めるべきだ、と思う。けれど体は動かない。そうしている間に桜子はその場を立ち去り、桜の間へと向かってしまった。

真琴はその洗濯物を拾った。タグの部分に〈深沢朝子《ふかざわ》〉と名前が書かれてある。何で、と呟く。

寄宿舎に帰ってきてから、小さな事件が多発していた。ひとつひとつは、些細《ささい》なことだった。物がなくなったり、汚されたり、嫌がらせの手紙が入っていたり。ただ、どんなに小さなことでも、数が多いと、鬱屈《うっくつ》した気分は募り、誰が犯人なのだと、お互いがお互いを疑うような雰囲気が漂っていた。

が、真琴は驚かなかった。桜子が何かを傷つけるところを目撃したのは、これが初めてではない。

一度目は、入学して間もない頃だった。

昼休みが終わる直前、忘れ物を取りに美術室に戻ったときだった。関係者ではないはずの桜子の姿がそこにはあった。千尋が描いていた真琴の肖像画を手に取り、真っ二つに破り、床に放《ほう》る。そのときは、〈千尋が描いている絵〉を破いたのか、それとも、〈真琴が描かれている絵〉を破いたのか分からず、困惑した。ただ、自分以外にも千尋のことを恨んでいる人がいる可能性を感じ、黙っておくことにした。それは、真琴の正義に反することのはずだった。

もし、無実の人が犯人にされ吊《つる》し上《あ》げられたら、そのときは正直に見たことを話そ

う と自分に言い訳をしていた。実際、茜が朝子に疑われたとき、悩んだ。けれど、なぜか桜子が、「自分と一緒にいたから犯人ではない」と茜をかばった。当たり前だ。犯人は桜子自身なのだから。けれど、とりあえず事態は収拾したのだからと、真実を話す機会は失った。

二度目は、台風があった晩だった。

千尋のスニーカーにガラスの破片を入れているところを、偶然見かけてしまった。そのとき、桜子は千尋に何か恨みがあるのだと確信した。一体、何があったのか。それは見当がつかない。

彼女が立ち去った後で、真琴は悩んだ。

今なら、ガラスの破片を取り出し、なかったことにできる。これ以上、事件は起きない方がいい。けれど、真琴はそうしなかった。それどころか、きらりと光るその破片を、見えないように爪先へと押し込んだ。――靴を履く前に、気づかれないように。きっちりと、千尋を傷つけられるように。

魔がさした。なんて都合のいい言葉なのだろうと思う。それを使うことは、本意ではない。けれど、やっぱり、魔がさしたとしか、言えなかった。あれは正しくなかった。今ならそう思う。

それでも、今、桜子の罪を目撃しても、それを誰かに言って糾弾しようとか、今すぐ止めさせ罵ろうという気にはさらさらなれなかった。

——石橋への復讐を、手伝ってもらえないだろうか。

弱みにつけこみ脅迫することが、間違っていることだとは分かっている。けれど子供と大人の力の差は大きい。使えるものは、使っていかなければ、——悪を征するには、仕方がないことなのではないか。

汚れたブラウスを洗濯機に放り込み電源を入れる。地面に落ちて踏みつけられているより、洗濯機の中から発見された方がまだ、ショックも少ないだろう。間違えて落としてしまった誰かが、謝りもせず、とりあえず洗濯機に入れたと思わせた方が、まだ。

教材を持って自習室へ行き、誰にも見られないようにルーズリーフにペンを走らせる。


〈あなたがブラウスを汚すところを見ました。

ばらされたくなかったら、昼休みに屋上まで来てください〉

紙の上に並ぶ文字は、完全に脅迫だった。父が見たら必ず、「お前は間違っている」と諭すだろう。購買に売っている封筒に入れ封をし、靴箱に入れるまで、一週間かかった。

——これが自分の正義だ。

そう言い聞かせながら、いつも通り美術室へと向かう。

屋上への扉を開くと、光の中にもうその姿があった。ゆっくりとこちらに振り返る。逆光でその顔は見えなかったけれど、はっきりと、彼女だと分かる。

「……あなただったのね」

桜子はそう呟いた途端、ぼろぼろと大粒の涙を流した。何度も何度も頷き、ごめんなさい、と繰り返す。真琴は何も言えなくなって、ただ、彼女の顎から滴る涙を追いかける。お願いだから泣かないで。泣かれるとそれ以上、酷いことを言えなくなる。

「桜子先輩」

声をかけると、彼女の肩がおもしろいほどに跳ねた。そのまま固まった彼女に、意識して、なるべく優しい声を出した。

「大きい声を出したら人が来ますよ。私は誰かに言うつもりはないです」

彼女の顔を覗き込む。大きく見開き、真琴を見つめる瞳はもう随分前から泣いていたみたいに充血していた。信じられないとでも言いたそうな桜子に、

「でも、その代わりに、私に協力してください」

彼女の手を取る。氷のように冷たくて、自分の手がどれだけ熱いか実感させられ

る。

「……協力って何をしたらいいの？」

綺麗な人だ、と思う。寄宿舎の外に一歩出ても、きっと誰もがそう思う。星華のマドンナの娘。その異名がぴったりだ。全てを手にしたような彼女が、どうしてこんな小さな、どうしようもない事件を起こしているのか。

「復讐です」

真琴の声が、響く。口に出した瞬間より、耳から聞こえたその音の方が、ずっと恐ろしい言葉に聞こえる。足元から上がってくる冷気に、思わず身震いする。

「桜子先輩も、復讐したい相手がいるなら、私が協力します。共犯者になります。あなたは、一体、誰と戦っているんですか？」

大きな目から、また一粒、涙が頬へとこぼれ落ちる。もう、誰かが泣くのを見るのは嫌だった。姉も、日向子も、そして目の前にいる桜子も。彼女が悪事を働いているのは事実だ。でも、その原因を作っているのは、一体、誰なのだろう。

自分たちを苦しめるものは、全て排除する。そのためになら、何だってする覚悟を決めていた。

第五章

＊

九月もあと一週間を残すところとなり、山の上はすでに夏の色を忘れ、寄宿舎の窓から見える景色はすっかり秋めいていた。ついこの間、半袖《はんそで》へと衣替えしたばかりだった気がしたのに、もう長袖の季節が訪れ、気が早い生徒はベストやカーディガンを羽織っている。食堂に揃った生徒たちはみんな同じ制服のはずなのに、着ている人によって全く違うように見える。けれど桜子は何をしたって、学校のパンフレットに載っているモデルのように、どこか無難《ぶなん》で個性がないように思えた。

寮母のまゆりから、夕飯を終えてもしばらくその場に留まるように全員に指示が出されたのは、つい五分ほど前だ。が、桜子は朝の段階でそのことを知らされていた。

「寄宿舎で起きている連日の事件について注意をするから、桜子さんからも話してもらえないかしら？」

登校前の寮母室でそう打診されたとき、桜子は安堵《あんど》した。——まだ、ばれていない。

けれど、「桜子さんが話してくれたら、改心してくれるかもしれないでしょう？」などと見当外れな言葉を聞かされると、矛盾した苛立ちが腹の底からジャンプするように上がってくる。どうしてそんなに鈍感なのだ。そして、全てをぶちまけてしまいたくなる衝動に駆られる。自分こそが、その犯人なのだ、と。

が、実際は、「私がお力になれるかどうかは分かりませんが、ぜひお話しさせてください」などと笑みを作っていて、どれだけ嘘をつくことが習慣になっているのだろうと嫌悪感が募った。

斜め前で食事を摂る真琴を盗み見る。黙々と箸を使う彼女の表情は、以前のものと全く変わらず、平静そのものだった。が、そんな彼女には誰にも話せない強い決意があることを桜子は知っている。

ファンレターに交ざって入っていた脅迫状を見たとき、もう終わりだと覚悟していた。が、絶望する屋上の光の中で、真琴は桜子の罪について責めるようなことを何ひとつ言わなかった。

〈あなたは、一体、誰と戦っているんですか?〉

どうして彼女は何も知らないはずなのに自分のことを分かってくれるのだろうと、不思議で仕方がなかった。どんなに言葉を尽くしても、――血が繫がっていても、分かってくれない人もいるというのに。真琴に全てを打ち明けてしまいたいという衝動に駆られた。この子なら、全てを受け入れてくれるかもしれない。でも、そうするにはまだプライドが残っていた。理性でそれを抑えて、桜子はもう一度訊ねる。

〈私は何をすればいいの？〉

その質問への答えは、意外なものだった。

〈生徒会室を、誰にも見つからないように、一人で使わせてください〉

「桜子さん、そろそろいいかしら？」

汁椀《しるわん》を片手に宙を見つめていた桜子に、まゆりが近寄り、声をかける。はっと顔を上げると、大げさに心配そうな表情をした彼女が見下ろしていた。

「大丈夫？　具合が悪いのかしら？」

「いいえ。何て話そうか、考えていただけです。大丈夫です」

さっと表情を作り立ち上がると、まゆりの後ろに続いて前へと出た。すでにほとんどの生徒が食事を終え、雑談をしつつも部屋に戻れないことに痺れを切らしている様子だった。

「みなさん。最近、寄宿舎内で起こっている事件については、ご存知だと思います」

まゆりが話し始めると、自然と会話を止め、彼女の方へと顔を向けた。普段はまゆりの話なんて半分も聞いていないけれど、〈事件〉については関心が強いらしい。

「洗濯物が汚されたり、嫌がらせの手紙が靴に入っていたり。誰かを傷つけるようなことをして楽しんでいる生徒がいると思うと、私は情けなくてしょうがありません。もし、何か少しでも心あたりがあれば、申し出てください。私に言いにくいようであれば、桜子さんをはじめ、模範生たちでもいいです。これ以上、悲しいことが続かないよう、みんなで協力していきましょう」

まゆりから視線を投げかけられる。桜子は頷いて、前を向いた。――真琴がこちらを向いているのが視界に入り、緊張する。正しい視線が体に突き刺さる。

「まゆりさんからお話があったように、これ以上、誰かが傷つくことがあってはいけません。とはいえ、きっと、こういうことをしている人も、何か気持ちに不安なことがあってやっているのであって、心から楽しんでいるわけではないと、私は信じています。直接言いづらいのであればお手紙をくださってもいいです。何か、困っていることがあるなら相談にのります。だから、犯人を捜そうとするのではなく、寄宿舎での生活を、みんなで良いものにしていくことを考えていきましょう」

言い終わると同時に、朝子が拍手を始めた。水面に波紋ができるように広がっていく。誰も分かっていないと桜子は思う。誰も、自分のことを分かっていない。――真琴以外は。

一人で行動すると疑われそうだという理由で、自由時間は談話室で過ごす生徒が増えていた。テレビからは笑い声が溢れていたけれど、その明るさが室内の重々しい空気をより一層、際立たせていた。そんな空気を破って、「こんな話、知ってるかしら」と話を始めたのは、桜子の隣に座っていた朝子だった。

「お母さんに聞いたんだけど、前もこんな風に、誰が起こしているか分からない小さな事件が続いたらしいの。ちょうど、伝説のマドンナ、恵子先輩が三年生だったときのことよ」

知っていますか？　とでも言いたげな彼女の視線に頷き、続きを促す。桜子はそんな話を母から聞いたことは一度もなかった。自分の過去の手柄を武勇伝のように何百回と話して聞かせる母が、何か良い行いをしたのだとすればそれを黙っているはずがなかった。この話は母にとって、――そして桜子にとっても、何か都合の悪い話なのだろうかと身構える。

「今と同じように、寄宿舎には悪い雰囲気が漂っていたそうなの。お互いがお互いを疑い、誰のことも信じられない。そんなときに、ある一人の生徒に疑いがかかった。

それは恵子先輩と同室の、一年生だったの」

何度も話したことがある物語のように、朝子は一瞬の淀みもなく言葉を紡いでいく。談話室にいる全ての生徒が次の言葉を期待する中で、桜子だけが正子の顔を思い出していた。それはえくぼが可愛い笑顔ではなく、玄関先で母を罵る、疲弊したものだった。

「何の根拠があったわけでもなかったそうなの。ただ、その一年生が、一人でその場所にいるところを見た人がいたというだけ。でも、みんな疑心暗鬼になっていたのね。疑わしいものは全て吊し上げる。そういう雰囲気になっていた。そんなときに、それはおかしいと声を上げたのが、恵子先輩だったの。恵子先輩は、その一年生がそんな過ちを犯すなんて有り得ない、と、かばったそうよ。そして、それから毎日行動を共にして、無実を証明すると主張したそうなの。それから他の三年生も、恵子先輩を見習って、自分と同室の一年生と過ごすようになった。きっと犯人も、同室の先輩に自分のことを信じてもらえて、いたたまれなくなったのでしょうね。こっそり恵子先輩に自分が犯人だという手紙を送ったそうなの。そこで恵子先輩は、正直に申し出てくれたのだから犯人捜しは止めて水に流して欲しいと当時の寮母に掛け合って、事件は解決したらしいわ。そのときにペアになった三年生と一年生が、マザー制度として定着して、今のように、指導し、指導されるという関係になったそうよ。伝説のマドンナ、と呼ばれるようになったのは、こういう経緯があったの」

最後まで話し終えると、朝子はそれがまるで自分の武勇伝のように得意げで、頬が赤く上気していた。

「じゃあ、マザー制度って、学校が決めたわけじゃないってこと？」

一人の生徒が質問する。

「そうよ。全ては恵子先輩のお人柄から始まったことなの。普通の生徒ができるようなことではないわ」

視線が桜子へと注がれる。けれどそれは、彼女ではなく、その背後にいる母を見つめていた。

「桜子先輩。食堂でのお話、とても感動しました。きっと犯人は、桜子先輩に名乗り出てくれると思うんです。私、桜子先輩のことを信じています」

そう熱心に語る朝子は、春には何の根拠もないのに茜を犯人だと決めつけていた。

が、そのことはすっかり忘れたのか、母親から聞いたという話を桜子に重ねている。

初めて聞いた話だった。けれどその連日の事件の犯人は、きっと母だったのだろうと想像がつく。そして、知らぬうちに自分もまた、同じことをしていると思うと吐き気がした。どうしてこんなに似ているのだろう。

「私も、みなさんを信じているわ」

微笑んだ瞬間、瞼が痙攣する。まただ。夏休みに入ったあたりから、自分の意思とは関係なく、瞼がぴくぴくと動く。それがストレスによるものだということは、ネットで調べて分かっていた。ただ、分かったところでどうすることもできなかった。ストレスのもとを、なくすことはできない。誤魔化すように瞬きを数回繰り返し、「そろそろ自習室に行くわ」と席を立った。

＊

寄宿舎にもいろいろルールはあるけれど、全てに理由があって納得できるからこそ、守るに値する。けれど桜子の家のルールは、母だ。そこに理論だとか整合性だとかいった類《たぐ》いのものはない。母が気に入るかどうか。基準はただ、それだけだった。

夏休みの一ヵ月半程は果てしなく続いているような気がして、朝が来るたびに絶望的な気分で目が覚めた。顔を洗いに洗面所に行く途中で早く顔を洗えと不機嫌な声をかけられ、朝食を食べている間中、父への愚痴を浴びせられる。テレビをつければ芸能人への酷評が始まり、仕方なく耳を傾けていると早く勉強をしろと手のひらを返される。母は不満の塊のような人で、一時間だってご機嫌だったことはない。唯一、彼女がご機嫌でいられるのは、〈星華の友の会〉の集まりで、中心に立っているときだけだった。

八月十五日。お盆の真《ま》っ只中《ただなか》にもかかわらず会は通常通り開かれた。言われた通りに部屋で宿題をしていたのに、「みなさんに挨拶をしにきなさい」と母が部屋まで呼びにきた。突然ドアを開けるのは止めて欲しいと喉元まで出かかったけれど、かろうじて呑み込む。部屋に鍵はついているけれど、絶対に使わないということが昔からの約束だった。親にばれてはいけないことをしているわけではないのなら、鍵をする必要はないというのが母の主張だった。Tシャツに短パンと完全な部屋着だったから躊躇したけれど、機嫌を損《そこ》なわない方が大切だと、すぐに居間へと顔を出す。

「あら、桜子ちゃん。ちょっと見ない間にまた大人っぽくなったわねー」

会のメンバーの人たちに、「お久しぶりです」と頭を下げる。と、テーブルの上に写真が数枚、広げられているのが視界に入った。

「ちょっと、こっちに来てみなさい」

母に促されてイスに座る。並べられているのはメンバーの一人の家族写真で、彼女の夫と息子と三人でカメラ目線で写っているものだった。家族旅行や、大学の入学式といった、何かのイベントで撮ったものだとすぐに分かった。

「覚えてないかしら？　おばさんの息子、幼稚園の頃に、ここに何度も遊びに来てたのよ。雅人《まさと》っていうんだけど」

そう訊かれてもう一度写真をじっくりと見る。言われてみれば、遊んだ記憶がないわけではない。まーくんと呼ばれていた男の子と、おままごとをしたり、塗り絵をしたり。それでも写真の男性と〈まーくん〉が同一人物かどうかと言われれば、はっきりとした確信はなかった。

「桜子。あなた、まーくんと、お付き合いしなさい」

母の言葉に、え？　と無意識で返事をする。あまりに唐突な言葉に頭が追いついていかない。

戸惑っている桜子を見て、恥ずかしがっていると解釈した母は、「別に今すぐデートに行ったり、それ以上のことをしなさいって言ってるわけじゃないのよ」と、余裕を持った大人の女性のふりをする。

「ただ、あなたは大学も女子校に進むじゃない？　家と大学の往復だと出会いもないだろうし、男慣れしてないから悪い虫に引っかかってもいけないでしょう？　その点、まーくんは、あなただって知ってる人なんだし、まず、文通から始めたらいいと思うのよ。心配しなくたっていいの。手紙だったら、お母さんが読んで添削してあげられるんだから」

添削、と、口の中で呟く。誰か助けてくれないかと視界の端に映るメンバーの様子を窺ったけれど、誰もがうっとりとした様子で母の話を聞いていた。

「みなさんと話したんだけど、やっぱり会のメンバーの息子さんの中で、まーくんが一番いいってことになったのよ。あなたが大学を卒業するときには社会人三年目になっているから、すぐに結婚できるでしょう？」

「お母さん、結婚って」

あまりに急展開でストップをかけようと言葉を挟んだけれど、饒舌《じょうぜつ》な母の演説は止まることを知らない。

「あなたはぼーっとしているんだから、就職するより結婚した方が幸せになれるわ。それにまーくんの家だったらうちからも近いんだし、お母さんもすぐに手伝いにいけるじゃない？」

名案だわ、ときゃあきゃあ手を取り合うおばさんたちに、吐き気がした。途端に瞼が痙攣し、視界が揺れる。——このままでは、母に寄生され、いつか全てを乗っ取られる。体だけが残り、考えることや感じることをしない、人形になってしまう。

「……私、結婚なんてしない」

言いたかった言葉を吐き出したはずなのに、またすぐに喉元まで別の言葉がせり上がってくる。決壊する直前のダムのように、すぐそこまで大きな力が迫っていると分かる。

「だから、何も今すぐ結婚しなさいって言ってるわけじゃないでしょ？」

「私は、自分のことは自分で決めたいの。どうして私のことを、私のいないところで話し合うの？」

「あなたを放っておいたら、ろくでもないことになるって決まってるんだから！　全部、あなたのためを思ってのことでしょ？　お母さんだけじゃなくて、みんな、一生懸命、あなたのことを考えてくれてるのよ！」

「よその家にここまで首を突っ込む方がおかしいでしょう？　何で分からないの？　みなさん、今日はお盆なのに、どうしてうちなんかにいるんですか？　どうして家族と過ごそうとしないんですか？　私は、みなさんみたいに、……お母さんみたいになりたくないの！」

言った途端走り出し、階段を駆け上がり、部屋に飛び込む。一度も使ったことのない鍵を、急いで閉める。扉の向こうに、般若《はんにゃ》のような形相の母の顔が消えていく。その途端、ガチャガチャとドアノブを回す音がする。「開けなさい！」母がドアを叩きながら、叫ぶ。「謝りなさい！　みなさんに謝りなさい！」

ベッドに潜り込み、頭からタオルケットをかぶって、耳を押さえる。右目の痙攣は、まだ収まらない。――お願いだから、私を放っておいて！　そう祈りながら、じっと耐える。

どれくらい時間が経ったのか、そっと耳から手を外してみると、母の怒鳴り声もドアを叩く音もしなくなっていた。起き上がり、窓から外の様子を窺うと、さっきまであった数台の自転車はなくなっている。帰ったのだ、と、とりあえずほっとする。が、すぐに後悔が桜子を襲う。どうしてあんな風に、キレてしまったのか。せっかく今まで我慢してきたのに。母を本気で怒らせると、それが何日も続くということを桜子は学習していた。それなら反抗などせずにいた方が楽だった。それなのに。

母は何をしているのだろう。メンバーの人たちと、どこかに出掛けたのだろうか。音を立てないように歩き、ドアへ耳をつける。と、ガチャガチャとドアノブが回される。——驚いて、床に転がる。

「そこにいるのは分かってるのよ！　出てきて謝りなさい！」

そう言われた途端、どうしてよその人がいる間に、謝ってしまわなかったのだろうと後悔が襲った。他人の前だったら少しは理性も保てるだろう。——けれど、家に二人きりだったら。母は何を言い、何をするか分からない。運悪く、父は明日の昼まで、帰ってこないことになっている。怒りの矛先が、父へそれることは決してないということだ。

頭からタオルケットをかぶって、音を遮断する。跳ねるように音を立てる心臓を落ち着かせ、これからどうすればいいか考える。と、テーブルの上で携帯が振動する音が、蚊の羽音のように微かに聞こえる。父が帰ってくるのかもしれない。期待を胸に、手を伸ばし、メールを開く。

〈今まであんたのために、どれだけお母さんが自分の人生を犠牲にしてきたか分かってるの?〉

文面を見た途端、心臓を射貫《いぬ》かれた。ドアの向こうで、カタン、と動く音がする。

——まだ、そこにいる。

母の様子を窺うのが怖くて、背中を丸めたまま凍りつく。体中が鈍感になって動けなくなるのに対し、耳だけがいつもより鋭くなっていて、母が立てる音の全てを拾ってしまう。携帯のボタンを押す音だけが、鼓膜に響く。

〈謝りなさい〉

〈本当に恥ずかしい娘〉

〈お父さんの悪いところだけを受け継いだんじゃないの?〉

〈私の子供だとは思えない〉

〈何とか言ったらどうなの?〉

〈あんたは都合が悪くなったらすぐ黙る〉

〈何とか言いなさい〉

〈返事がないってことは、お母さんが嫌いってことでしょ〉

〈お父さんと離婚できなかったのは、あんたのせいなのよ〉

間髪入れずに大量のメールがなだれ込んでくる。そのひとつひとつに傷ついている自分に桜子は気づいた。うまく呼吸ができない。頭痛がする。また、瞼が痙攣を始める。桜子は泣いていた。

〈あんたなんか産まなきゃ良かった〉

叫び出したい声を、必死に堪える。どうか、分かって。震える手で文章を打ち込み、ようやく送信ボタンを押す。

〈お願いだから、私の自由にさせて〉

絶対に、負けてはいけない。このままだったら、母の操り人形のままになってしまう。母の怒りが流れ込んでくる前に携帯の電源を切り、机の中にしまいこむ。

こんな風に母に反抗したことなど、一度もなかった。だからもう限界なのだと分かって欲しかった。

溢れてくる涙がようやく収まった頃、頭痛が酷くなり、目眩がした。息が苦しく、汗が止まらない。つけていたはずのクーラーが止まっていることに気づき、リモコンに手を伸ばす。が、何度押しても動かない。……嫌な予感がする。

慌てて、部屋の照明に手を伸ばす。が、何度スイッチを押しても、明るくならない。

……ブレーカーが落ちている。いや、母が、意図的に落としたのだと悟る。

朝のニュースで、今年一番の猛暑日になるとアナウンサーが言っていたのを思い出す。温度計はすでに、三十五度を指している。

仕方なく、窓を開ける。むわっとした空気が流れ込んでくるだけで、涼しくなる気配はない。勉強机の上にあったグラスの麦茶を一気に飲み干す。氷はとっくに解けてしまっていて、生ぬるい。

我慢比べのようなものだった。

母の気持ちが変わる前に出ていったら、きっとまた絡めとられ、今まで以上に束縛される。ぐったりと床に倒れこみ、少しでも冷たい場所を探す。が、すぐに自分の体温で温まり、また別の場所を探す。その繰り返し。

だんだんと薄暗くなる窓が切り取った空を見上げ、いつからお盆に祖母の家に帰らなくなったのだろうかと思い起こす。確か、あれは、中学一年生の夏休みだった。

星華の友の会のメンバーでライブに行く計画が持ち上がったことがある。当時母がはまっていた男性アイドルグループのチケットをようやく手に入れたのだ。父が会場まで送り迎えしてくれることになっていて、「優しい旦那《だんな》さんね〜」と褒められ、母もまんざらでもなさそうだった。

ただ、母も桜子も、ライブを見ることができなかった。母が熱中症で倒れたのだ。野外ライブというものに行ったこともなければ、普段家にこもっている母は、炎天下の中、熱気に包まれてもなお、立っていられる体力はなかったらしい。それでも母は、「みなさんは最後まで見てらして。私と桜子は、夫に迎えにきてもらうわ」と、会のメンバーを気づかうことは忘れなかった。

けれど、最悪なことに、父は電話に出なかった。ライブが終わったらみんなで夕飯を食べるから遅くなると伝えてあった。それまではゴルフの打ちっぱなしにでも行っている、と言っていたのを思い出す。山の上だから電波が届かないかもしれないとも言っていた。

結局、タクシーに乗って、家まで帰った。コンビニで買ったスポーツ飲料を舐めるように飲ませ、氷で首を冷やす。クーラーが効いた車内は少し肌寒いくらいだったけれど、桜子の膝に倒れこむように横になっている母にとっては、ちょうど良いらしかった。

母の財布から代金を払い、肩を支えて外へと出る。コンクリートの照り返しに目が眩《くら》み、桜子もまたよろついた。運転手は、「大丈夫ですか？」と車を降り、肩を貸してくれた。その隙にドアに鍵を挿し、扉を開ける。中から笑い声が聞こえてくる。父のものだけではない。視界の隅に、見慣れない女性物のパンプスが見える。

「……ここまでで大丈夫です。ありがとうございます。桜子、お父さん呼んできて」

運転手にお礼を言い、扉が閉まった途端、母は土間に倒れこんだ。早くお父さんを。そう呟く母を置いて、リビングへと足を進める。

さっきまで聞こえていた笑い声は、すでに消えていた。覚悟を決めて、リビングの扉を開く。目に飛び込んできたのは、真っ青な顔をした父と、とてつもなく地味な女性が、テーブルを挟んでコーヒーを飲んでいる姿だった。

「お母さんが熱中症で倒れたから帰ってきたの。玄関から動けないから」

そう伝えると、父はすぐにリビングを飛び出した。その女性はおろおろとカップを持ったまま、立ち尽くしていた。彼女が手にしているのは、桜子が気に入っていたマグカップだった。

「救急車を呼んだからお前もついてきなさい！」

玄関から呼ぶ声がして、桜子は〈お前〉というのはどっちのことを指しているのだろうと一瞬、考え、どうしてこの女に気を使わなければいけないんだと、母の元へと駆け寄った。

「痙攣してる。足を高くしなきゃいけないから、バスタオルを持ってきなさい！」

父の傍らには携帯が落ちていた。さっきまで繋がらなかったのに。ああ、電源を切っていたのだ、と腑に落ちる。

バスタオルは地味な女性が持ってきて、父に手渡した。どうしてあなたが場所を知っているんですかと、無意味な質問が頭に浮かぶ。ほとんど意識がなかった母は、足の下に敷かれたそれを蹴り飛ばし、

「……私を殺す気なんでしょう」

そう、声を捻り出した。

救急車には、父と桜子が付き添い、その女はいつの間にか姿を消していた。車内で、父とは何も、口をきかなかった。

結局、母は熱中症と診断され、入院することになった。最初の二日は点滴だけで食事を摂ることもままならず、三日目にようやくお粥《かゆ》を口にすることができた。常食に戻ると今度は胃が激しく痛むといい、胃カメラも飲むことになった。少し荒れているけれど、それほど気にすることはないと言われ、ようやく退院が許されたのは、半月

経ったときだった。

母が入院している間、桜子と父とで順番にお見舞いへ行き、洗濯物や買い出しを行った。まるであの現場にいたのが、この三人だけだったとでもいうように、あの女性のことは会話に出てこなかった。混沌《こんとん》とした意識の中で、母が覚えていないというのなら、そっちの方が幸せだと思い、このことを自分から言い出すのは絶対に止めようと桜子は決めていた。

退院の日、父は仕事を休んで母を迎えにいった。病室を出て、看護師さんや先生に挨拶をし、病院を後にする。自動扉を出たところで、母は父が持っていた荷物をひったくるように奪い返し、タクシー乗り場へと歩いた。

「桜子。タクシーで帰るわよ。人殺しと一緒の車に乗りたくないから」

冷やかな声に桜子は知った。――母は全てを、覚えている。

それから母は、家の中で、父のことを〈人殺し〉と呼んだ。食事の支度《したく》も、洗濯も、全て二人分しかせず、父のことは一切、何もしなかった。それでも父は、怪しい行動は一切取らず、定時に家へ帰ってきて、休みの日もどこへ出掛けるでもなく、家にいた。そういう状態が、一ヵ月続いた。

星華の友の会の集まりがあった日、父の休みと重なって、メンバーとリビングで鉢合わせたことがある。「素敵なご主人ね」とメンバーに言われ、母は、「そんなことないわよ。ねえ、あなた？」と、あの日以来、初めて声をかけた。その瞬間の、父の顔を忘れることができない。

安堵と喜びと、少しの悲しみが混ざった表情で、

「僕は本当にダメな亭主なんですよ」

そう呟いた。

あの女が誰だったのか。今でも続いているのか。そういった具体的なことを、母は一度も確かめようとしたことはない。ただ、これまで以上に時間や態度にうるさくなり、父の全てをコントロールしようとした。

そして、とばっちりは桜子の方にも及んだ。

それまでも母の分身のように振る舞うことを強要されてきたのに、全ての行動を自分で決めることができなくなった。もし、少しでも逆らおうものなら、このセリフが待っている。

「あなたまでお母さんを捨てるの？　お父さんみたいに？」

そう言われて、拒否できる子供がいるだろうか。

あの日以来、母は父の言うことを一切聞かなくなった。もともと相性が悪かった父方の祖母の家には、あれ以来一度も帰っていない。お盆の一日だけ、実家に帰ることを許されている父。それ以外、父に自由はない。

部屋の中はすっかり暗くなり、窓から見える隣近所の明かりだけが、桜子を現実と結びつけている。ぼんやりとした頭で、熱中症の怖さを思い出す。真っ青な顔。痙攣して人間のものとは思えない動きをする体。汗で冷たくなった肌。まだ、自分は大丈夫。そう思う一方で、母は大丈夫だろうかと、頭をよぎる。もともと、体が丈夫な人ではない。

この扉の向こうで、倒れていたら？

今は大丈夫でも、もし、明日の昼、父が帰ってくる前に、倒れてしまったら？

そうしたら、桜子は後悔しないだろうか。

意を決して、扉を開ける。

真っ暗な廊下に、いるだろうと思っていた母の姿は、見つけられない。

暗がりの中、壁をつたって、一歩、また一歩と足を進める。転がり落ちないように手すりを持って階段を下りる。汗で手が滑り、緊張で喉が渇く。もう何時間も水分を摂っていない。

一階へと降りたとき、リビングから光が漏れているのが分かった。テレビの音。母の、笑い声。すでに母は、舞台から降りていた。そのことにも気づかずに、たった一人で試合を続けていたことに脱力する。

リビングの扉を開けた途端、額にぺったりと張りついた前髪をひんやりとした風が撫でる。足音に気づき、桜子の姿を認めると、母は大きく溜息をついた。

「ようやく分かったの？　自分が間違ってたって。謝りにきたんでしょ？」

桜子は、小さく頷いた。——自分が間違っていた。どんなに言葉を尽くしても、目の前の怪物には、桜子の気持ちが届くことはない。

「あなたまで、お母さんのこと捨てないわよね？」

桜子は頷いた。

「ごめんなさい、お母さん」

嘘をついた。寄宿舎へ帰るまでの時間を平穏なものにするために。まさに今晩、クーラーの下で、ぐっすり眠るためだけに。そのためだけに、嘘をついた。

父がよそに女を作っていると知ったとき、裏切られたと思った。

一人でどこかへ行こうとするなんてずるい。

私も一緒に連れていってよ。

そう怒りがこみ上げた。母を裏切って酷いなんて、少しも思わなかった。

外に救いを求めたい。それは、桜子も一緒だった。正子が母親だったら良かったのに。そう思った時点で、自分も父と、そう変わりはなかった。

父の不倫で、母が壊れたわけではない。もともと、母は、壊れていた。父もそう思っていると、分かっただけだった。

母の機嫌を取ることだけを考えて夏が終わり、寄宿舎に戻った途端、今度はマドンナの娘としての役割が待ち構えていた。一体いつ、自分に戻ればいいのか、もう分からなくなっていた。

長期の休みが終わると、桜子の靴箱や部屋の扉の前は、信者からのお土産で溢れる。

寄宿舎では不要な争いを避けるため、お土産は買ってきてはいけないというルールがあった。以前、自分はもらったもらわないで、揉《も》め事《ごと》になったそうだ。それでもまゆりは、桜子に対するお土産だけは見逃していた。それすら禁止したら、自分がバッシングを受けると分かっているのだろう。

直接手渡しする勇気もないのに、そのお土産には必ず、長い手紙がついていた。夏休みに家族でどこに旅行へ行ってきたか。そこで何をしたか。中には家族で撮った写真まで入っているものもあった。そして必ず書かれている言葉。

――桜子先輩はご家族とどこへ行かれたんですか？

これは自分に対する嫌がらせなのだろうか。

そうではないと分かっていても、たくさんの理想的な家族の山に押しつぶされそうだった。世の中には、こんなにも幸せな家族がいるのか。そのことに改めて気づかされる。自分の家族は、もしかしたら〈普通〉ではないんじゃないか。目を逸らしてきたことを突きつけられる。

〈うちのお母さんは、太るから止めてって言っても、お弁当に揚げ物を必ずひとつは入れます。そのことでケンカをして、せっかくの旅行だったのに、行きの電車の空気は最低でした。でも、いろいろ買ってもらったので、許しましたけど。母親って何でこういうことが分からないんでしょうか?〉

これのどこが最低なのだろうと怒りが湧いてくる。お弁当を作ってくれて、そのことに感謝もしない娘に振り回されている母親が最低なら、部屋から出てこない娘を外に出すために、この夏一番の猛暑にブレーカーを落とし、炙《あぶ》り出《だ》そうとした母親は、何て呼べばいいのだろう。

行いを振り返って、自分の罪を探すきっかけになればいい。そんな言い訳を用意して、お土産をくれた彼女たちに、制裁を加えていった。

洗濯物を汚す、嫌がらせの手紙を送る、物を隠す……。どれも些細なことで、彼女たちが自分にした仕打ちより大したことではないと言い訳を重ねる。

彼女たちがそれに気づき、酷い、と騒ぐたびに、溜飲が下がった。そんなに良い親がいるなら多少悪いことでも起こらないとバランスが取れない。

制裁を加えるたびに、手紙とお土産を紙袋から花柄の箱へと移す。残りが少なくなるにつれて、不安が襲う。もし、この紙袋が空になったら、自分はもっと大きなことをしてしまうんじゃないか……。

けれど、次第に騒ぎが小さくなっていき、桜子が手を下したはずの相手が平然と日常を過ごしていることに気づいた。何かがおかしい。

「最近、事件が続いているけど、あなたは大丈夫？」

心配するふりをして様子を窺う。けれど彼女は桜子に話しかけられた喜びを爆発させ、「心配してくださってありがとうございます！　でも、何も起こってないので、大丈夫です」と、微笑んだ。

そして気づいた。桜子が与えた罰に本人が気づく前に、それをなかったことにしている人物がいるということを。

汚れたブラウスを洗い、隠したものを持ち主に戻し、入れたはずの嫌がらせの手紙をゴミ箱に破棄している。

——誰かが、桜子のことに気づいている。

次の瞬間、圧倒的な恐怖に襲われた。どんなに肯定したってそれは言い訳で、自分がやっていることは他人に見られてはいけない行為だった。マドンナがやっていると知られては、絶対にいけないことだ。

〈あなたがブラウスを汚すところを見ました。ばらされたくなかったら、昼休みに屋上まで来てください〉

靴箱に匿名のその手紙を見つけたとき、あれほど恐れていたことが現実になったのに、実際は安堵していた。得体の知れない者に見張られ、どうなるか分からない恐怖が続くより、どんな結果であれ、終わりが来る方がよっぽど良かった。

真琴が現れたとき、それが意外で驚いた。

〈あなただったのね〉

同室なのに彼女のことはあまりよく知らない。けれど気が強く、マザーである千尋にも全く物怖《ものお》じしない彼女なら、桜子が犯人だと知ったとき、その場で声をかけ糾弾すると思った。

けれど、彼女は桜子に復讐の協力をして欲しいという。

〈生徒会室を、誰にも見つからないように、一人で使わせてください〉

〈一体、何をするつもりなの？〉

〈……それは〉

真琴は少し躊躇し、計画を話し始めた。衝撃だった。それは、あまりに捨て身な方法で、止めずにはいられなかった。

〈そんなことをしたら真琴さんも傷つくじゃない！　他の先生に相談するとか、もっと方法が〉

〈私のことはどうだっていいんです！　ただ、私は、石橋先生のことを許せない。姉と日向子のためなら、どんなことだってします〉

それを聞いた途端、ようやく腑に落ちた。ここまで正義感が強い真琴なら、桜子の悪事のせいで傷つく人が現れることを許せなかっただろう。それでも公にしなかったのは、復讐のためには桜子の協力が必要だったからだ。そこで真琴は桜子の悪事を見つけては、それが露呈《ろてい》する前に、なかったことにして回った。そう考えると納得がいく。

――なんて正しい人なのだろう。

今まで自分のことで散々悩んできたけれど、人のために怒ったり泣いたりしたことは一度だってない。他人の顔色をうかがってきたはずなのに、その人たちのために、何かをしたいと思ったことがない自分は、一体、どれだけ自分本位な人間なのだろうと恥ずかしくなる。

きっと真琴は、他人にどう思われてもいいのだろう。自分が信じているものが正しいと、信じてやまないのだ。

だから、今、思いついたアイデアが、真琴のためでなく、自分のためだということが恥ずかしかった。けれど、それは結果的に、真琴のためにもなるはずだ。

〈分かった、協力するわ。……だけど、もっといい考えがあるの〉

そっと真琴に耳打ちをする。目を見開いた彼女は、

〈……本気で言ってますか？〉

〈もちろんよ。私も復讐したい相手がいるの〉

〈誰に、復讐したいんですか？〉

——母を傷つけたかった。そして自分のことを心底憎み、嫌って欲しかった。あんたなんてもういらない。そう、諦めて欲しかった。

＊

トントコトントン、トントトン。

生徒会室のドアを叩く音がする。あらかじめ決めておいたリズムに頷き、鍵を開ける。真琴が道具を持って立っている。

「さあ、さっと入って」

素早くドアを閉め鍵をかけると、カーテンを引く。

「……本当にいいんですか？」

もう一度、真琴に訊ねられ、

「もちろんよ」

そう頷く。

「……分かりました」

道具を広げ始めた真琴に続いて、桜子も準備を始める。黒板に書かれた母の文字が視界に入る。〈星華の絆は、永遠なり〉。

滑稽《こっけい》だ、と桜子は思う。母が言う絆は、絆なんかではない。手と手を繋ぐのではなく、鎖で縛る行為。絆という言葉を使っていいのは、きっと真琴のような人だと思う。

自分も誰かのためだけに、誰かの幸せのためだけに、何かをしたい。例えば、チャイルドである茜の幸せのためだけに。

それこそが友情というものなのだと、今になって気づく。

「桜子先輩、こっちに来てください」

真琴の指示に従う。これが、真琴と自分のためになると信じて。

＊

「この後、ちょっと時間もらってもいいかしら？」

夕食前、席についた茜に、桜子が耳打ちをしてきた。茜が、はい、と返事をすると、良かった、と彼女は笑って向かいの席に座った。茜は喉元まで出かかった言葉を呑み込んだ。

——最近、疲れた顔をしているけど、何かあったんですか？

夏休みが明けて、もう何度かその言葉をかけていた。が、これ以上言っては鬱陶《うっとう》しいかもしれないと自粛する。

先日、桜の間で進路の話になったとき、桜子はこのまま、星華の大学部に進むのだと言っていた。大学部は電車で一本のところにある。その距離なら卒業してからも遊びに寄ってくれることもあるかもしれないと、茜は密かに期待していた。

「……茜、桜子先輩のこと見すぎ」

耳元でそう囁かれ、驚いた。振り返るとクラスメイトがニヤニヤして立っている。

「……別に見てないって！」

小声で反論すると、「照れなくてもいいじゃん」と笑って、自分の席へと戻っていった。

溜息をつきながら、一方で、頬が緩む。こんな風にクラスメイトに話しかけられることが、中学生の間は一切なかった。思えば今まで誰かと話すときは攻撃されないように、常に気が張っていた。近づかれないようにわざと無愛想《ぶあいそう》な態度を取って、他人を遠ざけて。それが今は、何も考えずにその空間にいることができる。

茜の状況が変わったのは、ひとえに桜子のおかげだった。彼女が自分のチャイルドとして茜を可愛がり、会話の中に入れてくれたからだ。最初こそ、やっかみや好奇の目に晒《さら》されたけれど、それはすぐに収まった。特に、千尋の絵が破かれたとき、かばってくれたことは大きかった。何かあれば桜子先輩は必ず茜の味方をする。それを知った上で、表立って茜に嫌がらせをしてくる人はいなかった。それどころか普通に挨拶してくれる子が増え、お弁当を一緒に食べる人ができ、今は部活に入ることすら検討している。——まるで普通の女子高生だ。寄宿舎に入ったあの日、こんな日が訪れるなんて想像できなかった。

もう誰のことも信用しない。そう思っていたはずだったけれど、いつの間にか桜子は茜の中に潜り込み、消えてくれそうにはなかった。さっきクラスメイトにからかわれた通り、茜はいつも桜子のことを目で追いかけてしまう。最初こそ抗《あらが》っていたけれど、それももう諦めていた。

ここでの生活が、茜の世界の全てだった。

*

夏休み、桜子に勧められても頑《かたく》なに荷物を送らなかったのは、あの家には茜の荷物をきちんと受け取って保管してくれる人がいないからだった。

長期休みの間は二割の日数を自宅で過ごさなければいけない。そのことを家に電話したとき、最初の電話には祖父が出た。茜が名前を名乗ると、「何も聞こえない」と言って電話を切られた。二度目は祖母が出たけれど、あからさまに迷惑そうな声を出した。久しぶりにその声を聞いて息をするのが苦しくなった。公衆電話が置いてある寄宿舎の廊下で、思わずしゃがみ込みそうになる。さっきまで心地よかったはずの冷房の風が急に冷たく感じるのに、肌は逆に火傷《やけど》をしたようにピリピリと痛んだ。あの家に帰るのは嫌だ。体中が拒否反応を起こしていた。

終業式の後、バスに乗り込み山を降りている間中、どこかへ逃げてしまいたいとずっと考えていた。桜子と祭りに行く約束をしていたから、彼女と別れてからこっそり一人で海に戻り、墨のような水の中へ消えてしまいたいと思っていた。でも、実際にそうしなかったのは、あのとき桜子が茜のことをかばってくれたからだった。自分には味方がいる。そう実感すると、死ぬことが、初めて惜しいと思った。

あのとき見た花火は、茜にとって人生で初めての花火だった。

一緒に行く親や友人がいなかった茜はいつだって一人きりで、あの狭いアパートや居場所のない祖父母の家にいるしかなかった。聞こえてくる雷のような音だけが、茜にとっての花火だった。

でも、今は違う。

きらきらと輝く花火の光を浴びた桜子の横で、茜はお願いをした。

〈どうか、桜子先輩とずっと友達でいられますように〉

桜子の願いはきっと自分とは違うだろう。けれど茜はそう願わずにはいられなかった。その願いがあったから、茜は祖父母の家へと向かう電車へと乗り込むことができたのだった。

夜遅くに家についた茜は、何度目かのチャイムでようやく中に入れてもらい、近所迷惑になるからという理由で風呂にも入れてもらえず、自室へと引っ込んだ。押入れから枕とタオルケットだけを引っ張り出し倒れこむ。汗や海風でべとついた額に前髪が張りつき、体から潮の香りがした。さっきまで桜子と一緒に花火を見ていた。夢のようだったけれど、現実だと証明してくれた。

夏休みは自室で大人しく宿題をしたり、昼寝をしたりして過ごした。外に出ることを祖母が嫌がったから一日の大半を部屋の中で過ごした。だから夏の真っ只中でも茜の肌は妙に白いままだった。それでも夕方に一度だけ外に出て、知り合いに会わないように散歩をしていた。そうでもしないと、一生あの家の中に閉じ込められる気がして、恐怖に押しつぶされそうだった。

日が落ちてしまうと昼間の暑さが嘘のように過ごしやすかった。特に川のそばは風が心地よくて、土手沿いをぼんやりとどこまでも歩いた。

その日は深夜から朝にかけて雨が降っていたけれど、昼前には上がって快晴だった。日が暮れてきて外に出ると、オレンジ色から茜色に空が移り変わっていくところだった。思わず立ち止まって見上げる。こんな色の空を見ると、いつだって母のことを思い出した。

あれは、茜がまだ幼稚園に入る前だっただろうか。覚えている限り、最初のお父さん《＊》が癇癪《かんしゃく》を起こして家で暴《あば》れ回ったことがある。食器を投げ、壁を殴り、娘を蹴り倒そうとしたところで、母が茜を抱いて外へと逃げた。父は追いかけてこなかったけれど、茜は恐ろしくて泣き叫ぶことしかできなかった。母はそんな娘に、散歩に行こうと声をかけ、背中におぶった。

どこへ行くのか分からなかったけれど、このまま家に帰らなければいいのにと母の背中で祈っていた。

「綺麗な夕日だねー」

歩道橋の真ん中で立ち止まり、母は背中の茜に聞かせるでもなく呟いた。茜もまた、母の背中越しに空を見上げた。

「こういうお空の色をね、茜色っていうんだよ」

「あかねのいろ?」

「そう。お母さんね、この色が大好きなの。それでね、あなたのことも大好きだから、茜って名前にしたんだよ」

そう話してくれる母の顔は見ることができなかったけれど、何だか恥ずかしくて、でも嬉しくて、背中に思い切り抱きついたのを覚えている。あの日も夏の真っ只中で母の背中は燃えるように熱かったけれど、それが妙に安心した。

あのときはきっと、茜のことを必要としてくれていた。けれど何度も恋愛をし、結婚と離婚を繰り返す間に、いつの間にか優先順位が下がっていったのだろう。そしてついには不要なものとなり、一人で姿を消した。

もうすっかり諦めたつもりでいたのに、ふとした瞬間に蘇《よみがえ》ってきて涙腺を刺激する。当時は怒りばかりが体を覆《おお》い尽《つ》くし、どうでもいいと考えないようにしていたけれど、今になって悲しみが押し寄せてくる。

いつ、どの瞬間に、母は自分のことがいらなくなったのだろう。考えても分からないことばかりが頭の中をぐるぐると回る。

と、対岸に人影が数人、動くのが視界に入った。

距離もあるし薄暗く逆光のせいでそれが誰なのかはっきりとはしなかった。けれどぞわぞわと嫌な予感が背中から這《は》い上《あ》がって鳥肌が立った。

「あれ、屋敷の子じゃね？」

影の中の一人は茜のことをきちんと認識した様子だった。周りも、マジで？　とざわめき始める。

「誰か死んだって言ってたじゃん」

「だよな。じゃあ、あれ幽霊？」

「俺たちのこと見えてますかー？」

ぎゃははと下品な笑い声を上げながら、彼らはそこらへんに落ちていた石を拾い、こちらに向かって投げ始めた。川幅があるから茜に届くことは決してない。けれど仰々しい音を立てながら川底へ呑み込まれていく様子は恐怖でしかなかった。足元に絡みついてくる不安を振り払うようにその場を走り出す。笑い声が後を追いかけてきたけれど、振り返らず、一目散に逃げ帰った。

自室に駆け込み、タオルケットにくるまり壁と勉強机の間に挟まる。できる限り体を小さく折り畳み、両腕で膝を抱えた。大丈夫、だいじょうぶ。もう誰も追ってこない。

上がっていた息が整い、視界がはっきりすると、急に水分と嗚咽が上へ上へと上がってきた。頭からタオルケットを被り、なるべく音を立てないようにして泣いた。

「……もう嫌だ、寄宿舎に帰りたい！」

思わずついて出た言葉に、自分で驚いた。

帰りたい場所がある。

辛い場所から逃げ出して。逃げて逃げて逃げて、泣きじゃくって、疲れ切ったとき、帰りたい場所がある。こんなことは、初めてだった。

さっきまできゅうきゅうと締めつけられて息ができなかった胸の間に、ぽかりと温かい空洞ができたような気がした。それがじんわりと広がっていき、茜を包み込む。

大丈夫、もう一人じゃない。

立ち上がりカバンの中から進路希望調査のプリントを取り出し、部屋を出る。夏休みの間に保護者と相談して印鑑を押してもらわなければいけなかった。ずっと向き合いたくなくて、避けてきたことだった。

母のようになりたくない。自分一人で生きていけるような学力をつけるために進学したい。それは祖父母たちにとっても、悪いことではないはずだった。

＊

「大学には行かせません」

進路希望調査のプリントを一瞥《いちべつ》すると、祖母はぱっと手を放した。ひらっと螺旋《らせん》を描いて台所の床へ落ちる。一瞬にしてじわっと油が滲んで汚れたのが見えた。この家は外面は良いけれど中身はあちこち汚れている。まともに掃除をしているところを茜は見たことがない。老夫婦だけではもう機能しなくなっているのか、それとも性格なのか、判断しかねた。

プリントを拾い、どうして、と食い下がる。

「私は大学に行ってちゃんと勉強して、就職して一人で生きていけるようになりたいんです！　お母さんと同じようにはなりません！　お金は社会人になったらちゃんと毎月返します！　だから、大学へ行かせてください！」

　これ以上曲がらないというくらい腰を折って、頭を下げる。頭上でパチパチと油が跳ねる音が聞こえる。祖母がてんぷらを揚げている。

「お金の問題なんかじゃありません。うちにはね、大学に行かせるお金くらい、充分にあるんです」

「じゃあ」

「女は、勉強なんかできなくていいんです」

　今まで聞いた祖母の声の中で、一番はっきりした強い声だった。

「私は中学までしか出ていませんけどね、それでもしっかり生きてきました。あんたは高校まで行かせてもらっているんですよ？　これ以上何を望むんですか？」

「でも」

「女はね、男の人を支えてこそ女なんです。あんたのお母さんも大学に行きたいなんて言ってたけど、本当にみっともない。女が頭が良いなんて可愛げがないだけですよ。だからあんたのお母さんは男に捨てられたんです」

　祖母の言葉がうまく呑み込めなくて、言葉を出すのに随分時間がかかった。

「……ちょっと待って。お母さんって勉強ができたの？」

　この街の人たちに散々聞かされてきたことは、母の素行の悪さだけだった。不良だった。バイトばかりしていた。男と駆け落ちした。彼らの言葉の中に、母を褒めたものはひとつだってなかった。

「そうですよ。私みたいになりたくないから大学へ行きたいなんて、本当に嫌味な子。だから絶対にあんたを大学になんて行かせません」

いろいろ言い返したい言葉が浮かんだけれど、喉に絡んで出てこなかった。何を言っても無駄だと思い、部屋に戻り、勉強机の中をひっくり返した。……自分の物を収納するために、一番下の引き出しに母の古い勉強道具を詰め込んだのを思い出した。中を見たことは一度もない。見ることなんてないと思っていた。

教科書、ノート、問題集。パラパラと捲るだけで書き込みやマーカー、付箋《ふせん》など、相当勉強しているのが分かる。先生の言ったポイント、自分が不得意な個所《かしょ》、間違えた問題、それをクリアした印。日頃から勉強していたことが手に取るように見える。

そしてピンク色の一冊のファイル。定期テストや模試《もし》などの成績表が丁寧に綴《と》じられていた。

母は常に学年でトップ3に入っていた。捲っても捲っても、母はいつだって優秀な生徒だった。

畳の上に広げた膨大な彼女の努力の中で、茜は身動きが取れなくなった。目の前に高校生の母を見た気がした。

祖父母とケンカをしていたのは大学へ行くことを認めてもらえなかったから。バイトをしていたのは、学費を貯《た》めるため。男の人と駆け落ちしたのは、自分を受け入れてくれる人を初めて見つけたから。近所の噂話《うわさばなし》と祖母の言葉、そして茜の知っている母を掛け合わせて、ようやく、彼女という人が浮き彫りになってきた。

母はいつだって一人で、寂しかった。

大学に進学できる学力を持ち、家にもお金は充分にある。それでも女だという理由で認めてもらえず、単なる嫉妬で進学を許されない。それだけじゃなく、きっと母は小さい頃からこの家で虐げられてきたのだろう。理由ははっきりとは分からない。けれど彼女もまた、グラグラと土台がしっかりしていない家庭で子供時代を過ごした。目の前にぶら下げられた愛情に飛びつきたくなる衝動は、茜にも理解できた。そしてそれが本物だと思い込みたくなる気持ちも。

今、どこにいるのだろうと、茜は初めて母の身を案じた。それまでは怒りや悲しみしか感じなかったけれど、もう、何でも良かった。何でもいいから今、母に、安心して帰る場所があって欲しかった。

「お節介《せっかい》かと思ったんだけど、受け取って欲しいの」

誰もいなくなった食堂で桜子は、テーブルの上にA4サイズの封筒を数通置いた。何だろうと見当もつかずに呆然《ぼうぜん》としていると、開けてみて、と促された。

一番上の封筒を手に取り中を覗くと冊子のようなものが一冊入っていた。取り出し表紙を見ると、〈奨学金を希望する皆さんへ〉と書かれてある。

「これ」

顔を上げると泣き出しそうな表情の桜子の顔が視界に入った。

「迷惑だったらごめんなさい。でも、この間話したとき、本当に就職したいって思ってるようには見えなかったの。今まで誰よりも勉強を頑張ってきたのを知っているし、成績だって良いでしょう？　だから、もし、お金のことだけで進学を諦めるっていうならこういう方法だってあると思うの」

残りの封筒も開けると奨学金の案内のほかに、国立大学の資料も交ざっていた。冊子には付箋が貼ってあり、中を開くと授業料や入学金などの表が記載してある。その横には一般的な私大の授業料が、赤いボールペンで丁寧に書きこんであった。――桜子の字だ。

「これ、わざわざ、私のために……？」

比較した方が分かりやすいかと思って、と桜子は言う。

「茜さんが三年生になる頃にはまた違った制度ができているかもしれないし廃止になってるかもしれない。全てが参考になるわけじゃないと思うわ。でも、一年生の今から、就職だけって道を決めてしまわなくてもいいんじゃないかしら？　うちの大学部なら寮だってあるし、がんばって国立大学に行くという手もあるわ」

声が出なかった。

諦めかけていた将来が、今、手のひらにある気がした。

「……ありがとうございます」

やっとの思いでそう言い、冊子の束を胸に抱いて頭を下げた。そんな風に改まらないで、と頭上から声がする。

「それに茜さんがうちの大学部に来てくれたらきっと毎日楽しいもの。大学なら二年間一緒にいられるしね。そうしたら、私も嬉しいの。だから、どうか悲観的にならないで、前向きに考えてみて？　ね？」

「……はい」

瞼の裏が熱を帯びて体中の水分が涙腺に集まっているみたいだった。キッチンで作業をしていたおばちゃんたちも、気を利かせたのか、「ちょっと休憩〜〜」と外へ出ていくのが聞こえた。どれだけ多くの人に気を使ってもらって生きているのだろうと思う。ついこの間まで、自分はたった一人で生きているつもりになっていた。でも、ぐるぐる考えたところで、一人ではどこへもたどり着くことができなかった。

桜子先輩がピンチに遭遇したら、今度は私が全力で助ける。——その気持ちをもう一度、固め直す。

ありがとうございます、と頭を下げると水分がじわっと滲んだ。けれど、まだ泣かないと茜はぐっと堪えた。

*

——進路を変更したいんです。

夏休み明けの面談で千尋がそう伝えたとき、石橋は目を見開いたまま、数秒固まった。そして、第一声が、

「……そうか、もったいないな」

そう呟き、進路調査票へと目を落とした。石橋が生徒から目を逸らすのは珍しかった。少なくとも千尋は、一度だって見たことがない。先輩たちが語り継いできた〈メ

ドゥーサ〉の異名。それは進路指導のときに、絶対に石橋は目を逸らさないという噂から来ている。

それは本当にお前のやりたいことなのか？

これ以上努力をしたくなくて、逃げてないか？

本当に全ての力を注いでいるか？

生徒の嘘を見透かすようなその目こそ、美工の生徒が最も恐れているものだった。知らず知らず自分さえも騙《だま》して気づいていない本音に、石橋は踏み込み、見せつけてくる。

それは、ただ、後悔させないように。

石橋の鋭い視線を、千尋は初めて、受け止めることができた。自分の言葉に、嘘はひとつもないと胸を張れたから。

「でも、教職を取りたいというだけなら、今までの志望校でもいいんじゃないのか？東京に出たいって、お前、ずっと言ってただろう？　親御さんに、反対されたのか？」

石橋が必死に食らいついてくれることが嬉しかった。そして、それでも自分の決意は揺らぐことはなかった。

「そうじゃないんです。ただ、大学に入ったら、もっと地元でできることを探したいんです」

＊

夏休みは結局、始業式の一週間前まで小鳥遊村で過ごした。

本当なら寄宿舎に戻って、受験用にデッサンをすべきだとは分かっていた。けど、何をすべきかより、何をしたいかを優先させた。受験生にあるまじき行為だと思う。

それでも、両親は呑気に嬉しいと喜んだ。今までだったらイラついたかもしれない。でも、このときばかりは有り難かった。信じてくれているのだと、分かった。——何をどう選んでも、千尋ならうまくやる、と。

まずは、一度は断ったウエルカムボードを描かせてもらうことから始めた。もしまだ描かせてもらえるなら。そう訊きにいったとき、おばちゃんは本当にありがとうと千尋の手を取った。

新婦の要望を教えてもらい、資料を図書館で借りて、材料を買いにいくのに父に車を出してもらう。ここでは車がないと買い物に行くのも難しい。文句を言わず、鼻歌交じりについてきてくれる父に、初めて心から感謝できた。

美穂子と彩夏に頼んで、中学校の美術室を使わせてもらった。新婦がイメージしているのは、イラスト化した新郎新婦の等身大のパネルだ。受付を終えた招待客が自由に記念写真を撮れるようなものを望んでいるらしい。なかなかの大作になるな、と思ったけれど、制作費をもらって自由にさせてもらえるのは、単純にわくわくした。

買ってきたベニア板に下描きをし、ペンキで色をつけ始めたあたりから、中学生二人も手伝いたいと手を挙げた。千尋が舵《かじ》を取り、二人がそれに続く。文化祭のときはこんな感じだったな、と思い出す。昔はこんな風に楽しかったと、感覚が戻ってくる。

ある程度の色つけが終わったら、切り出しは父に頼んだ。日曜大工が趣味の彼は、はりきって電動ノコギリ捌《さば》きを披露してくれた。

中学校まで新郎と一緒に軽トラでパネルを取りに来てくれた新婦の、くしゃくしゃになった笑顔を千尋は一生忘れないと思う。

「本当に素敵！　想像以上！　ほんっとうにありがとう！」

大したことない、とは、もう思わなかった。目の前でこんな風に喜んでくれている。それは紛れもない事実なのだから。それを否定しては、相手に失礼だとようやく分かった。

「やっぱり、千尋ちゃんみたいになりたいんじゃけどなあ」

一緒に制作したスタッフとして立ち会っていた美穂子がそう呟き、慌てて、「千尋先輩みたいに」と言い直す。彼女は律儀に千尋から注意された些細なことを覚えている。その素直さが今はとても愛《いと》しかった。

「本気でやる気があるなら、教えるよ。だけどダメなものはダメって、はっきり言う。それでもついてこられる自信はある？」

その熱意を、まっすぐ正面から受け止めたいと思い始めていた。祖父は言葉がキツい人だった。けれどそれは、相手ときちんと向き合って、嘘がなかったからだ。そして何より自分に厳しい人だった。だからこそ千尋は、祖父の言葉を信頼することができた。

「はい！　お願いします！」

そう返事をする美穂子を見て、ずるい私も！　と彩夏がのっかる。その軽い態度に、前ほどイラつくこともなかった。

二人にまず教えたのは、きちんと教えられたことをメモに残しておくこと。

それは時間を割《さ》いて教えてくれた人に対する礼儀でもあるし、何より、一度聞いただけで理解し、活《い》かすことができる人は少ない。うまくいかないときに、何度もその言葉に立ち返り、ようやく実感したときに前に進める。そのきっかけにして欲しい。

千尋は宣言通り、描けていないものには、誤魔化さずにきちんとそう伝えた。そのときに、批評するだけでなく、きちんと改善策を伝えることを忘れないようにする。そして言葉も冷静に選び、むやみに傷つけないことを心掛けた。が、それがどれだけ難しいことなのか思い至る。言いすぎても、言わなすぎても、うまくいかない。そしてそれは教える相手が違えば、正解もまた違うのだと知る。

例えば、美穂子は千尋の言葉を真正面から受け止めすぎて、少しでも言葉がキツいと肩に力が入りすぎる。かと思えば、彩夏は楽天的すぎて、はっきりとした言葉で断定しないと、褒められた部分だけしか残らず、次に活かせない。

――きちんと〈指導する〉ことの難しさを思い知る。そして先生というのはどれほど大変な職業なのだろうと初めて考えた。何百人という生徒と向き合い、少ない時間の中で成長させなければいけない。キツいことを言って嫌われることも、優しくしすぎて舐められることもあるだろう。どうして、そんな仕事を続けられるのか。

それは、夏休みが終わる直前に、実感した。

美穂子と彩夏のデッサン。

初日に描いた自画像と、それから一ヵ月後に描いたものを、黒板に並べて貼り出す。

その、歴然とした差に、圧倒される。

「うわ、本当に恥ずかしいんじゃけど！」

そう大騒ぎして彩夏が初日に描いたデッサンを剝がす。美穂子は、「ちゃんと現実を見ないとダメだよ」と冷静に諭している。相反する二人の反応だったけれど、どちらも正しいと思った。反射的に隠したくなるのも、きちんと受け止めようとするのも。二人とも、自分が成長したことを実感している。

自分がやりたいのは、これかもしれない。

絵を描くことは好きだけれど、ただそれ一本で仕事をし、勝負する未来を、千尋は想像することができなかった。けれど、こうやって〈教える〉という行為を挟めば、今まで勉強してきたことを活かすことができるかもしれない。

目の前が急に広くなった気がした。足元ばかりを見て登っていたときは気づかなかったけれど、ふと視線を変えれば、もうすぐそこには、見たことがない景色が広がっているのだ。

「私、推薦を受ける人より、描けてるかな」

美穂子が呟く。以前より真剣な声が、教室に響く。自分の伸び幅を見て、以前の自分がどれほど描けていなかったのか、そしておごっていたかに、気づいてしまったのだろう。

千尋は少し、言葉を考え、そして以前言ったことと同じことを言う。

「推薦はほとんど運みたいなところがあるから、何とも言えない。……だけど、少なくとも一ヵ月前よりは、描けてる。それだけは間違いないよ」

その言葉に、美穂子がはっと顔を上げ、千尋の顔を見る。受験は相手との競争だ。自分がどれだけ描けていなくても、周りがもっと描けていなければ受かることもあるだろう。だけど、それが何になるのだろう。ゴールは星華に入ることではない。そこで絵を学び、それからどうするのか将来を考える。周りが自分より劣っていることを祈るより、自分が昨日より少しでも描けるようになるために努力をする方が、よっぽど有意義だ。そして、何よりも大切なことがある。

「今、私が教えているのは、デッサンの基礎。美工に入るための練習。自分が描きたいものじゃないから、辛いかもしれない。だけど、これから絵を描いていくのに必要な力になってくれるはずだよ。だけどね、もし、ダメだったからって、絵を嫌いにならないで欲しい。受験だから、誰かと比べられなきゃいけない。きっと就職でもそうなる。でも、絵は、誰かに褒められるためだけのものではないよ。ただ、描いていて楽しい。それだけでも良いものだって、私は思ってる」

当たり前だよ、楽しいからやってるんだもん、と彩夏が笑う。その横で、美穂子が呆然と立ち尽くす。ごくり、と小さく喉が鳴るのが千尋の耳に届く。見上げてくる彼女の瞳には、熱いものがこみ上げていて、思わず千尋の目も潤《うる》んだ。それ以上言葉が見つからなくて、ぐりぐりと頭を撫でる。

美穂子は、千尋によく似ていた。

真面目で、融通がきかなくて、今まで挫折《ざせつ》という挫折をしたことがなくて。目的のために努力をしたことはあっても、ただ何となく、やってみたいから手を出してみるなんてフットワークの軽さはない。始めたからには、続けなきゃいけない。途中で投げ出すなんて絶対いけないこと。そんな風に思っていることが、手に取るように分かる。

「えー、美穂子どうしたん？　何で泣いとるの？」

おろおろと美穂子の肩を抱いたり、ハンカチを差し出したりする彩夏に、「大丈夫だから」と美穂子が答える。そうやって強がっていないと、前に進めない。それもよく分かった。

「さあ、帰ろう。今日は私がコンビニでアイスでも買ってやろうか」

おどけて言うと、本当に？　と彩夏が食いつく。

「私、ハーゲンダッツのバニラがええ！」

「いや、そこはもうちょっと遠慮しな……」

荷物を持って教室を出るとき、昔描いた千尋の自画像が視界に入った。ああ、下手だな、と苦笑いする。このときよりは、うまくなっている。三年間は無駄じゃなかったと、そう言い聞かせて、扉を閉める。

――いつか、ここで美術の先生をやれたら。

村で生まれたことを後悔するんじゃなくて、自分の故郷がここでよかったと思ってもらえるように。もう一度、新しい気持ちで、村で暮らしてみたいと思うようになっていた。

＊

実家にいる間、何度か、後輩から電話がかかってきた。父が、「モテるな」とからかってくるから、そのたびに睨みつけたけれど、前みたいによそよそしくなく、祖父がいなくても父娘《おやこ》が成立するようになってきていた。

電話の内容は、足の怪我の具合はどうですか？　というお見舞いから、いつ寄宿舎に戻ってくるのかというお伺いまでさまざまだった。けれど、寄宿舎に戻る数日前にかかってきた電話は、少し毛色が違った。

「石橋先生のせいでまた休学する子が出たらしいんです」

電話の向こうの後輩は憤りを隠せない様子で、一気にそうまくしたてた。受話器を持つ手がじっとりと汗ばむ。千尋先輩？　と話しかけられて、ごめん、それで？　と返した。

以前の自分なら、批評を受け入れられないなんて甘えている、と思ったかもしれない。けれどその辛さが今では分かる。それでも、先生は酷いとも言い切れなかった。どちらの気持ちも分かる。言葉が出てこなかった。

「そりゃあ、先生も間違ったことは言ってないかもしれないけど、でも、言い方ってあるじゃないですかあ。去年は星野先輩が休学したのに、全然反省してないってことですよねえ？」

――星野恵美。確か彼女の名前はそういう名前だった。そして、もしかして、と以前浮かんだひとつの仮説を思い出す。

「しかも、石橋先生、星野先輩には酷くあたったのに、妹には優しくするって、なんかおかしくないですかあ？　罪悪感とかないんですかねえ？」

「……星野さんの妹って、誰のこと？」

確証を得るために訊ねると、えっ？　と息を呑《の》むのが分かった。

「千尋先輩のチャイルドですよ！　星野真琴！　知らなかったんですかあ？」

やっぱり、と千尋は思う。

＊

「真琴さんは正義感が強いから、私がやっていたことを、きっと許せないのよね」

生徒会室の窓は全て閉めきり、カーテンを引いて、照明は半分だけつけていた。鍵を閉めているから誰も入ってこない。そう分かってはいたけれど、悪事を働いているときは小さな音でも普段より数倍驚く。ましてや、生徒会室は美術室の真下だった。頭上で生徒や――石橋の声がするたびに、真琴は肩をびくつかせた。生徒会室を使い始めてもう二ヵ月ほど経つのに、まだ慣れない。お前の居場所はここではないと拒否されているようだった。

桜子の問いかけに手を止め、時計に目をやる。なかなか手が進まなかったけれど、針はもう三十分進んでいた。

「ちょっと休憩にしますか」

真琴が訊ねると桜子は頷き、イスに座った。真琴も座り直し、溜息をついた。そして彼女の問いには答えず、

「何であんなことしてたんですか？」

そう質問を返す。桜子は小首を傾げたまま一時考え、「……自分に自信が、なかっ

たからだと思うわ」と消え入るような声で呟いた。すっかり希望が抜け落ちた顔をした彼女が、そのまま動かなくなるんじゃないかと不安になり、

「寒くなってきたんでこれでも着ててください。顔色悪いですよ」

そう言って、自分のカーディガンを手渡した。ありがとう、と桜子は素直に受け取り、それを羽織る。十一月も半ばを過ぎて、リミットまであと二週間だった。準備はもうほとんど終わっている。あとは仕掛けをして、それが爆発するときを待つだけだった。それでも、計画が進めば進むほど、疑問が真琴の中に積もっていく。

――自分がしていることは、本当に正しいのだろうか。

この二ヵ月の間、桜子と秘密を共有してきたけれど、あまり言葉を交わすことはなかった。でも一緒にいるだけで、〈星華のマドンナの娘〉という異名は、桜子には合っていないと違和感を感じるようになった。――彼女は圧倒的に、自己肯定感が欠落していた。

ほんの些細なことで、ごめんなさい、大丈夫？　これでいいの？　と顔色をうかがってくる桜子は、寄宿舎に住み着いている黒猫のようだった。時々、あの猫と廊下や玄関ですれ違うと、人の姿を見ただけで大げさに飛び上がったり、石のように固まったりしている。――まるで人間が全員、自分を傷つけるものだと思っているようだった。

けれど桜子は、一歩、生徒会室を出て他の人の目に触れれば、まるで同じ顔をした別人だった。食堂で生徒の前に立ち、連日起きる事件を悲しみ、でもみんなのことを信じていると訴える彼女は、本当に、そう願っているようにしか見えなかった。彼女が犯人なのだと、誰が思っただろう。

どうして母親に復讐をしたいのか。何があったのか。気にならなかったわけではない。自分から話してくれたら、全てを受け入れるつもりだった。けれどこちらから根掘り葉掘り訊き出すことは、桜子を更に壊すような気がして、踏み込むのを躊躇させた。

「あの絵、誰が描いたんですかね？」

沈黙が辛くなり、真琴は壁にかかっている絵を指差した。星華の制服を着た女子生徒が四人、こちらを見て笑っている。

「美術工芸コースができたときにいらした先生が描かれたそうよ。当時の生徒会委員のみなさんだと聞いているわ」

「そうなんですか」

描かれている少女たちは、何がそんなにおもしろいのか、顔を崩して笑っている。ここ一年ほど、こんな風に笑ったことがあっただろうかと記憶を辿《たど》るが、思い出せない。計画がうまくいったらまた笑えるのかと考えるが、答えは出なかった。

「そろそろ再開していいですか？」

そう切り出すと、「そうしましょう」と桜子はカーディガンを脱ぎ、真琴に手渡した。

「ありがとう」

受け取った真琴はいたたまれなくなって、目を逸らした。

——本当に、自分は正しいのだろうか？

＊

ついこの間、桜の花びらが舞っていた駐車場に、初雪が降った。山の上の冬は厳しい。雪が降ったときだけは、指定のカーディガンではなく私服のトレーナーや上着を着て学校に行っても良いという曖昧なルールがある。

「別に雪が降らなくても寒いっつうの」

千尋が呟く。そう言う彼女はグレーのだぼっとしたパーカーを羽織っていた。が、背中に白雪姫のプリントが入っている。いつもとは違う女の子っぽいもので、どこか違和感があった。

「千尋せんぱい、何で傘持ってるんですかー!?」

駐車場に出て学校に向かっていると、寄宿舎の四階から、黄色い声が降ってきた。千尋は振り返らずにただ片手を上げて、「雪が降るかもしれないだろー」と、叫んだ。それだけで、また、歓声が上がる。

夏休みが終わって、いざ、千尋に会ってみると、彼女がまとっている雰囲気は、どこか柔らかくなっていた。マザーとしてなのか、美工の先輩としてなのか、真琴の生活にあれこれ口を出してきていたのにそれもなくなって優しくなったし、石橋と話している様子もあまり見なくなった。

新学期が始まってからずっと、今日の日のために、準備をしてきた。全ては復讐のために。

なのに周りが変わっていくと決心が鈍りそうになった。そのたびに、姉の変わり果てた姿や日向子が今ここにいないということを思い出して、自らを奮い立たせた。

終業式前の一週間、美術工芸コースの作品を山麓にある美術館で展示することになっている。

〈星華美工・卒業・修了展〉。

一年間描いてきた作品の中で、一番良い物を自分で選んで展示する。今日はその搬入だ。美工の生徒以外は一ヵ月ぶりの一日自由な土曜日で、寄宿舎は浮かれた雰囲気に包まれていた。

手伝いのために後援会や、〈星華の友の会〉という保護者の集まりも現地に集合してくれることになっている。そこで、真琴は決行する。

美術室からあらかじめ梱包《こんぽう》していた作品を駐車場へと運び出す。「濡れないようにしろよー！」と石橋が声を荒らげる。真琴は注意深く、自分の作品を持ち、階段を下りる。

「千尋先輩って、どうして東京の大学受けるの止めちゃったんですかあ〜？」

舌足らずな喋り方で訊ねる女子に、んー、と考え込む声が背後から聞こえた。千尋が県内の国立大学に進路を変更したらしいと、真琴の耳にも入っていた。それだけ、美工の中では騒ぎになっていたということだ。聞くつもりはなかったけれど、全神経が耳に集まったみたいに、敏感になる。

「自分はさ、石橋先生のことって好き？」

千尋は何の脈絡もなく、そう訊ねた。女子も、えー？と笑いながらも戸惑っている様子だった。

「まあ、美工で石橋のこと好きなやつなんていないよな、きっと。私も苦手だったし。ご機嫌取ってないと、ここではやっていけないからそうしてきたけど、バカバカしくなってさ。あー、あんな先生だけは嫌だって思ったんだよね。だからさ、私、美術の先生になろうと思って。石橋とは正反対の先生に。絵、描くのって楽しいだろって、教えるような先生。うちの地元、本当に田舎だからさ。こっちみたいに、デッサン教えてくれる絵画スクールとかもなくて、推薦受けるとき困ったんだよね。だから、大学行きつつ、長期の休みには地元でワークショップとか開きたいなって。そういうの、良くない？」

呼吸が、止まるかと思った。大げさに言っているわけではなく、本当に。

そんな方法があるのだと、初めて知った。誰に宣言してもきっと拍手をして喜ばれる、そんな眩しい、復讐の方法があったのだ。

「どうよ？　真琴もいいと思うだろ？」

後ろから肩を抱かれて、動揺した。

「止めてくださいよ。作品落としたら、どうしてくれるんですか」

そう、腕を振りほどくので精一杯だった。やっぱり間違いだった。後悔が後から後から襲ってくる。でも、もう今更後戻りはできない。桜子の協力を得ている時点で、これは二人のものだった。

「荷物は二人一組で注意して運んで！　壁や床に傷をつけて迷惑をかけるようなことは絶対にないように！」

美術館の搬入口につけたトラックの前で千尋が指示を出す。バスから降りた生徒たちは荷台から作品を受け取り、中へと運んでいく。額装し、その上から新聞紙で包み、作者名と、どの部屋で展示するかを書いてあるため、〈本人〉が受け取らなくてもスムーズに進む。これは去年の反省点を踏まえて、千尋が提案したそうだ。自分の作品を受け取ろうとトラックの荷台に群がり、自分のものを受け取るだけで膨大な時間がかかったらしい。そのおかげで、真琴は今回の計画を立てることができた。――会場につくまで、誰にも、絵を見せるわけにはいかない。

展示室へ運ぶ途中、受付を設置する保護者の中に桜子の母親の姿を見つけた。彼女は自分が用意したという大きな鉢植えの胡蝶蘭《こちょうらん》を、取り巻きに自慢しているようだった。その大きな声は吹き抜けになっている天井に響き渡り、異彩を放っている。

「あのおばさん、うるさくない？」

こそこそと言い合っている生徒は、彼女が〈星華のマドンナ〉だと知っているのだろうか。興味がなかったからか、真琴は桜子から写真を見せてもらうまで、伝説と謳《うた》われているその人の容姿を見たことがなかった。

――もし、母が何か文句を言ってきても、私が描いて欲しいと言ったって主張は曲げないで。

桜子はそう言って携帯を広げ、写真を見せた。寄宿舎のルールに背いてそれを持っていることに驚いた。「母に持たされてるの」と苦笑いする彼女が語る母親像は、あまりに酷くて、本当にそんな人がいるのだろうかと信じがたかった。が、実物を見て、本当だったのだ、と一瞬にして悟る。

あの人からなら、どんなことをしたって逃げたいだろう。

何度かトラックと館内を往復し、荷台が空になったのを確認すると、自分の作品が運び込まれた展示室へと移動する。パーティションを設置する係が図面通りに設置を終えたところで、ライトの調整を手伝い、梱包をほどいて各自、自分の作品を飾るよう指示があった。事前に配られていたキャプションをポケットから取り出す。

〈ヴィーナス像　星野真琴〉

スチレンボードで作ったそれに書かれた文字を、じっと見つめる。タイトルとしては間違えていないはずだ。〈ヴィーナス〉に間違いはない。

暇を持て余した保護者が、石橋と共に展示室に入ってくるのが見えた。美術館らしからぬ大きな声。やるなら今しかない。真琴は意を決して、梱包を開く——、が。

「……違う」

中身を見て、思わず真琴は呟く。

そこには真琴が描いた〈ミロのヴィーナス像〉の木炭デッサンがあった。これは、ここにあるべきものではなかった。

＊

――石橋の大切なものを壊す。

それは、星華高等学校美術工芸コースの評判を下げ、石橋の居場所をなくすことだった。それも、何か、一発逆転で、石橋の地位すらひっくり返るようなことでなければいけない。

評判を落とすなら、外部の人がいる場所がいい。そして〈卒業・修了展〉のことを思い出す。後援会の人たちもボランティアで設営に参加すると聞いていた。

何を起こせばいいのか。思いついたのは、真琴自身が何か問題になる絵を描いて、披露するということだった。

保護者が騒ぎ立てるような、問題作。

そのとき思い出した。三年になったら、人体デッサン、いわゆるヌードを描く。きちんとプロのモデルに来てもらうことになっているが、それは問題なんじゃないかと騒ぐ保護者がいると聞いていた。

自分自身のヌードを描こう。

今こそ、自分の画力が役に立つ。真琴は震えた。自分にしかできない復讐。

絶対に、騒ぎになる。そして、その絵を、モデルの真琴を石橋も見て、きちんと〈指導し〉、〈講評してもらった〉と発言したら、絶対に問題になる。閉ざされた女子校で、男性教諭が女子生徒の裸体を見たのだと、それを咎めなかったと言えば、絶対に……。

そのために、絵を描く場所が必要だった。展覧会までに、絶対に見つからずに描ける場所。

そんなとき、桜子が洗濯物を汚すところを目撃した。

考えついたのが、生徒会室だった。

屋上に桜子を呼び出し、誰にも見つからずに一人で使わせて欲しいと頼んだ。

〈一体、何をするつもりなの?〉

そう訊かれ、一瞬真琴は躊躇したけれど、腹をくくって答える。

〈……それは、自分のヌードを描いて展覧会に出展したいんです。そこで騒ぎを起こしたい。そのためには、誰にも見つからない場所が必要なんです。でも、こんな山の上じゃ、自由になる場所なんてない。あなたが鍵を持っている、生徒会室しか〉

桜子は血相を変えて反対した。その方法が真琴自身を傷つけるものではないのかと、自分のことのように。優しい人だと思った。が、曲げるわけにはいかなかった。

〈分かった、協力するわ。……だけど、もっといい考えがあるの〉

そっと真琴に近づき、耳元で囁いた。

〈私の、ヌードを描いて〉

体を離した瞬間、ふわっと花のような香りがした。彼女の服の下を想像し、どきりとする。本気で言ってますか？　と焦って訊ねる。もちろんよ、と答えた彼女は、微笑んでいた。

〈私も復讐したい相手がいるの。……母よ〉

桜子はダメ押しのように、言葉を続けた。

生徒会室の鍵は二つあって、ひとつは桜子、もうひとつは職員室にある。もし、先生が来たときに真琴が一人で絵を描いていては言い訳ができない。どうやって入ったのかと訊かれたら必然的に桜子までたどり着く。それなら最初から、〈桜子が真琴に頼んで絵を描いてもらっていた〉ということにすれば、責任を桜子自身が取れる、と。

〈それに、美術部員のヌードを見たというよりも、全く関係ない生徒がモデルをしていたという方が、インパクトが強いわ〉

〈本当にちゃんと分かってますか？　ヌードですよ？　展覧会で晒しものにするんですよ？　芸術的に描くつもりはありませんよ？　下世話に、騒がれるためだけに描くんですよ？〉

〈分かってるわ。分かった上で、そうして欲しいと言っているの〉

何度か確認した上で、本当に桜子は描いて欲しいと思っているのだと納得した。

描くのは放課後の一時間。

生徒会の集まりがある月曜日は避け、尚且《なおか》つ、あまり長い時間は描くことができなかった。誰かに見つかる可能性があったし、何より真琴は、課題である絵も進めなければいけなかった。

ちょうどそのときに授業で出された課題が、ミロのヴィーナスの石膏デッサンだったことも真琴には奇跡のように思えた。これを展覧会に出すつもりだと石橋に伝えて、制作にも気合を入れた。展覧会に出す作品は、石橋のチェックが入る。それに通れば、パンフレットとキャプションに〈ヴィーナス像　星野真琴〉と記載される。

どうしても〈ヴィーナス像〉と書かれたパンフレットと、キャプションが必要だった。――桜子のヌードを石橋も見たという既成事実を作るには、作品のタイトルと絵の内容が一致している必要があった。

〈お前、本当にこれでいいのか？　夏合宿の風景画もよく描けてただろ。サイズもあっちの方が大きいし、そもそもカラーだから会場が映える〉

美術準備室で真琴のデッサンを眺めた後まっすぐ投げかけてくる石橋の視線から、真琴は初めて、視線を逸らした。彼の目からデッサンへと移し、

〈私は、こっちの方が力を入れて描けたので〉

声が上擦った。石橋の視線が、頬にピリピリと突き刺さる。……ばれる。何か言お

うと口を開いた瞬間、

〈……立花日向子に遠慮して、こっちにするって言ってんじゃないだろうな〉

〈え？〉

思いがけない名前が出てきて、素で訊き直す。

〈いや、なんでもない。こっちにするんだな〉

〈はい〉

石橋はデスクの上に置いてあった名簿に〈ヴィーナス像　星野真琴〉と乱暴に書きなぐった。

全ては順調に進んだ。あとは、描くだけだった。

密室とはいえ、学校という公の場で、桜子は躊躇なくブラウスを脱ぎ、ブラジャーを外し、ヴィーナス像と同じように腰に布を巻いた。指示通りに顔を傾け、真琴に視線をくれる。

なかなか、集中できなかった。

今まではどんなに怒りに震えても、一旦、モチーフに向き合えば、それをどう表現するかをいつの間にか考えていた。でも、今回は、そうはいかなかった。どうすれば、見た人を驚かすことができるか。石橋への批判が膨《ふく》れ上《あ》がる絵はどういうものか。それを考えれば考えるほど、頭に浮かんでくること。

――本当に、桜子を晒し者にしていいのか。

それは最後まで、答えが出なかった。

……だから。


「真琴！　さっさと自分の絵を飾って、梱包に使ったゴミを回収して！」

千尋に声をかけられ、はっと我に返る。もう周りは自分の作品を壁に飾り、キャプションをつけて口々に批評しあっている。真琴も素早く壁にかける。

「これはこれで、うまく描けてるな」

背後から石橋の声がする。心臓を打つ音が速くなる。

「まあ！　素敵！　高校生にこんな絵が描けるのねえ！」

桜子の母親の声だった。握っていた拳が汗で張りつく。

今、ここにある絵が、ミロのヴィーナス像で、本当に良かった。

――だけど。

桜子のヌードはどこへいった？

今どこにある？

誰が、一体、何のために、絵をすり替えた？

だろうか、それとも、まだか。

桜子は壁にかかっている時計をちらりと盗み見た。十一時半。搬入はもう終わった

＊

寄宿舎の中は、随分静かだった。美工コースの生徒が展覧会の準備に行っている

し、他の生徒は久しぶりの自由時間だったため、申請をして街へ出ているものも多か

った。寮に残っている生徒は半分程度で、その大半が受験を控えている三年生だっ

た。が、一年生の茜もまた、外には出ず、桜の間で宿題をしている。

桜子はスカートのポケットから携帯を少し引き出し、確認した。――母親から着信

はない。絵はまだ、飾られていないのだろう。もし母親が見たら、絶対に怒り狂い、

連絡をよこしてくるはずだった。その瞬間を考えると、体が震えた。

モデルになっている最中、桜子はその絵を一切、視界に入れなかった。やっぱり止

めて欲しいと、言い出さない自信がなかった。自分から言い出した提案なのに、身勝

手で計画を止めるわけにはいかなかった。

搬入の前日、梱包をする前に初めて、絵を見せてもらった。そこには、桜子が知ら

ない自分がいた。

そう言うので精一杯だった。これが無数の人の前に晒されるのだと思うと、そして、母の目に入ったところを想像すると、――叫び出したくなった。

母は、どれだけ怒り狂うだろう。

携帯に着信を入れ続け、真琴に詰め寄り、先生へ暴言を吐く。そして、この扉を開け、桜子の頰を引っ叩き、

〈あなたなんか、産まなきゃ良かった！〉

……痛みが頰に広がるようだった。手のひらで顔を覆《おお》い、溜息をつく。この期に及んで、まだ、母に愛されたいと思っていることに気づく。母に嫌われるために、愛想をつかされ逃れるために計画したはずなのに、嫌われたくないと望んでいる。どうして、嫌いになれないんだろう。

時計を見る。十一時四十五分。そろそろだろうか。

「桜子先輩」

振り返ると、茜がまっすぐこちらを見つめていた。

「桜子先輩の絵は、展示されません。別のところにあります」

息が詰まる。声にならない声が、喉からひゅうひゅうと漏れる。

「……先輩が、一連の事件の犯人だってことも知っています。大丈夫です、怒りませ

ん。だから、何があったか教えてください」
——どうして。どうしてどうしてどうして。
頭の中で、同じ言葉がぐるぐると回る。
どうして、怒らないの？
母は、絶対に許してくれないのに。

終章

＊

桜子の様子がおかしい。

夏休みが明けて、寄宿舎に戻ってすぐに感じたことだった。

いつも微笑みを浮かべ、優しい眼差《まなざ》しを投げかけていた彼女は、時々、ふっとした瞬間に、表情をなくしていた。まるで別人のような疲れ切った彼女に戸惑いを感じ、クラスメイトに相談したこともある。が、気づいているのは茜だけのようで、

「茜ってば桜子先輩のこと心配しすぎー。恋しちゃってんじゃないのー？」

そう揶揄《からか》われ、話は進まなかった。

寄宿舎で小さな事件が立て続けに起こり始めたのも、その頃だった。

茜のクラスでもその犠牲者になった子が三人いた。彼女たちは、「犯人が分かった」と、茜を渡り廊下に呼び出した。

「絶対に、朝子先輩だよ」

自信あり気な言い方に、どうして分かるの？　と茜は訊ねる。

「私たち調べたんだけど、被害にあった人って、みんな、桜子先輩にお土産を買ってきてるんだよね。自分以外の人が桜子先輩に近づくのが我慢できないんだよ」

「茜も気をつけた方がいいよ。朝子先輩に犯人にされそうになったことあったじゃない？　ほら、千尋先輩の絵を破いたって。桜子先輩がかばってくれたから良かったけどさ。だから、今回も、朝子先輩が犯人で、最終的に茜を犯人に仕立て上げようとしてるんだよ、絶対に！」

「気をつけた方がいいよ。あの人、しつこいからさ」

最初は彼女たちの推理を素直に受け止めた。なるほど、それなら納得がいく。あのとき、朝子は茜に恥をかかされたようなものだ。復讐したいと思っていても、おかしくなかった。

けれど、次に狙われたのは、朝子だった。

干していたはずの洗濯物が洗濯機に戻っている。夕食のときにそう騒いでいるのが耳に入った。酷いと思いませんか、そう桜子に訴えかける。

「あれ、絶対にカモフラージュだよ。他の子たちはみんなドロドロに汚されてるんだから。あの人のだけ洗濯機に入ってただけなんておかしいじゃん。桜子先輩にかばってもらいたいんだよ」

クラスメイトはそう茜に囁き、自分のテーブルに戻った。

「洗濯物が、洗濯機に戻っていたの？」

桜子は驚いた様子で、そう訊ねた。

「そうなんです！　本当に酷いと思いませんか？　もう乾いている頃だったのに！　嫌がらせにも、ほどがありますよね！」

大変だったわね、と朝子をなだめる桜子は、明らかに表情がおかしかった。

そんなことがあるわけがない、とでもいうような強い口調だった。

どうして、そんなに驚くことがあるのだろう。寄宿舎の子たちは、いつ、自分が狙われてもおかしくないと思っている。それが朝子だったっておかしくはない。

なら、桜子が驚いたのは、朝子が被害にあったことではないのかもしれない。

洗濯物が、洗濯機にあったことに驚いているのだ。

クラスメイトの言葉を、思い出す。

――他の子たちはみんなドロドロに汚されていた。

桜子は、洗濯物が汚れていたはずなのに、洗濯機にあったから、驚いたのだ。彼女は、洗濯物が汚されているのを知っていた。なぜか。

茜はひとつの答えを導きだしていた。

これなら、なぜ被害者が全員、桜子にお土産をあげていた人なのかも、説明することができた。いくら朝子だって、全ての人を把握していたわけではないだろう。同室の茜ですら、一体、何人の人が彼女に渡したのか見当もついていない。

――でも、もらった本人なら。

そう頭に浮かんで、首を振る。有り得ない。桜子先輩に限って、そんな。情報を集め始めたのは、無実を証明するためのはずだった。被害を受けた人に話を聞き、もらったという嫌がらせの手紙を見せてもらった。真琴が部活へ行き、桜子と千尋が生徒会の集まりに出ているとき、茜は桜の間で一人だった。

これは、容疑を晴らすため。

そう言い聞かせて、桜子のベッドの下の花柄の箱を開ける。ファンレターやお土産の山。それをかき分け、掘り起こす。

目に飛び込んできたのは、茜色のレターセット。

茜や他の子たちがもらった、嫌がらせの手紙と同じものだった。

慌てて元に戻し、深く息を吸った。信じられない。平常心でいられず、思い余って部屋を飛び出す。有り得ない。だけど、状況は完全に黒だった。それこそ、ずっと目で、桜子を追っていたから。そんな茜だからこそ、分かった。桜子は、やっている。そして、それに悩んでいる。

寄宿舎の外に出ると、シェリがベンチに座っていた。茜に気づくと、さっと立ち上がり、林の中に消えていく。冷たいやつだな。そう呟いて、涙を堪える。あんただって、桜子先輩に助けてもらったのに。裏切るようなことするなよ。――私は違う。

私が今ここに居られるのは、桜子先輩のおかげだとちゃんと分かっている。

桜子と千尋がこちらに向かってくるのが視界に入る。二人も気づいて、こちらに手を振ってくる。桜子が笑っている。

守らなければ、いけない。

彼女の笑顔を。

今の、心地よい関係を。

波風を立たせたくない。

絶対に彼女が犯人だと、周囲に気づかれてはいけない。

「茜さん、ただいま」

そう走り寄ってくる彼女に、何も気づいてないふりをして、笑いかける。おかえりなさい。

茜の家は、ここしかなかった。それを、壊したくはなかった。

〈最近、疲れた顔をしているけど、何かあったんですか？〉

何度か桜子に、そう訊ねた。もし、彼女の方から話してくれたら――。そう願っていたけれど、桜子は決まって、ちょっと受験勉強にプレッシャーを感じているのかもしれないわね、と笑うだけだった。

茜は密かに、桜子を監視した。

彼女を犯人として吊し上げるようなことはしたくない。けれど、このまま彼女を放置し、犯行を重ねさせるのも嫌だった。もうこれ以上、自分を傷つけるようなことをして欲しくなかった。

彼女が今までと違う行動をしたとき、——例えば、消灯前に急に部屋を出ていったり、登校中に忘れ物を取りに帰ったりすると——、茜はこっそりその後を追った。

初めて目撃したのは、靴箱に入れられたスリッパを、ゴミ箱に捨てたところだった。そのときの桜子の表情を、忘れることができない。

傷つけているのは彼女のはずなのに、まるで自分自身の体を切り刻まれているように、苦痛の表情で歪んでいた。今にも泣き出しそうな子供みたいな表情で、じっとゴミ箱の中を見つめている。

——一体、何があったんですか。どうしてこんなことをしているんですか？

そう問いただす勇気が、茜にはなかった。ただ、彼女が姿を消した後、こっそりとスリッパをゴミ箱から靴箱に戻すことしかできない。

それから茜は、彼女の犯行現場を捉えると、それをなかったことにしてまわった。

それは、茜から桜子へのメッセージでもあった。

——あなたに気づいている人がいます。お願いだからもう止めて。

一週間ほどした頃、桜子の様子が、また変わった。

今まで接点がなかった真琴と、二人で行動している姿を見かけるようになった。もしかしたら真琴が何らかの理由で、桜子にあんなことをさせているんじゃないかと勘ぐるようになった。だって、そうじゃなきゃ、説明がつかないじゃないか。

三年生の教室は、渡り廊下を挟んで、一年生の教室の真向かいにある。茜はずっと、桜子の教室に目を向けていた。授業が終わると誰よりも先に教室を飛び出し、桜子の後を追った。そしてようやく、真琴と桜子が、生徒会室へ消えていくのを捉えた。

ストーカーのようだと、自分でも思った。それでも止めることができなかった。毎日毎日、義務感と罪悪感に挟まれ、後をつけることで分かったことは、彼女たちが生徒会室に行くのは火曜日から金曜日の一時間。その後は、真琴は美術室へ、桜子は寄宿舎へ戻っていることだけだった。

そこで、一体、何をしているのか。

茜には想像もつかなかった。けれど、きっと、何か悪いことが起こるに違いない。じゃあ、どうしたらいいのか。堂々巡りの思考の中で、茜はなおも、桜子のことを視線で追った。それこそ、周りに、「桜子先輩のこと見すぎ」と突っ込まれるほどに。

これ以上行きすぎた行為は、彼女を犯人だと露呈させてしまうことになりかねない。

そう思った矢先に――。

〈お節介かと思ったんだけど、受け取って欲しいの〉

桜子が差し出したのは奨学金制度の資料だった。それを、彼女は茜のためだけに用意してくれていた。そんなに優しい人なのにどうして。堪えきれない思いが溢れる。

もし、桜子先輩が何かピンチに遭遇しているのだとしたら、――今度は私が全力で助ける。

月曜日の放課後、生徒会室へ行こう。真正面から乗り込んでいく。そこで何が起こっていても、もう怯まない。

そう決意した夜。桜子と真琴がいない間に、こっそり千尋から訊ねられた。

〈……変なこと訊くけどさ。最近、真琴の様子で、変わったところはなかった？〉

＊

ただの白い、四角い空間だった部屋が、少しずつ、展覧会の会場らしくなっていく。毎年、この光景を見るのが千尋は好きだった。お祭りの前のように血が騒ぎ、無条件に浮き足だつ。

……みんながみんな、そうだと思っていた。どれだけ視野が狭いのだろうと、今は思う。

「ゴミは全部トラックに積んで持って帰るから。とりあえず、今出てるもので、持てるだけ持ってついてきて」

そう真琴に言うと、彼女は、素直に返事をしてゴミ袋を四つ持ち、後をついてきた。他の生徒は先生の指示に従って、順路の矢印や横断幕の設置に動いている。どうして自分だけが、ゴミ出しに駆り出されているのか、真琴は気づく様子もなかった。毎年、ゴミの回収は、設営が終わった後、一人ひとつ、ゴミ袋を持って帰っている。

運搬用のエレベーターに乗り込み、千尋は真琴に向き直る。

「真琴」

声をかけると、考え事から戻ってきたように、はっと顔を上げた。

「……何ですか」

「あんたが持ってくるはずだった絵は、もともと隠してあった場所に戻したよ」

「どうして」

声を出した途端、真琴の目に涙が滲んだ。思わず、目を逸らしそうになる。けれど、千尋はそのまま、彼女の目を捉えて、

「……あんたの才能を、あんな風に使うなんてもったいないよ」

＊

真琴が休学している同級生の妹だと確証を得たとき、違和感を感じた。

恵美は、そしてその家族は、石橋を恨んでいるものと思っていた。少なくとも、好意的には思っていないに違いない。それなのに、なぜ、真琴は星華に、それも、姉と同じ美術工芸コースに入学したのか。親は反対しなかったのか。不思議でならなかった。

そして、一度、恵美のことを思い出すと、頭から離れなかった。

今、恵美がどうしているのか。何が彼女を追い詰めたのか。それを知りたいと思ってしまう。

石橋の言っていることは間違っていない。だけどそのことで苦しむ人がいるのなら。実際、こうやって休学し、学校に来られなくなっている生徒がいるのなら、教え方を改めなければいけないんじゃないか。

そして、恵美を追い込んだ理由のひとつに、自分も入っているんじゃないかと思わずにはいられなかった。傲慢だったこの数年を思い出すと、その責任の重さに血の気が引く。

購買で簡素なレターセットを買い、恵美に手紙を書いた。こうやって思いを綴るなんて久しぶりのことで、なかなか筆は進まず、何枚も便箋をダメにした。一時間かけて書き上げた手紙を、バス停前のポストに投函する。

〈次の土曜日の十一時半に、最寄り駅まで行きます。話をしませんか?〉

特別親しかったわけではない。名前すら思い出せないほどだったのだから。彼女が今、どういう状況か分からないし、千尋のことをどう思っていたかも分からない。手紙を送ったところで、読んでくれることも、ましてや来てくれるという保証はない。

それでも千尋は決めた通り、土曜日の朝に寄宿舎を出て、電車に乗り込んだ。窓から見える建物が高くなっていくにつれて空の色が次第に怪しくなり、目的地に着く頃には激しく雨が降っていた。

自動改札をくぐる前から、恵美の姿は視界に入っていた。最後に会ったときより随分ふっくらしていたけれど、見た途端、彼女だと分かった。ボーダーのロンTにグレーのパーカーを羽織った彼女は、右手に二本、傘を持っていた。周囲を気にしているのか、きょろきょろと視界が泳ぐのが離れていても分かる。

「来てくれてありがとう」

千尋がそう声をかけると、彼女は首を微かに横に振った。

「……手紙くれて、ありがとう。嬉しかった」

その言葉に少し安心した。迷惑になっていないか、それだけが心配だった。

「この近くに、ゆっくり話せるところあるかな？　お昼でも食べながら話せたらいいなと思ったんだけど」

千尋は駅舎の外を見やった。バケツをひっくり返したような雨が降っている。この中を歩かせるのは躊躇した。彼女の体調がどんなものなのか、千尋には測りかねた。

恵美の提案で駅の二階にある喫茶店に入り、窓際のソファー席に座る。注文を取りにきたウエイターに日替わりランチを頼むと、もうあとは、話をするしかなくなった。こんな風に恵美と二人きりになるのは初めてだった。とりあえず喉を潤《うるお》そうと水の入ったグラスをあおった。

「まこちゃん、寄宿舎でうまくやってるかな？」

先に口を開いたのは、意外にも恵美だった。おずおずとした口調で発された〈まこちゃん〉が真琴のことだと気づくのに少し時間がかかった。

「……ああ、うまくやってると思うよ。なんていうか、あの子、度胸があるっていうか、物怖じしないから。あ、私、今、妹さんの、マザーなんだけど」

「そうなんだね。迷惑かけてない？　友達とか、いるのかな？　ケンカせずに、ちゃんとやれてる？」

「いると思うよ。ケンカも別にしてないと思うけど。まあ、生意気ではあるよね。石橋先生にも、なんか突っかかってるって聞くし」

最後は笑いを取りにいったつもりだったのに、それを聞くと恵美は急に顔を曇らせた。

「……石橋先生に、何かしてない？」

変な言い方だな、と怪訝に思い、額に皺が寄った。石橋が自分の妹にも辛く当たっているんじゃないかと思うのが普通じゃないのだろうか。

「今から、私、変な話をするかもしれない。でも、多分、当たっていると思うの。……聞いてくれる？」

千尋は、頷いた。

「まこちゃんは、きっと、私の復讐をするために、星華に入ったんだと思うの」

急に窓ガラスに当たる雨音が大きくなり、恵美の声を掻き消しそうになった。

「……どういうこと？」

千尋は少し、身を乗り出して耳を傾けた。

彼女は眩しいみたいに瞬きを繰り返し、そして口を開いた。

「あの子は子供の頃から、私が苛められると、その子に復讐してきたの。今もそうだけど、曲がったことが大嫌いなの。自分が正しいと思うと、絶対に折れない。私にはその強さがないから、羨ましいと思ってた。だけど、時々、間違えるの」

「間違える？」

「……相手を陥れるために、嘘をでっちあげるの」

一瞬言《い》い淀《よど》んで、痛々しそうに恵美は声を出す。

「小学生のとき、私は眼鏡をかけていたんだけど、そのことでからかってくる男子がいたの。正直、私も似合ってると思ってなかったから、ブスだって言われると余計に辛くて、すぐに泣いてた。まこちゃんは、小さいのに、その男子に向かっていって、でも、やっぱり、力では敵《かな》わなくって。一緒に泣きながら帰ってたんだけど、家につく前に突然、眼鏡を貸してって言ってきたの。言われるままに、渡したら、突然、それを地面に叩きつけて、踏みつけて、フレームは曲がるし、レンズは割れるし、大変だった。何でそんなことするの？　って聞く前に、あの子は笑ったの。これは、あの男子がやったんだって」

そこまで聞いて、千尋は察した。

「あの子、それを持って玄関に入るなり、わんわん泣くの。お姉ちゃんが苛められた！　って。まこちゃんが泣くことなんて滅多にないから、うちの親、信じちゃって。すぐさま、相手の家に行って事情を説明して。その男子は、最初はやってないって言ってたんだけど、〈眼鏡は割ってない〉けど、〈ブス〉とは言ってるじゃない？　しどろもどろになっちゃって、結局、全部認めて謝ったの」

「妹さんは、それを、石橋にしようとしてるってこと？」

　恵美は、はっきりと頷く。

「……あの子は、ブスって言われたって言っても、うちの親は、放って置きなさいって言うって分かってたと思うの。バカなやつは放っておけ、同じステージに上がるなっていう人だから。でも、物を壊されたとしたら別。それをあの子は分かってて、本能でやったんだと思う。……今回も多分、そうしようと思ってる」

　恵美は一瞬、言葉に詰まったが、もう一度口を開いた。

「石橋先生と千尋さんに、復讐しようと思ってるんだと思う」

　思いがけず自分の名前が出てきて、喉がごくりと鳴った。

「私、家族に宛てた手紙に、書いてしまったの。石橋先生が怖くて絵が描けないとか、千尋さんが私をバカにしているとか。……ごめんなさい。本心じゃないの。石橋先生が怖かった。あなたに嫉妬してた。それは本当。でも、描けないのは自分のせいだって分かってた。だけど、誰かのせいにしないと、立っていられなかった」

もう一度、ごめんなさい、と頭を下げる恵美は、ほんの少し前の自分だった。パーカーから微かに見える首の白さに、切なくなり目を背ける。彼女はこの夏の間、一歩だって外に出たことがあったのだろうか。

「……分かるよ、その気持ち」

恵美は、ぱっと顔を上げた。頬が涙でベタベタに濡れている。そっとハンカチを差し出す。

「私もつい最近、挫折したばっかりだから。だから、気にしなくていいよ」

あなたの妹に、とは言わなかったのは、ささやかなプライドだった。

「……私の手紙を読んだとき、あの子、両親にすごく怒ったの。どうして石橋先生に怒らないんだ、って。それでもうちの両親は、動かなかった。だから、あの子は絶対に、自分で何とかしてやろうと思ってる。……千尋さんも、何かされてない？　それを訊きたくて、今日は来たの」

すぐに真っ二つに引き裂かれた真琴の肖像画を思い出し、もう治ったはずの足の怪我が疼《うず》いた気がした。異変に気づいた恵美が、やっぱり何かあった？　と訊ねてくる。

「……いや、大したことじゃない。妹さんが関わってるって決まったわけじゃないし」

恵美は首を横に振り続ける。

「あの子は、こうと決めたら絶対にそれを貫《つらぬ》き通《とお》す。それを正義だって思ってる。こんなこと頼める立場じゃないって分かってる。でも、お願いだから、まこちゃんを止めて?」

彼女はもう一度、深く、頭を下げた。

改札まで見送ってくれた恵美は、持っていた傘を一本渡してくれた。

「急に降ってきたから、持ってないと思って」

さっきまで泣いていた赤い目で、千尋を見る。

「今度会うときに、返す」

そう返事をすると、彼女はまた、顔を歪めて泣き顔になった。

電車に乗り込み、埋もれるように席に座ると、自分を抱きかかえるように腕を組んだ。そうでもしていないと、動揺を隠しきれなかった。ついさっき、恵美から聞いた話を、頭の中で反芻《はんすう》する。何とかしたい。でも、どうすればいい。

寄宿舎に帰り夕飯の後に自室に戻ると、桜子と真琴の姿はなく、茜がぼんやりとベッドに座っていた。以前は桜子と一緒にいるところをよく見ていたのに、最近は一人でいることが多い。

同じ一年なら、千尋が知らないようなことも耳に入っているかもしれないと思い、茜、と声をかける。

「……変なこと訊くけどさ。最近、真琴の様子で、変わったところはなかった？」

途端に、茜の顔色が変わった。普段、あまり感情を外に出さない彼女が、こんな表情をするのは初めてだった。自分に容疑がかけられているときですら、ほとんど動揺しているように見えなかった彼女が。——何か知っている。そう確信する。

「大丈夫。絶対に悪いようにしないから。何でもいい。教えてくれないか？」

「……らこ先輩」

震える声で、彼女は言う。

「え？」

「桜子先輩と毎日、生徒会室に行っています。千尋先輩は、真琴さんが何をしてるか知ってるんですか？」

怒っているのか、それとも悲しんでいるのか分からないような声で、茜はそうはっきりと言った。どういうこと？　と訊ねる。茜は自分が知っていることを全て話してくれた。

桜子が一連の事件の犯人だということ。

茜がそれを消して回っていたということ。

真琴が桜子と、生徒会室へ行っているということ。

そこで何をしているのかは分からないこと。

「あと、月曜日は、二人は生徒会室へ行ってません」

茜はそうつけ足した。

「……月曜日は生徒会の集まりがあるからな。人目を避けてるってことか」

千尋は自分で言って、思いつく。

「週明けの月曜日、生徒会の集まりが終わったら、一緒に生徒会室に行ってみるか?」

茜はしっかりと頷いた。もう随分前からそれを期待していたのだと顔を見て悟る。

「何も見つからないかもしれない。でも、何もしないよりマシだよな」

生徒会の集まりが終わり、桜子が鍵を閉める。部活があるからと千尋は上の階の美術室へと行き、窓から桜子が寄宿舎へと歩き出したのを確認すると、職員室へ向かった。忘れ物をしたから生徒会室の鍵を貸して欲しいと頼む。先生は何も疑わず、マスターキーを貸してくれた。

図書室で待っていた茜を迎えにいき、一緒に生徒会室へと入る。途中で誰かが入ってこないように鍵を閉め、カーテンを引いた。

「さっきまで私もここにいたけど、特に何か変わったところがあるようには見えないんだよな」

千尋がこぼすと、茜は周囲をぐるりと見渡した。

「でも、ここで何かをしているのは確かです」

「二人は何か持ってきたりしてなかった？　いつも手ぶら？」

「……真琴は、これくらいのプラスチックのケースを持ってました。確か黄色の」

両手で救急箱くらいの大きさを示す。千尋もまた、これくらい、と同じようになぞる。そして思いつく。

「それってもしかして、うちの校章が描いてあるやつ？」

茜は千尋の制服の襟についているバッジを見て、そうです、と頷いた。

「それ、美工が使ってるデッサン用具入れだよ。……ここで、絵を描いてるんだ」

そう気づけば、さっきまで見えていた景色が、全く違うものに見えた。長机の位置が少しずれているような違和感。床に落ちているほんの少しの鉛筆の削りかす。そして、入学式のときに使ったイーゼル。生徒会室はここだと、ポスターを飾って新入生にアピールしたものだ。

これらがあれば、ここで絵を描ける。でも、何を？

「でも、いつもそれ以外、何も持ってなかったですよ？　出てくるのも見てたけど、絵なんて持ってるところ、見たことないです」

「じゃあ、ここのどこかにあるんだよ」

隠せそうな場所を手あたり次第、二人で探した。ロッカー、掃除道具入れ、教卓の下、長机の裏……。けれどどこにもない。一体それが、どれくらいの大きさなのか、本当にあるのか。確信がないままに探すのは、空気を掴むようなものだった。

ふと、顔を上げると、壁に飾ってある絵が視界に入った。イーゼルを使うなら、あれくらいのサイズだよなと思い……。

千尋はおもむろにパイプイスを引き寄せ、靴のまま登ると額を持ち上げた。

「茜、ちょっとこれ受け取って」

イスから降り、その額を裏返して、ゆっくり長机に置く。留め具を外し、裏板を捲ると――。

二人は息を呑んだ。

＊

「……全然気づかなかったですよ」

真琴が呟くと、やけに大きく声が響いた。運搬用のエレベーターは普通のものより天井が高いわりに薄暗く、どこか無機質で、居心地が悪かった。もう一階についているのに、千尋は解放してくれそうになかった。早くこの場所を離れたい。

「気づかないように、茜と立ち回ったからな。あんたがヴィーナス像を出展するって聞いて、ピンときたよ。あの絵と入れ替えるつもりだって。それから毎週月曜日に、まだあの絵が額の中にあるか確認して、なくなったら今度は梱包された絵とヴィーナス像のデッサンを入れ替えて。……ほんと、受験勉強どころじゃなかったんだけど」

「そんな回りくどいことしなくても、見つけたときに捨てれば良かったのに」

「そんなことしたって、あんたのことだからまた描き直すなり、別の方法考えたりするだろ。それだけは絶対に止めさせたかった」

「何で」

「あんたのお姉ちゃんに頼まれたから」

〈開〉のボタンを押して、早く外に出な、と腕を引っ張られた。急に明るくなったその視界に、――恵美の姿が映った。

「お姉ちゃん」

姉が家の外にいるのを、随分久しぶりに見た。しかも、もう二度と見たくないと思っているはずの寄宿舎の近くに一人で。驚きと、喜びとで、呼吸が苦しくなる。

「ごめん、まこちゃん。私、隠してたの」

恵美の瞳から、ぽろぽろと涙がこぼれ落ちる。泣かないで。真琴は祈る。お願いだから、もう泣かないで。

「……私ね、本当に絵が、描けなかったの。みんなうまくなっていくのに、私だけ、本当に何の進歩もしなかった。朝も昼も放課後も、ずっと美術室にいたけど、全然ダメだった。そしたらね、私、絵を描くのが嫌になってたの。でも、私、推薦で入ってるから、一般の子たちみたいに簡単にコースを移ることもできないし、何より格好悪いと思ってた。途中で投げ出すなんて嫌だって。最後はほとんど意地みたいなものだったの。バカにされたくない。それだけだった」

瞼も喉も、熱く、苦しい。自分が泣いていることに、しばらくして気づく。

「でもね、石橋先生は言ってくれたの。絵を描くのが嫌になったら止めてもいい。絵を描くことだけが人生じゃないし、大したことでもない。でも本当に嫌になったのか、それとも今描けないから逃げ出したいだけなのか、ちゃんと見極めなきゃダメだって。石橋先生はそう言ってくれた」

真琴は驚いた。石橋がそんなことを言うなんて思いもよらなかった。絵が描けないやつはダメ人間だとでも言わんばかりに、毎日みんなをあおっている。

「意外だった？　私も驚いたよ。だって、他の美術の先生は、まだまだこれからうまくなるとか、一年のときと比べたらうまくなってるとか、続けさせるようなことしか言わなかったもの。でもね、石橋先生は気づいていたんだと思う。私がもう嫌になってるって。推薦で入ったから身動きが取れなくなってるって、そう気づいたんだと思う。これ、見て」

恵美は一枚の写真を真琴に手渡した。二枚の石膏デッサンが写っている。両方とも同じモチーフだったけれど、一枚はあまりに拙かったし、もう一枚は真琴も参考にしたくなるくらいの出来だった。

「これね、同じ人のデッサンなんだって。石橋先生がくれたの。一枚は二年の夏。もう一枚は受験間近の頃に描いたもの。石橋先生の教え子の中で、一番下手で、一番上達した人のだって。本人のやる気があればこれくらいになれる。私も、可能性はあるって、石橋先生は言ってくれた。本当にやる気があるんだったら、石橋先生が最後まで面倒みてくれるってそう言ってくれた。それでね、ちょっと休んで、絵を描かない時間を作ってみたらどうかって言ってくれて、それで休学したの。最初はね、不安で不安でたまらなかった。こうやって休んでいる間に、みんなもっともっとうまくなって、どんどん進んでいっちゃうって。……でも、あれから一年経ったけど、私、一度も絵を描きたいって思わなかったの」

恵美は笑った。頬についた涙の跡が光る。

「イラストを見たり、画集を見たり、アニメを見たり、彫刻を見たりするのは好き。うまいなあって思う。でもね、自分には無理だなって思ったの。もう、あの美術室に帰りたくないって思ったの。みんなと同じようにはできないって分かったの」

「……本当に？」

真琴は初めて姉に問いかけた。訊いてみたかった。本当に後悔しないか、本当にそれで幸せか、本当に石橋を恨んでいないのか。

「本当よ。もちろん、もしかしたら趣味でちょっと描いてみようかなって思うことはあるかもしれない。それで自分の絵に失笑して、みんなうまかったな、って切なくなることはあるかもしれない。それで大学に行きたいとか、絵で食べていきたいとか、そんな風には思わない。でもね、それは確かよ」

「これから、どうするの？」

「分からない。今まで絵を描くことしか考えてなかったから、正直、まだ何も。でもね、一般コースに編入して、普通に数学とか国語とかやって、受験勉強して、大学に行かせてもらって、そういう中で、何か探そうと思う。ただ、絵ではないってことだけは確かよ」

晴れ晴れとした恵美とは正反対に、真琴は心臓を押しつぶされたようだった。絵を諦める。そんなことを真琴は考えるのも嫌だった。自分の体の一部を差し出すのと同じような痛みを想像する。

「ねえ、まこちゃん泣かないで」

「だってさ、辛くないの？　諦めるって認めるんだもん。すごく辛いよ。でもそうしないと、前に進めないの」

姉は急に眉を下げて、泣き顔になる。

「まこちゃん、私が絵を止めても嫌いにならない？」

「嫌いになるはずないじゃん！　……私、お姉ちゃんみたいになりたかったんだから。お姉ちゃんみたいに何でもできて、大人で、そんな風になりたかった」

「何言ってるの？　それはまこちゃんでしょう？　いつも友達に囲まれて、自信があって、何でもできるのはまこちゃんの方よ。私はまこちゃんみたいになりたかった」

「だって、お姉ちゃんの方が平仮名だって数字だって、なんだって先に覚えてたじゃん」

「当たり前でしょ。だって私の方が二歳年上なんだから」

「……そっか」

「そうよ。おかしいなあ、まこちゃんは」

微笑む恵美はもう一年前の弱さを微塵《みじん》も感じさせなかった。

「でも良かった……。嫌われないか、それだけが心配だったの」

石橋に復讐してやると息巻いていたことが、大きなお世話だったのだと真琴は気づいた。記憶から今すぐにでも消してやりたい。

日向子も、同じなのかもしれない。

周りからかばったり、石橋を批判したり、自分が何かを変えようだなんて、そんなことはきっといらなかったのだ。

日向子が考え抜いて決めたことを、ただ、受け入れるだけで良かった。側にいるだけで、良かった。

「星野さん」

千尋がそう恵美に笑いかける。……いつの間にこんな風に親しくなったのだろうと、真琴は呆然とその様子を見つめた。

「今日、借りてた傘持ってきてるんだけど、上に忘れてきたんだわ。だから、今度会ったときに返すのでいい？　……学校で」

彼女がそう伝えると、恵美は破顔した。ありがとう。そう呟き、千尋の手を取る。

自分が救いたかった姉を楽々と救い上げる彼女に嫉妬した。自分には、こんな風にはできなかった。千尋みたいな人のことを、きっと、強い人というのだと思った。

*

「……どうして、怒らないの？」

桜子は母親がどれほど自分を支配しているか、ずっとこのまま母親から逃れられないと思うとどんなに絶望的な気分になるか、そして徹底的に嫌われ逃れるために今回の復讐を企てたことを話した。が、それは支離滅裂で、聞くに値しないようなただの愚痴に過ぎなかったに違いない。母を罵ったかと思えばフォローするようなことを言ってみたり、突然泣き出したり、怒り出したり。まるで子供のようだと頭では思いながら、止めることができなかった。

――けれど茜は、一度も目を逸らさずに、じっくりと桜子と向かい合った。その、まっすぐな瞳の中に嫌悪がないことが分かると、少しずつ桜子の口調も落ち着き、冷静さを取り戻していった。そして疑問が、頭をよぎる。どうして自分を見捨てようとしないのか。

「桜子先輩に、助けてもらったから」

茜はそう、はっきり告げた。

「でも、裏では私、酷いことをたくさんしていたのよ？」

本当のことを言って、とそれでもなお、桜子は茜を疑った。期待するのが辛かった。いつか裏切られるのなら、今、この手を放して欲しい。高みに連れていって、安心しきったところで崖《がけ》から突き落とされるのは、到底、耐えられそうにない。

「……それでも、桜子先輩がしてくれたことで、救われたのは事実だから」

茜は深く息を吸いこんだ。

「この部屋の匂いも、壁紙の色も、小さな窓も、ダサい花柄の布団も、全部、私を安心させてくれる。ここに帰ってきたい、そういう場所になった。それは、桜子先輩のおかげだから。

だから、私は、あなたに幸せになって欲しい」

茜はカバンを引き寄せ、中から封筒の束を取り出し、ローテーブルの上に置いた。見覚えのあるそれらを、桜子は見つめる。

「私は私で、そのときが来るまでに、きちんと調べます。そういう道があるって教えてもらえて本当に良かった。でも、今は、桜子先輩が考えるときです。お父さんと話して、お母さんと話して、それでも分かってもらえなかったら、奨学金を使ってでも行きたいと説得してみたらどうでしょうか？」

彼女のために調べた奨学金制度。こんなにもたくさんの選択肢があるのだと、桜子も調べながら驚いた。そして、これを使えば、自分もまた、自由になれるんじゃないかと甘い期待が頭をかすめた。けれど、お金だけの問題ではない、と何度も思い直した。

——母の意思に背くことは、母を捨てることなのではないか。

娘なのに母親の味方をしてくれない。自分に全く似ていない。娘のためだけに自分を犠牲にしてきたのに、最後には捨てられるなんて自分の人生は一体何だったのか。

母から受け取った数々の言葉が、桜子を縛って放さなかった。抜け出そうとすればするほど、言葉が体中に食い込み、新たな傷を作り動けなくなる。その繰り返しだった。

「……私が私の思う通りに生きることは、母を捨てるということではないの？　私が母にされて酷いと思うのは、悲しいと思うのは、私が人として、足りていない部分があるからではないの？」

誰かに、ずっと、訊いてみたかった。

母との小さく、それでいて濃密な世界の中でのルールを、もう客観的に見ることはできなくなっていた。誰か、外の人に、判決を下して欲しかった。

「桜子先輩が悲しいと思ったことは、きちんと悲しんでいいんです。他の誰に、何て言われようと、悲しいことは、悲しいんです」

茜は、はっきりとそう断言し、桜子の手を取った。

「逃げてください。全力で。お母さんの言いなりにならない自分になってください。自分の幸せは、自分で掴むものです。誰かがいないと、成り立たないものではないんです。それは、桜子先輩もそうだし、お母さんもそうです。桜子先輩が幸せではないなら、それはあなたの責任だし、お母さんが幸せでないなら、それはお母さんの責任なんです。

……でも、あなたなら、幸せになれます」

茜は、笑顔を浮かべていた。もう疑うのは止める。その言葉を信じるのも信じないのも、自分自身だ。そして、桜子は、信じる方に賭《か》けた。そちらの方が、ずっと幸せだった。

「ごめんなさい。……ありがとう」

この言葉は曇りひとつない心からの本音だった。あまりに簡単で子供でも知っている言葉。でも、初めて正しく使えたと桜子は思った。

＊

何もなかったように夕食を終え、消灯時間を待った四人は、こっそりと寄宿舎を抜け出し、校舎へと急いだ。積もった雪に足を取られ、バカみたいに笑い声を上げそうになり、お互いがお互いを制し、また笑いがこみ上げる。

凍ったように冷たい校舎を、ひとつの懐中電灯の明かりだけを頼りに歩く。互いに身を寄せていると、その体温が心地よく、母親のお腹の中で丸まっているように安心した。

桜子の鍵で生徒会室へ侵入し、鍵をかけると、また笑いがこみ上げる。桜子はしーっ、と口の前に指をあて、千尋が真琴の頭をはたき、茜はそれを見て笑い、真琴はあっちも笑ってるじゃんと不平を漏らす。

「だから、いい加減にしろって！　さっさとやることやって帰るぞ！」

千尋がそう真琴に言い、急に空気が変わる。神妙な顔になった真琴に、「だから、私たちも手伝うから」と頭を撫でた。

真琴はパイプイスに乗り、千尋が懐中電灯で照らす油絵の額を取り外し、茜に渡した。桜子はそれをじっと見守る。

床に置いた額から、そこに隠されていた一枚の画用紙を取り出す。

――教室の作り出す闇の中に、桜子の裸体がぼんやりと浮かびあがる。

ガラスのように透き通った瞳に光を映しながらこちらを優しく見つめ、ほんの少し口元を緩ませ微笑んでいるように見える。柔らかそうな唇の隙間から白い歯がちらりと覗く。光を弾きながら髪は若い肌へと滑り落ち、豊かな胸の膨らみへと視線を誘う。腰に巻いた布から覗くたおやかなくびれが、隠された部分への想像を駆り立てた。

まるで、そこに彼女がいるとしか思えなかった。

「絵だとは思えないよな……」

千尋は思わず、そうこぼした。そこにプライドも何もなかった。懐中電灯の仄暗い光ではなく、放課後のはっきりとした光の中で見たときも、同じように感じた。毎週月曜日、この絵がまだここにあることを確認するたびに、真琴の才能を何度も何度も、突きつけられた。もう、自分にはプライドなんて残っていない。そう思っていた。

「全然ダメだ」

突然、真琴は、そう吐き捨てた。

千尋は驚き、彼女の顔を見る。そこには苦痛の表情が浮かんでいた。

「……こんなの、全然ダメだ。桜子先輩はもっと、綺麗だった」

画用紙を拾い上げると、躊躇なくそれを引き裂いていく。一瞬のことで頭も体もついていかない。ただ、彼女が破るそれが、羽が舞うように落ちていくのを目で追いかけた。完璧な作品だと見惚《みと》れていたものを、いとも簡単に、惜しげもなく捨てる。それを目の当たりにした瞬間、完全にふっきることができた。世の中に、天才というのはいるらしい。その才能を、ずっと追い続けたい。そう千尋は願う。

床に降り積もる画用紙を、真琴は今すぐに燃やしてしまいたい衝動に駆られる。最低だ。

——こんな作品を描くなんて最低だ。

生まれたままの桜子の姿を見たとき、単純に綺麗だと思った。これを表現したい、そう腹の底から願った。それなのに、真琴はわざと、その気持ちに逆らった。

美しく描いてはいけない。

もっと、卑猥《ひわい》に。

もっと、欲情させるように。

もっと、石橋が責められるように。

鎖骨にあるホクロひとつ、睫《まつげ》一本をリアルに描くことで、この絵に描かれている桜子が本人と全くそっくりな、言わば写真のようなものだと思い込ませようとした。

——実際は、いろんなところが本人とは違っている。

豊満なバストも、艶《なま》めかしいくびれも、彼女はこんなに肉づきが良いタイプではない。まるでスポーツでもやっているみたいに脂肪と筋肉のバランスがよく、少年のように美しかった。

それを真琴は、自分の都合で捻《ね》じ曲《ま》げた。美しいと思っていたものを、美しく描かなかった。──これではポルノ写真と同じだ。

〈……あんたの才能を、あんな風に使うなんてもったいないよ〉

あの息苦しいエレベーターの中で、千尋に言われた言葉を思い出す。彼女は優しかった。本当ならもっと、罵られていいことをやったはずだった。敵わない。

もう二度と、こんな絵を描かない。そう誓う。

誰が言い出したわけでもなかったけれど、真琴が切り裂いた紙片を残った三人で更に細かくちぎっていく。懐中電灯の光がそれを照らし、きらきらと輝く。本当に良かったのだろうかと桜子は真琴の顔をうかがう。何を考えているのかはっきりとは摑めない。けれど、きっとこれは、自分のためにやってくれているのだろうと想像がついた。

自分は自分の責任で生きていく。そう決心した今、この絵は桜子にとって、爆弾でしかなかった。この世に存在する限り、忘れたつもりでもふと頭によぎり落ち着くことはできないだろう。だけど、自分から、破いてくれ、とは言い出せなかった。こんなに素晴らしい絵なのだから。卒業した後にでも、どこかで公開したい。そう思って当たり前だと考えていた。

「これ、全部細かくなったら、屋上から撒《ま》いてやろうぜ。絶対に雪みたいで綺麗だから」

千尋がふいに立ち上がり、カーテンの隙間から外を見る。と、うわっと声を上げた。

「どうしたの？」

桜子もそばに駆け寄り、窓を覗く。……雪だ。外灯に照らされた部分だけ、闇から切り取られたように白い光が舞い散るのが見える。窓ガラスからひんやりとした空気が頬へと伝わる。外はこの短時間で、随分冷え込んできているらしい。

「ほら、さっさとやらないと、吹雪になって校舎に閉じ込められるぞ」

「いや、サボってるのそっちだから」

「なに？　文句あんのか？」

千尋と真琴の漫才のようなやり取りに思わず笑い、桜子も茜の隣に戻る。

「ほら、茜も！　そんなちんたらやってたら、帰れなくなるからな」

「分かってますって」

桜子は茜の足元に溜まった紙片に視線を落とす。彼女が誰よりもその紙を小さく刻んでくれていることに気づく。それは桜子の心配を粉々に打ち砕《くだ》くようだった。もう二度と、自分の人生を誰かに託したりしない。そう決意する。

声を潜めながらそれでもこの場を明るくするために軽口を叩く千尋、自分の罪を後悔している真琴、そんな彼女を少しも恨んでいない桜子。茜がほんの少し顔を上げると、三人の顔がすぐそばにあった。これまで幾度となく四人で夜を明かしてきたのに、こんなに穏やかな時間は初めてだった。ずっとこのままだったらいいのに。茜はわざと、紙を細かくちぎる。——一分でも、一秒でも、この瞬間が長く続けばいい。

屋上から紙片をばら撒くところを想像する。茜にはそれは、雪ではなく、桜の花のように見えた。ここへ来たばかりの頃、桜子と初めて会ったあの日のように。暖かな光に包まれ、悪いことが起こっても何とかなると思わせてくれるような、そんな季節がもうすぐ訪れる。

桜子はこれから、どうするだろうか。奨学金をもらってここではないどこか別の場所へ行くかもしれない。そうなったらもう、この数ヵ月、当たり前のように過ごしてきた日々は、戻ってこない。

でも、今度は、自分の番なのだと思い直す。

春には後輩が入ってくる。その次の春には自分がマザーになる。そしてここから旅立つ日が、必ずやってくる。

それは切ないようでいて、それほど悪いことではないと思えた。

桜子に言った言葉を、自分自身に言い聞かせる。

〈自分の幸せは、自分で摑むものです。誰かがいないと、成り立たないものではないんです〉

母がいなくても、孫が見えないふりをする祖父と、若さに嫉妬する祖母しかいなくても。

それでもこうやって、友人を三人も手に入れることができた。同じようにこれからも、自分の手で、何かを摑んでいく。その繰り返し。

「さあ、そろそろ行くか」

千尋の合図で床に散らばった紙片をかき集め、広げたカーディガンで包み抱きかかえる。

「これでみんな、共犯者ね」

桜子の冗談を笑い、部屋を出ていく。美術室から屋上へ出て全てを終わらせたら、みんなで部屋に戻り、暖かな布団へ潜り込もう。そして点呼の時間までぐっすり眠りこみ、真新しい一日を始める。運が良いことに、明日は日曜日だ。

ここを出ていっても、ずっと友達でいられますように。

茜はそう、祈る。

この物語はフィクションです。
登場する人物、団体、場所等は
実在するいかなる個人、団体、
場所等とも一切関係ありません。

本書は二〇一九年四月に小社より単行本として刊行されたものです。

|著者| 宮西真冬　1984年山口県生まれ。『誰かが見ている』で第52回メフィスト賞を受賞し、デビュー。他の著作に『首の鎖』『友達未遂』（本書）など。2021年10月28日に最新作『毎日世界が生きづらい』刊行予定。

友達未遂《ともだちみすい》

宮西真冬《みやにしまふゆ》

2021年10月15日第1刷発行

講談社文庫

定価はカバーに
表示してあります

発行者——鈴木章一
発行所——株式会社　講談社
東京都文京区音羽2-12-21　〒112-8001
電話　出版（03）5395-3510
　　　販売（03）5395-5817
　　　業務（03）5395-3615

Printed in Japan

KODANSHA

デザイン—菊地信義
本文データ制作—講談社デジタル製作
印刷———大日本印刷株式会社
製本———大日本印刷株式会社

ISBN978-4-06-525729-6

講談社文庫刊行の辞

二十一世紀の到来を目睫に望みながら、われわれはいま、人類史上かつて例を見ない巨大な転換期をむかえようとしている。

世界も、日本も、激動の予兆に対する期待とおののきを内に蔵して、未知の時代に歩み入ろうとしている。このときにあたり、創業の人野間清治の「ナショナル・エデュケイター」への志を現代に甦らせようと意図して、われわれはここに古今の文芸作品はいうまでもなく、ひろく人文・社会・自然の諸科学から東西の名著を網羅する、新しい綜合文庫の発刊を決意した。

激動の転換期はまた断絶の時代である。われわれは戦後二十五年間の出版文化のありかたへの深い反省をこめて、この断絶の時代にあえて人間的な持続を求めようとする。いたずらに浮薄な商業主義のあだ花を追い求めることなく、長期にわたって良書に生命をあたえようとつとめるところにしか、今後の出版文化の真の繁栄はあり得ないと信じるからである。

同時にわれわれはこの綜合文庫の刊行を通じて、人文・社会・自然の諸科学が、結局人間の学にほかならないことを立証しようと願っている。かつて知識とは、「汝自身を知る」ことにつきていた。現代社会の瑣末な情報の氾濫のなかから、力強い知識の源泉を掘り起し、技術文明のただなかに、生きた人間の姿を復活させること。それこそわれわれの切なる希求である。

われわれは権威に盲従せず、俗流に媚びることなく、渾然一体となって日本の「草の根」をかたちづくる若く新しい世代の人々に、心をこめてこの新しい綜合文庫をおくり届けたい。それは知識の泉であるとともに感受性のふるさとであり、もっとも有機的に組織され、社会に開かれた万人のための大学をめざしている。大方の支援と協力を衷心より切望してやまない。

一九七一年七月

野間省一

講談社文芸文庫

磯﨑憲一郎
鳥獣戯画／我が人生最悪の時
解説＝乗代雄介　年譜＝著者
「私」とは誰か。「小説」とは何か。一見、脈絡のないいくつもの話が、〝語り口〟の力で現実を押し開いていく。文学の可動域を極限まで広げる21世紀の世界文学。
978-4-06-524522-4　いＡＢ１

蓮實重彥
物語批判序説
解説＝磯﨑憲一郎
フローベール『紋切型辞典』を足がかりにプルースト、サルトル、バルトらの仕事とともに、十九世紀半ばに起き、今も我々を覆う言説の「変容」を追う不朽の名著。
978-4-06-514065-9　はＭ５

講談社文庫　目録

三津田信三　凶鳥《まがとり》の如き忌むもの
三津田信三　首無《くびなし》の如き祟るもの
三津田信三　山魔《やまんま》の如き嗤《わら》うもの
三津田信三　水魑《みづち》の如き沈むもの
三津田信三　密室《ひめむろ》の如き籠《こも》るもの
三津田信三　生霊《いきだま》の如き重《だぶ》るもの
三津田信三　幽女《ゆうじょ》の如き怨むもの
三津田信三　碆霊《はえだま》の如き祀るもの
三津田信三　シェルター 終末の殺人
三津田信三　ついてくるもの
三津田信三　誰かの家
三津田信三　忌《い》物《ぶつ》堂《どう》鬼《き》談《だん》
道尾秀介　カラスの親指 〈by rule of CROW's thumb〉
道尾秀介　水の柩
深《み》木《き》章《あき》子《こ》　鬼畜の家
湊かなえ　リバース
宮内悠介　彼女がエスパーだったころ
宮内悠介　偶然の聖地
宮乃《みやの》崎《さき》桜《さくら》子《こ》　綺《き》羅《ら》の皇《ひめ》女《みこ》(1)

宮乃崎桜子　綺羅の皇女(2)
三國青葉　損料屋見鬼《けんき》控え 1
三國青葉　損料屋見鬼控え 2
宮西真冬　誰かが見ている
宮西真冬　首の鎖
南 杏子　希望のステージ
村上 龍　愛と幻想のファシズム(上)(下)
村上 龍　村上龍料理小説集
村上 龍　村上龍映画小説集
村上 龍　新装版 限りなく透明に近いブルー
村上 龍　新装版 コインロッカー・ベイビーズ
村上 龍　歌うクジラ(上)(下)
向田邦子　新装版 眠る盃
向田邦子　新装版 夜中の薔薇
村上春樹　風の歌を聴け
村上春樹　1973年のピンボール
村上春樹　羊をめぐる冒険(上)(下)
村上春樹　カンガルー日和
村上春樹　回転木馬のデッド・ヒート

村上春樹　ノルウェイの森(上)(下)
村上春樹　ダンス・ダンス・ダンス(上)(下)
村上春樹　遠い太鼓
村上春樹　国境の南、太陽の西
村上春樹　やがて哀しき外国語
村上春樹　アンダーグラウンド
村上春樹　スプートニクの恋人
村上春樹　アフターダーク
村上春樹 佐々木マキ絵　羊男のクリスマス
村上春樹 佐々木マキ絵　ふしぎな図書館
村上春樹 糸井重里　夢で会いましょう
村上春樹・文 安西水丸・絵　ふわふわ
U・K・ル=グウィン 村上春樹訳　空飛び猫
U・K・ル=グウィン 村上春樹訳　帰ってきた空飛び猫
U・K・ル=グウィン 村上春樹訳　素晴らしいアレキサンダーと、空飛び猫たち
U・K・ル=グウィン 村上春樹訳　空を駆けるジェーン
T・ファリッシュ著 B・ルート絵 村上春樹訳　ポテト・スープが大好きな猫
群ようこ　いいわけ劇場
村山由佳　天翔る

2021年9月15日現在